HEYNE BÜCHER

W0302439

Fantasy

Herausgegeben von Friedel Wahren

Von JENNIFER ROBERSON erschienen in der Reihe
HEYNE SCIENCE FICTION & FANTASY:

DER SCHWERTTÄNZER-ZYKLUS

1. *Schwerttänzer* · 06/5072
2. *Schwertsänger* · 06/5073
3. *Schwertmeister* · 06/5074
4. *Schwertmagier* · 06/5178
5. *Schwertprinz* · 06/9139
6. *Schwert-Rache* · 06/9159 (in Vorb.)
7. *Schwert-Bruder* · 06/9160 (in Vorb.)

Die Bände 1 und 2 sowie 3 und 4 erscheinen
als Sonderausgaben:
Zwei Romane in einem Band · 06/9137 und 06/9138

DER CHEYSULI-ZYKLUS

1. *Wolfsmagie* · 06/5671
2. *Das Lied von Homana* · 06/5672
3. *Das Vermächtnis des Schwerts* · 06/5673
4. *Die Fährte des weißen Wolfs* · 06/5674
5. *Die Ehre der Prinzen*· 06/5675
6. *Die Tochter des Löwen* · 06/5876
7. *Der Flug des Raben* · 06/5877
8. *Der Gobelin mit Löwen* · 06/5878
9. *Löwenmagie* · 06/5879

Jennifer Roberson

Schwertprinz

Fünfter Roman des Schwerttänzer-Zyklus

Deutsche Erstausgabe

WILHELM HEYNE VERLAG
MÜNCHEN

HEYNE SCIENCE FICTION & FANTASY
Band 06/9139

Titel der Originalausgabe
SWORD-BORN
A Novel of Tiger and Del
1. Teil
Übersetzung aus dem amerikanischen Englisch
von Karin König
Das Umschlagbild malte Jon Sullivan

Umwelthinweis:
Dieses Buch wurde auf chlor- und säurefreiem Papier gedruckt

Deutsche Erstausgabe 10/2001
Redaktion: Joern Rauser
Copyright © 1998 by Jennifer Roberson O'Green
Erstveröffentlichungen bei Daw Books, Inc., New York
Copyright © 2001 der deutschsprachigen Ausgabe
by Wilhelm Heyne Verlag GmbH & Co. KG, München
http://www.heyne.de
Printed in Germany 2001
Umschlaggestaltung: Nele Schütz Design, München
Technische Betreuung: M. Spinola
Satz: Schaber, Satz- und Datentechnik, Wels
Druck und Bindung: Elsnerdruck, Berlin

ISBN 3-453-18829-2

Für Debby,
in Erinnerung an Pib

Danksagung

Ich möchte den Fremdenführern und der Besatzung der *Renaissance VII* der Renaissance Cruise Lines danken, durch deren Hilfe mein Besuch in Griechenland und der Türkei im Sommer 1996 nicht nur besonders erfreulich, sondern auch wahrhaft bildend für jemanden wurde, der Nachforschungen für ein neues Buch anstellt. Mein Geist hat bereits Ideen für zukünftige Romane gespeichert.

Ein besonderer Dank geht an Pat Waldher, einen ehemaligen Kommilitonen, der diese Reise zuerst vorschlug und mich dazu überredete, als ich zögerte, der mir in der ersten Nacht an Bord Blackjack beibrachte und, wie ich, Freude an einem kräftigen Sturm auf See hat; an Marta Grabien, Melanie Rawn und Susan Shwartz für ihre Ratschläge bezüglich Reise und Historizität; und schließlich an die Teilnehmer der Kreuzfahrt, die nur gelegentlich – und sehr höflich – miteinander flüsterten: »Warum um alles auf der Welt fotografiert sie *das*?«, wenn ich ungraziös über Segmente korinthischer Säulen, die wie Pokerchips herumlagen, alte Bibliotheken, Latrinen, Kreuzritterfestungen, Stadtburgen und biblische Amphitheater kletterte.

Vorabinformationen, oder: »Eine Anmerkung der Autorin«

Eine der großartigsten Herausforderungen, denen ein Autor gegenübersteht, wenn er in ein Universum mit vertrauten Charakteren zurückkehrt – in diesem besonderen Fall nach acht Jahren und sechs Romanen –, ist die Notwendigkeit, neuen Lesern zuvor festgeschriebene Informationen zu vermitteln. Einerseits will der Autor nicht langweilen, indem er eine jener potentiell weitschweifigen Zusammenfassungen in Form eines Prologes schreibt… *Als wir unseren Helden das letzte Mal begegnet sind*… etc., was für Leser, die mit dem besagten Universum und seinen Charakteren vertraut sind, eine unnötige Wiederholung darstellen kann. Andererseits ist eine gewisse Wiedereinführung unentbehrlich. Besonders für neue Leser, die vielleicht mit dem gleichermaßen neuen Roman beginnen, oder für jene Leser, die die ersten Bände vor Beginn des neuesten nicht noch einmal gelesen haben.

Die, meiner Meinung nach, wirksamste Methode ist eine Technik, die ich als die ›Methode des Zusammenhangs‹ bezeichne. Autoren fassen zuvor festgeschriebene Grundlagen mithilfe einer Erklärung *innerhalb des Zusammenhangs* der Geschichte zusammen. Die Charaktere diskutieren selbst hin und wieder Geschehnisse aus früheren Bänden, oder vielleicht fügt der Autor eine Erklärung in die erzählerische Exposition ein.

Daher habe ich, in Bewältigung dieser Aufgabe, zwei Dinge *nicht* getan:

a) vorausgesetzt, dass jedermann auf diesem Planeten die ersten vier Bände gelesen hat;
c) angenommen, dass Leser zu dumm sind, die Geschichte weiterhin zu verfolgen, sodass sie löffelweise endlose Details bezüglich der vorherigen Ereignisse zugeführt bekommen müssen.

»Selbst heute sind die Felsen … nicht weniger als ein spiritueller Übungsplatz und Schauplätze, auf denen Vertrauen gebildet, Sünde ausgetrieben und die Persönlichkeit geformt wird.«

THEOCHARIS M. PROVATIKIS
Meteora: History of the Monasteries and Monasticism

Prolog

Schwert durchbohrte Haut, brach Knochen. Ich spürte es eindringen, spürte die Biegsamkeit, die Spannung in meinen Handgelenken, während der Stahl in den Körper schnitt. Ich hörte meinen eigenen heiseren Schrei, während ich erneut leugnete, dass ich das wollte, es beabsichtigt hatte …

… und erwachte mit einem merkwürdigen Aufwärtsruck, wodurch ich mit dem Hinterkopf gegen Holz stieß.

Das ist vermutlich auch eine Möglichkeit, einen Traum abzubrechen: sich ihn einfach aus dem Kopf zu schlagen.

Durch die Wucht des Aufpralls niedergestreckt, lag ich mit dem Bauch nach unten auf der fadenscheinigen Decke, verzog vor Schmerz und Schreck das Gesicht und biss die Zähne zusammen. Ich konnte kein Wort hervorbringen, sondern fluchte in meinem erschütterten Schädel zwar stumm, aber kräftig.

Über mir erklang ein vorsichtiges: »Tiger?«

Ich antwortete nicht. Ich war zu sehr damit beschäftigt, meinen misshandelten Hinterkopf zu umfassen und zu versuchen, ihn zusammenzuhalten.

»Geht es dir gut?«

Nein, es ging mir nicht gut, vielen Dank. Ich hatte gerade beinahe mein Gehirn in der kleinen Kabine verspritzt, die wir uns an Bord eines Schiffes teilten, das ich vom ersten Tag unserer Reise an zu hassen gelernt hatte. Aber zu *sagen*, dass es mir nicht gut ging?

Ich wandte den Kopf vorsichtig in einen Streifen messingfarbenen Sonnenlichts, der unregelmäßig durch knarrende, Tropfen klebrigen Pechs ausschwitzende Bordwände schlich. »... gut.« Zwischen zusammengebissenen Zähnen hervor.

Über mir regte sich etwas. Kurz darauf ergoss sich üppiges helles Haar, das im von Nebelranken durchzogenen Morgenlicht kaum sichtbar war über die Seite der schmalen Schlafkoje über mir, an der genau ich mir den Kopf gestoßen hatte. Dann erschien das Gesicht. Umgekehrt.

Del ist aus jeder Richtung betrachtet, in jeglicher Lage und mit jedem Gesichtsausdruck schön. Aber gerade jetzt war ich nicht in der Verfassung, diese Schönheit würdigen zu können. »War das dein *Kopf*?«

Ich lockerte meinen Kiefer ein wenig und hob die Wange von dem Bündel modrigen Stoffs, das nur unzureichend als Kopfkissen diente. Es stank nach Salz und Fisch und... nun, nach mir. »Ich könnte vermutlich darauf hinweisen, dass monatelanges getrenntes Schlafen in Kojen, die kaum für einen Hund groß genug sind, es einem Mann schwer macht, na ja, *seine Bewunderung und Zuneigung zu zeigen...*«

»Wollust«, unterbrach sie mich völlig ungeschönt. »Und es sind erst zwei Wochen. Außerdem hatten wir den Boden.« Sie hielt inne, um sich zu korrigieren. »Das Deck. Welches wir benutzt haben. Mehrere Male. Oder hast du das bereits vergessen?«

Um durch diese ärgerliche und komplizierte Unterbrechung, die nur dazu gedacht war, mich in die Abwehr zu locken, nicht mundtot gemacht zu werden, fuhr ich mit mühsamer Würde fort: »... und daher könnte ich behaupten, etwas völlig anderes sei mit solcher Wucht gegen die Unterseite deines Bettes geprallt, dass die Erde wackelt...«

»Schmücken wir gerade die Geschichte des Jhihadi aus?«

»... aber wenn man bedenkt, dass ich stets ein ehrlicher Messias, also, Mann bin...«

»Wenn es dir passt.«

»…gebe ich zu, dass es tatsächlich mein Kopf war.« Ich tastete vorsichtig in drahtigem Haar. »Ich *glaube*, er ist noch heil.«

»Nun, wenn nicht, passt er zu deiner übrigen Erscheinung. Das bewirkt das Alter bei einem Mann nun einmal.« Und sie zog ihren Kopf – und ihr Haar – zurück, sodass ich nichts mehr anzuschauen hatte.

»Deine Schuld«, murmelte ich.

Sie schwang sich von ihrer Schlafkoje herab. Kurze, schmale Kojen, zu klein für uns beide zusammen oder getrennt. Del ist eine große Frau. Sie landete leichtfüßig und stützte sich gegen das beängstigende Rollen des Schiffes mit einer Hand gegen einen salzverkrusteten, zerbrochenen Kojenrahmen. »*Meine* Schuld? Dass du dein Alter spürst? Also wirklich, Tiger – man könnte glauben, es sei immer meine Idee gewesen, wie du es ausdrückst, ›Bewunderung und Zuneigung auszudrücken‹.«

»Hoolies«, murrte ich, »ich bin froh, wenn wir wieder an Land sind. Wenn wir an Land Platz haben, uns zu *bewegen*.«

Del saß auf der Kante meiner Schlafkoje. Es war keine bequeme Lage, weil sie sich vorbeugen und zusammenkauern musste, damit *sie* sich nicht den Kopf an der Unterseite ihrer Koje stieß. Ich verlagerte meine angezogenen Beine, um ihr so viel Platz zu machen wie möglich. Ich würde mich nicht aufsetzen und es riskieren, mir erneut den Kopf zu stoßen. »Blutet es?«, fragte sie nüchtern und klang dabei eher wie ein Mann als wie eine Frau, bereit, eine Verletzung vergnügt als höchst belanglos abzutun, wenn kein Körperglied abgehackt war.

Ich wurde einmal gefragt, was es bedeutete, wenn Del jemals nett wäre. Ich antwortete – ernsthaft –, dass sie dann wahrscheinlich krank wäre. Oder sich um mich sorgte, aber das war unwahrscheinlich. Einerseits hasste ich Getue. Andererseits war Dels Art, sich zu sorgen, auch wenig trostreich. Ein Schlag auf den Hintern entspricht eher ihrer Art zu ermutigen, ganz ähnlich, wie man einem Pferd einen Klaps gibt, wenn man es auf die Weide entlässt.

Ich untersuchte meinen Schädel erneut, tastete vorsichtig durch salzverkrustetes Haar. Kein Blut. Nur eine Beule. Und es juckte. Aber es war zu weit von meinem Herzen entfernt, um mich zu töten.

Dann ließ ich Kopf und Spott gleichermaßen los. Ich streckte die Hand aus und umfasste ihren Arm, umschloss ihr Handgelenk mit meiner Hand. Del war weder im Wesen noch von Körpergröße, Können und Verstand her eine kleine Frau, aber ich bin auch kein kleiner Mann. Ihr Handgelenk passte ausgezeichnet in meine Hand. »Ich habe von dir geträumt«, sagte ich. »Und von dem Tanz. Auf Staal-Ysta.«

Del wurde sehr still. Dann nahm sie beredt meine Hand und führte sie an ihre Rippen, wo sie sie öffnete und flach an das dünne Leder ihrer Tunika drückte. »Ich bin heil«, sagte sie. »Ich lebe.«

Ich zitterte. Fühlte mich älter als achtunddreißig. Oder möglicherweise neununddreißig. »Du weißt nicht, wie das ist. Du warst *tot*, Bascha…«

»Nein. Fast. Aber nicht *wirklich* tot, Tiger. Du hast den Stoß rechtzeitig abgefangen. Erinnerst du dich?«

Ich hatte den Stoß nicht rechtzeitig abgefangen. Ich konnte ihn nur verlangsamen, mich – gerade so – daran hindern, sie in zwei Teile zu zerschneiden.

»Ich erinnere mich daran, dass ich hilflos war. Ich erinnere mich, dass ich zuerst nicht mit dir tanzen wollte und dass mich dieses verfluchte magiebeladene Schwert dennoch dazu zwang. Und ich erinnere mich daran, dass ich dich verletzt habe.« Ich spürte die Wärme ihrer Haut unter meiner Handfläche, ihren beständigen Herzschlag. Und die harte Kruste des Narbengewebes ragte deutlich aus der Haut unter ihrer linken Brust hervor. »Ich erinnere mich daran, dass ich gegangen – nein, *davongerannt* – bin, weil ich dachte, dass du sterben würdest. Ich war mir dessen sicher... und ich konnte es nicht ertragen, dem zuzusehen...« Ich richtete mich auf einen Ellenbogen auf, legte meine freie Hand um ihren Hinterkopf und zog sie mit mir herab. »O Bascha, du weißt nicht, was das an jenem Morgen auf der Klippe für ein Gefühl war, als ich von der Insel fortritt. Von dir fortritt.« Aber nicht aufgrund der Schuld und der Selbstvorwürfe. Ich war sicher, dass sie nur noch Stunden zu leben hätte. Während mir Jahre blieben, mich zu erinnern und mir den Tod zu wünschen.

Ich veränderte meine Lage erneut, als sie sich niederließ. Die Koje war zu klein, zu beengt für etwas anderes als zwei sich umschlingende Körper. »Und als du mich dann später fandest, mich mit diesem dreimal verfluchten Schwert...«

»Es ist vorbei«, sagte sie. Und das war es, seit fast zwei Jahren. »Das alles ist vorbei. Ich lebe – und du auch. Und keiner von uns besitzt ein Schwert, das *mehr* wäre als ein Schwert.« Sie hielt inne. »Jetzt.«

Jetzt. Del hatte Boreal, ihr Jivatma, zerbrochen, um mich von der Magie zu befreien. Und mein eigenes Schwert, dasjenige, das ich selbst geschmiedet, geformt, in Blut getränkt und auf der eisigen Insel namens Staal-Ysta benannt hatte, lag unter Tonnen herabgestürzten Gesteins begraben. Wir waren einfach wieder Menschen: die Schwertsängerin aus dem Norden und der Schwerttänzer aus dem Süden.

Ich zuckte zusammen, als sie ihre Hand an die Narbe in meiner Haut legte, die genauso verwachsen und entzündet war wie ihre – über ihren inzwischen verheilten Rippen. Sie hätte mich in demselben Kreis niemals getötet. Aber es war nicht ihre Berührung, die die innere Reaktion hervorrief. In Wahrheit war ich nicht einmal mehr ein Schwerttänzer, kein wahrer

Schwerttänzer. Der Sandtiger war jetzt ein *Borjuni*, ein ›Schwert ohne Namen‹. Und es gab keinen stolzen – und stolz verteidigten –, Titel mehr, der während der Lehrzeit und Meisterschaft innerhalb des Systems erworben worden war, das den ritualisierten Zweikampf des Südens und die Eide und Ehrenkodexe von Menschen beherrschte, die mit Schwertern in Kreisen tanzten und die Kriege der Tanzeers, der Prinzen der Punja, der gnadenlosen Wüste des Südens, bestritten.

Nach der Geburt verlassen und dann als Sklave aufgenommen; daraus durch Eide dem Mann, dem Shodo, gegenüber befreit, der mich das Kämpfen – das Tanzen gemäß den Kodexen – gelehrt hatte; und jetzt von anderen verlassen, die die gleichen Eide geschworen hatten und mich daher töten mussten, weil ich die Kodexe gebrochen hatte.

Und doch war es, trotz des Preises, leicht gewesen, sie zu brechen, weil es für Delilah geschehen war. Für *ihre* Eide und Ehre.

Und so war ich im Süden, in meiner Heimat, eine von jedem lebenden Schwerttänzer zu jagende Beute, die außerhalb des Kreises ehrlos getötet werden musste, weil ich nicht mehr Teil davon war. Im Norden, in Dels Heimat, war ich ein Mann, der dem Glanz Staal-Ystas, des Ortes der Schwerter, und den Schwertsängern, die mit magischen Klingen im Kreis tanzten, den Rücken gekehrt hatte.

Aber hier, jetzt, mit ihr, war ich nur ich selbst. Manchmal genügt das.

1

Wir verließen den Norden, da Del zustimmte zu gehen, wenn auch nur, weil ich sie unter Druck gesetzt hatte, indem ich einen Tanz im Kreis gemäß den nördlichen Riten gewonnen hatte. Aber ich hatte auch sie unter Druck gesetzt, jene blonden und verbitterten Menschen, die Delilah lieber tot gesehen hätten, selbst durch Täuschung aufgrund gebrochener Eide. Einmal geheilt, einmal wieder vereint, einmal frei von Staal-Ysta und dem Drachengebirge mit seinen von Dämonen gestalteten Hunden der Hoolies, waren wir schließlich gen Süden gezogen – wo ich innerhalb eines Jahres die Eide gebrochen hatte, die ich *meinem* Volk geschworen hatte.

Jetzt waren wir beide namenlos, heimatlos, ohne Gesänge und Ehre, hatten unsere Vergangenheit auf der Suche nach einer neuen Gegenwart aufgegeben, die aber wiederum zutiefst mit einer Vergangenheit verbunden war, die älter schien, als wir beide wussten: die Zeugung eines Kindes, die Geburt eines Jungen. Die Frau, die mich dort auf dem kristallenen Sand der Punja zur Welt brachte, und der Mann, der mich gezeugt hatte, in fremden Ländern, weit entfernt.

Skandi. Zumindest dachten wir das. Zumindest dachte *Del* das und erklärte es auch. Ich war mir dessen weniger sicher. Sie sagte, das sei nur, weil ich aus eigener Kraft lebte und die Wahrheit über mein Dasein auf der Welt nicht erfahren wollte, aus Angst, ich würde mich als weniger oder mehr als das herausstellen, was ich geworden war.

Ich sagte nicht allzu viel dazu. Die gelinde Neugier und die Gebote des Augenblicks – die Notwendigkeit des Rückzugs, des Nachdenkens, der Flucht – waren unter der Unsicherheit des Segelns, unter seltsamem, unangebrachtem Bedauern und so etwas wie Verwirrung abgeschwächt worden. Selbst das Heimweh. Aber das alles war sehr verworren. Weil der Süden vielleicht gar nicht meine Heimat war. Es war mein Geburtsort, ja. Das wusste ich. Im Süden geboren, im Süden aufgezogen. Aber nicht im Süden gezeugt, wie wir jetzt glaubten. Was einer der Gründe dafür ist, dass wir uns auf diesem dreimal verfluchten Schiff befanden und zu einem Ort segelten, an dem ich vielleicht gezeugt worden war.

Oder auch nicht.

Jemand hätte es mir einst vielleicht sagen können. Sula. Eine Frau der Stämme, der Salset, die mehr als jeder andere dazu beigetragen hatte, dass ich in jeder Beziehung zum Mann wurde. Während die übrigen Salset mich als Chula, als Sklave, auslachten, als ein zu großer, langgliedriger, grobknochiger Junge, der körperlich und geistig schwerfällig und ohne Anmut war, hatte Sula mich geschätzt. Zu Beginn in ihrem Bett. Später in ihrem Herzen.

Mutter. Schwester. Geliebte. Ehefrau. Aber keine davon durch das Blut, Riten oder Rituale an mich gebunden – außer jenem, das wir in der Nacht, wenn ich irgendwo anders als auf einer schmutzigen, stinkenden Ziegenhaut auf dem Punjasand schlafen durfte, vollzogen. Aber Sula war an einem Dämon in ihrer Brust gestorben, und jetzt konnte es mir niemand mehr sagen.

Wir gingen auch, weil ich ein, nun, ein Messias war. Zumindest glaubten das einige Leute. Andere wiederum glaubten es gar nicht. Die Menschen sind darin seltsam. Einige glauben wirklich aus Glaubensgründen und brauchen keinen Beweis. Andere glauben nur *an* Beweise – und ich hatte anscheinend keinen nennenswerten Beweis geliefert.

Zumindest keinen Beweis der Art, an die sie glaubten. Immerhin war das Verwandeln von Gras in Sand – wie es zumindest die legendäre Prophezeiung besagte – nicht die Art Vorstellung, die einen Menschen, besonders einen Südbewohner, wirklich packt. Sie war für sie, die den Sand mit der Muttermilch einsaugten, ein wenig zu… vielleicht *seelsorgerisch.*

Es durfte darüber gestritten werden, ob ich der Messias, genannt Jhihadi, war und ob ich den Sand in Gras verwandelt hatte (oder diesen Prozess zumindest begonnen hatte). Beides war möglich, hatte ich in einem Anfall von Selbsterhöhung beschlossen, gefördert von zuviel Aqivi und zu wenig von, nun, Dels Bewunderung und Zuneigung in einer Nacht unter dem Mond, wenn man die Magie außer Acht ließ und Glauben wörtlich nahm.

Der Umgang mit dem Glauben war stets ein Problem. Die Menschen nehmen Einbildungen wörtlich. Oder es will niemand zuhören, wenn die Wahrheit als etwas unaussprechlich Umständliches präsentiert wird – so wie man Kanäle und Gräben aushebt, um Wasser von Orten mit welchem zu Orten ohne es zu leiten. Es ist nicht geheimnisvoll genug. Nicht *magisch* genug.

Hoolies, ich hasse Magie. Sogar wenn ich sie selbst anwende.

Nachdem ich erneut festgestellt hatte, dass meine Koje kein besonders viel versprechender Ort für Zuweisungen von Bewunderung und Zuneigung war – ich stieß mir erneut fast den Kopf, während Del sich ausreichend fest den Ellbogen stieß, dass es einen zischend hervorgestoßenen Strom spannender Schmähungen auslöste (in der Hochlandsprache, was meine zarten Ohren rettete) –, nach all dem also gingen wir schließlich an Deck, um die Morgensonne mit gedämpfter Freude zu begrüßen und um unsere unzufriedenen Mägen mit der Seemannsgabe zu beschwichtigen, die die Crew Schiffszwieback nannte. Dieser war so hart, dass jedermann, der keine Zähne besaß, Hungers sterben würde. Glücklicherweise galt das für Del und mich nicht, sodass wir ihn mit einigen Schlucken lauwarmen Wassers (Del) oder einem im Magen brennenden alkoholischen Getränk namens Rhuum (ich) hinunterwürgen konnten. Dann standen wir an der Reling, starrten in mürrisch nachdenklichem Schweigen auf das vom Wind aufgewühlte Wasser und fragten uns, wann (oder ob) wir jemals wieder Land sehen würden. Vor zwei Tagen hatten wir eine kleine Inselkette hinter uns gelassen, wo wir ausreichend lange Halt gemacht hatten, um frisches Wasser und Obst aufzunehmen.

»Vielleicht ist es kein wirklicher Ort«, bemerkte ich nur halbwegs ernsthaft, was, wie bei Del üblich, eine nüchterne Erwiderung bewirkte.

»Was… Skandi? Natürlich ist es ein realer Ort. Sonst hätten sie uns nicht als Passagiere an Bord genommen.«

Ich warf ihr einen Blick zu. Das konnte wahrscheinlich nicht ihr Ernst sein. »Ist das dein Ernst?«

»Ich habe nicht speziell nach Skandi gefragt.« Sie lehnte meine unausgesprochene Andeutung ohne Groll ab, dass jemand das Unmögliche getan und Delilah übervorteilt hätte. »Ich habe gefragt, wo die Schiffe hinfahren. Mehr nicht. Also lautet die Antwort nein – ich spielte uns nicht in jemandes gierige Hände, indem ich andeutete, wir führen irgendwohin, solange wir *dachten*, es sei Skandi. Sie sagten mir, dieses führe dorthin, ohne dass ich drängen musste.«

Ich erinnerte mich lebhaft an den Tag, an dem sie mich heftig angegriffen hatte, als ich auch nur angedeutet hatte, dass jemand sie übervorteilt hätte. Aber

Bascha hatte sich irgendwann in den letzten drei Jahren, dank meinem günstigen Einfluss beruhigt. Jetzt *erklärte* sie.

Ich lehnte mich erneut grinsend gegen die Reling. Sie knirschte und gab leicht nach. Ich wich sofort wieder zurück und betrachtete das feuchte, schmutzige, salzverkrustete Holz stirnrunzelnd. Die Wellentäler vertieften sich, peitschten wilde Wogen gegen den Bug. So viel Wasser dort draußen… und so wenig anderes. Wie… Land. »Du weißt, dass ich einfach nicht verstehe, wie eine schwangere Frau von so weit her den ganzen Weg nach Süden segeln könnte, nur um ein Kind zu bekommen.«

»Vielleicht hat sie es nicht getan.«

»Nicht getan?«

»Nun, vielleicht hat sie Skandi nicht verlassen, um ihr Kind im Süden zu bekommen. Vielleicht ist sie *während* der Reise schwanger geworden. Oder vielleicht ist sie schwanger geworden, nachdem sie in den Süden gelangt war.« Del betrachtete mich abschätzend. »Du könntest immerhin zur Hälfte Südbewohner sein. Du siehst wie ein Grenzbewohner aus.«

Das hatte ich schon früher von anderen gehört. Ich schien kein typischer Südbewohner zu sein, denn die Wüstenbewohner waren klein, nett und adrett, dunkeläugig und dunkelhäutiger als ich. Nach denselben Merkmalen war ich zu dunkel für einen Nordbewohner, die gewöhnlich viel helleres Haar und hellere Haut als meine bronzefarbene besaßen. Ich lag irgendwo in der Mitte: groß und grobknochig wie Dels Volk, aber von Haut und Haar her viel dunkler. Zu groß, aber nicht dunkel genug für einen Südbewohner und noch dazu grünäugig. Grenzbewohner waren jedoch Mischlinge, hauptsächlich einem Volk geboren, das auf beiden Seiten der Grenze zwischen dem Norden und dem Süden lebte. Es machte durchaus Sinn, dass ich ein Grenzbewohner wäre. Was bedeutete, dass ich gar kein Skandier und diese ganze Forschungsreise die reine Torheit war.

Aber ein Mann in Julah, wo Del und ich Halt gemacht hatten, bevor wir über das Gebirge nach Haziz-am-Meer gezogen waren, hatte gedacht, ich gehörte seinem Volk an. Hatte in seiner Sprache zu mir gesprochen. Und er *war* Skandier. Oder zumindest schien es so, und Del glaubte es. Sie hatte geschworen, er sähe mir ähnlich genug, um mein Bruder zu sein. Was möglich war – wenn ich Skandier war, und er *wirklich* Skandier war –, wenn es auch nicht wahrscheinlich schien, wenn man die Chancen bedachte. Dennoch waren es bessere, als mir vorher jenseits eines Tanzes im Kreis zur Verfügung standen – was ich durch mein Brechen der Eide und Kodexe von Alimat nicht mehr tun konnte. Und weil ich den Süden ganz verlassen hatte. Das war eine ebenso gute Entschuldigung wie jede andere, um einen Ort verlassen zu können, an dem Männer, die wie ich ausgebildet wurden, Männer, die ebenso gut waren wie ich, meinen Kopf wollten.

Nun befanden wir uns also auf einem Schiff auf dem Weg nach Skandi. Wo ich vielleicht herstammte. Oder auch nicht.

»Hast du Angst?«, fragte Del, meine Gedanken verfolgend.

Ja. »Nein.«

Sie lächelte. Sie folgte meinen Gedanken noch immer. »Du hast Angst.«

»Angst wovor, Bascha? Ich habe, ich weiß nicht wie viele, Männer im Kreis bekämpft und ein Dutzend oder mehr außerhalb des Kreises getötet; einen Zuchthengst gezähmt, der *andere* Narren getötet hatte; die Hunde der Hoolies und einen bösartigen Magier, der mir meinen Körper und meine Seele – oder vielleicht nur meinen Körper; wir haben genug darüber gestritten, ob ich eine Seele *besitze* – stehlen wollte, abgewehrt; unzählige tödliche Samume überlebt, die schlimm genug waren, dass sie mir das Fleisch von den Knochen hätten reißen können; Afreets und Loki, Sandtigern und Cumfa widerstanden, ganz zu schweigen von verschiedenen Stämmen, die mich irgendeinem Gott oder sonst jemandem opfern wollten; ich bin blutdürstigen Frauen und zornigen Ehemännern entkommen... und ich teile dein Bett. Regelmäßig.« Ich hielt inne. »*Wovor* soll ich nach alledem noch Angst haben?«

»Es zu wissen«, sagte sie. »Oder... es nicht zu wissen.«

Oh. Das.

Sie wartete, während der Wind das offene Haar aus ihrem makellosen Gesicht wehte. Delilah hatte solch blaue Augen.

Ich spreizte die Beine, beugte die Knie, passte mich den Bewegungen des wild rollenden Schiffes an und kreuzte die Arme vor der Brust. Fest. Dies war irgendwie wichtig. »Du wärst es wahrscheinlich nicht. Ängstlich. Es zu wissen. Oder... es nicht zu wissen.«

»Ich habe vor vielem Angst«, sagte sie einfach, »und nicht am wenigsten davor, dich zu verlieren.«

Das brachte mich jäh zum Schweigen. Kurz darauf gelang es mir sogar, den Mund zu schließen.

Del, die seltsam zufrieden wirkte, sah mich nur von der Seite an, lächelte und blickte dann wieder über den Bug aufs Meer hinaus. »Ein Schiff«, sagte sie beiläufig.

Tatsächlich. Mit blauen Segeln. Die Crew hinter uns und über uns bemerkte es ebenfalls. Nun, es war kein Land, aber es war besser als der leere Ozean. Zumindest bis die Crew hektisch über alle Segel und Seile und Planken ausschwärmte. Als Nächstes erkannte ich, dass wir wendeten. Hart.

»He…« Ich umfasste die Reling und hielt mich daran fest, während ich sie wenig erfreut erneut unheilvoll knarren hörte. Doch ich war noch weniger erfreut, das gleichzeitige Stöhnen der Planken unter meinen Füßen zu bemerken. Die Sandalen rutschten und schabten auf der Feuchtigkeit und dem Salz. Der drehende Wind wehte mir die Haare in den Mund. Ich schob sie hinter die Ohren, was überhaupt nichts nützte. Innerlich fluchend, beschloss ich, sie mir so bald wie möglich von ihr schneiden zu lassen. Oder sie mir selbst abzuhacken.

Del ergriff ebenfalls die Reling, als wir schwer durch die kabbeligen Wogen rollten, und umfasste fest das Holz. Gerade als sie den Mund öffnete, um eine Bemerkung zu machen oder eine Frage zu stellen, kam ihr ein Schrei hinter uns zuvor. Ich spürte die Angst, wenn ich sie hörte. Die ganze Crew schien sie plötzlich zu empfinden.

»Ärger«, stellte ich fest, während ich mir einen Film schaumiger Gischt vom Gesicht wischte. Das Salz stach in meinen Augen.

Der uns nächste Mann der Crew ließ die blauen Segel ausreichend lange aus den Augen, um eine dringliche Geste zu machen. »Runter«, sagte er. »Runter. *Runter.*«

»Ärger«, stimmte Del mir zu.

Natürlich war der letzte Ort, an dem ich mich aufhalten wollte, die Beschränktheit einer winzigen Kabine nahe der Wasserlinie, während das Schiff rollte und schlingerte. Ich hing an der knarrenden Reling, behielt gegen das heftige Wogen eine jetzt gefährdete Balance bei und sah den Seemann stirnrunzelnd an.

»Ich gehe«, sagte sie.

Ich sah sie bestürzt an. »Würdest du nicht lieber auf Deck bleiben und dem entgegensehen, was uns bevorsteht?«

»Und ich hätte lieber Schwerter, mit denen wir ihn

erwarten könnten«, erklärte sie. »Und sie sind dort. Unten.«

Ah. Dort waren sie. »Bring mir meines mit, Bascha.«

»Das hatte ich vor.«

Der Seemann sah sie gehen, wirkte erleichtert, erkannte aber dann, dass ich an der Reling blieb. Seine Augen traten hervor, während sich das Schiff weiter schaukelnd drehte. »Runter!«

Nein, *nicht* runter, danke…, aber als wir wendeten, geriet das Schiff mit den blauen Segeln von meinem Platz am Bug aus außer Sicht. Ich ließ den Seemann in dem Glauben, ich würde seiner Aufforderung folgen. Stattdessen bahnte ich mir meinen Weg nach achtern, bewegte mich so, dass ich das andere Schiff im Auge behalten konnte, obwohl ich weiterhin die Reling umklammerte und angewidert fluchte, als ich mir den Zeh an einem zusammengerollten, stachligen Seil stieß und fast hinfiel. Dieses dreimal verfluchte Schiff in der rauen See war schwerer zu zähmen als der Hengst, wenn er einen Anfall bekam.

Es kam mir noch immer eigenartig vor, dass unser Kapitän lieber wendete als weiterzusegelte, besonders da wir bereits zwei Tage von der letzten Insel entfernt waren, was bedeutete, dass kein sicherer Hafen erreichbar war. Aber wir waren dem Wind entgegen gesegelt, wodurch wir langsamer vorankamen. Jetzt segelten wir *mit* dem Wind. Die Segel bauschten sich, knatterten vor dem Himmel, während die Crew rasch arbeitete. Der Wind trieb uns den Weg entlang, auf dem wir gekommen waren, aber schneller als zuvor. Die Frage war jetzt, ob uns das Schiff mit den blauen Segeln dringend genug erwischen wollte, um uns zu jagen – und ob es, wenn dem so war, schneller war.

Nun ja. Letzteres schien offensichtlich, als Del am Heck wieder neben mich trat. Sie hatte ihr Haar zu einem hellen, ihr Rückgrat hinab hängenden Seil geflochten. Vollkommen gespannt, wirkte ihre Miene rein und todbringend wie eine frisch geschliffene Klinge. Ich nahm mein Schwert von ihr entgegen und fühlte mich besser, als ich es in der Hand hielt. »Unser Kapitän vertraut den kämpferischen Fähigkeiten seiner Crew anscheinend nicht.«

»Du segelst schon zwei Wochen mit ihnen«, sagte sie, während sie gegen den gischtbeladenen Wind anblinzelte. »Würdest du es tun?«

Sie verbrachten mehr Zeit mit Trinken, Würfeln und dem Austausch von Lügen als mit allem anderen. Sie hatte Recht. »Nun, er könnte *uns* vertrauen.« Ich hielt inne. »Du hast ihm doch erzählt, dass wir uns für solche Gelegenheiten verdingen lassen?«

»Er hat gesehen, wie du dir den Kopf gestoßen hast oder ungefähr neunmal am Tag über Seile und Netze gestolpert bist, Tiger. Warum sollte er dir vertrauen?«

Das klang verdächtig danach, als beurteilte mich unser Kapitän ziemlich genau so, wie ich seine Crew einschätzte. Es reizte mich, etwas zu erwidern – besonders da ich etliche Kratzer und blaue Flecke abbekommen hatte, seit ich an Bord gekommen war. »Ich bin größer als er!«

»Und schwerfälliger, wie er anscheinend glaubt. Obwohl *ich* es nicht glaube.« Sie tätschelte kurz und wie abwesend meinen Arm, so als tröste sie ein Kind – was natürlich genau das Gefühl war, was sie mir vermitteln wollte. »Es holt auf.«

Sie meinte das uns verfolgende Schiff. »Ich bin nicht fürs Wasser geschaffen«, sagte ich gequält, »oder für Boote. *Schiffe*«, verbesserte ich mich, bevor sie mich verbessern konnte. Die Crew hatte es sehr klar gemacht. »Ich bin zu groß, oder sie sind zu klein…«

»Die Welt«, sagte sie sanft, »ist zu klein für dich.«

Das brachte mich erneut zum Schweigen. Ich sah sie an, betrachtete ihren Gesichtsausdruck genau und versuchte herauszufinden, worüber – zu den Hoolies – sie sprach.

Del brach in Lachen aus. »Schau nicht so besorgt, Tiger! Ich meinte nur, dass du auf alle die Arten groß bist, auf die viele Männer klein sind…«

»Vielen Dank. *Viele* Männer?«

»Auf alle Arten«, wiederholte sie, lächelte eigentümlich – und antwortete nicht. »Was hattest du gesagt?«

Was *hatte* ich gesagt…? »Nun, schau, Bascha… ich meine nur, ich brauche Land, etwas Festes, etwas, das beständig bleibt, wenn ich meinen Fuß darauf…«

»Wie dein Hengst?«

Der unten und an dieser Unterhaltung nicht mitschuldig war. »Jetzt, da du es erwähnst, würde ich gerne sehen, wie sich unser geschätzter Kapitän, der mich für so schwerfällig hält, auf dem Hengst machen würde…«

»Ein armseliger Vergleich. *Kein* Vergleich.«

Ich kratzte kurz über die salzbedeckten Narben in meinem Gesicht, vier lange Krallenspuren, die sich unter einem Ein-Wochen-Bart vom Wangenknochen bis zum Kinn zogen. »Und außerdem ist die Frage jetzt nicht, ob ich an Bord eines knarrenden Brocken abgeflachter Bäume schwerfällig bin, sondern ob diese tollen Burschen uns gejagt hätten, wenn wir unseren Kurs beibehalten hätten…«

»Der Kapitän glaubt das offenbar.«

»…oder ob wir uns interessanter gemacht haben, *weil* wir wendeten und davongelaufen sind.«

»Der Kapitän muss geglaubt haben, wir hätten eine Chance, ihnen davonzulaufen.«

»Oder er versucht einfach aus Angst zu entkommen.«

»Was vielleicht auch berechtigt ist«, bemerkte Del, als sich die blauen Segel vor dem Horizont bauschten. »Wir verlieren das Rennen.«

Ich schaute blinzelnd über den schmaler werdenden Golf. »Vielleicht sollte ich mit dem Kapitän über den Vorteil reden, standzuhalten…«

»Leider gibt es, wie du bereits ausgeführt hast, keinen Boden, *auf* dem man standhalten könnte.«

Ich spie erneut Haare aus. »Nun, *ich* würde lieber selbst entscheiden, wann ein Schwerttanz stattfindet, als andere entscheiden zu lassen«, erinnerte ich sie. »Ein guter Angriff hat etwas für sich.«

»Lass mich gehen«, schlug sie vor. »Er ist von dir nicht sehr beeindruckt. Von mir ist er das. Er kommt jeden Morgen an Deck und beobachtet mich bei meinen Lockerungsübungen.«

»Das tue ich ebenfalls, Bascha –, aber dich zu beobachten hat nichts mit Kämpfen zu tun!« Nun, vermutlich tat ich es, aber bisher hatte mich niemand herausgefordert. Selbst wenn ich mir den Kopf an Balken stieß und über Netze und Seile stolperte. »Und vielleicht ist es an der Zeit, dass auch ich Lockerungsübungen an Deck mache, wo mich jeder sehen kann.«

»Warum?« Ihre Stimme klang täuschend arglos. »Möchtest du, dass die Männer dich beobachten?«

Ich warf ihr einen verärgerten Blick zu. »Ich meinte nur, es wäre vielleicht besser, wenn sie mich nicht für einen Schwächling hielten.«

»Für ein *Stehaufmännchen* vielleicht.« Del lächelte strahlend. »Nun?«

Ich wedelte mit der Hand. »Geh. Vielleicht kannst du herausfinden, wer unsere Freunde sind und was sie wollen.«

Del ging, war kurz fort, kehrte zurück. Sie machte ein seltsames Gesicht. »Es sind keine Freunde.«

»Nun, nein.«

»Er sagt, es sind Renegadas.«

»Was, zu den Hoolies, ist das?«

»Ich glaube, er meint Borjuni. Des Meeres.«

Das verstand ich. »Was besitzen wir, was sie wollen könnten?«

»Der Kapitän hat sich nicht die Mühe gemacht, es mir zu sagen.«

»Hast du ihn angelächelt?« Das brachte mir einen schneidenden Blick ein. »Nun, nein, vermutlich nicht, nicht du – warum sollte man einen Mann anlächeln, wenn ein Messer in seinen Eingeweiden genügt? Aber hat er sich wenigstens die Mühe gemacht, dir zu sagen, was zu erwarten steht, wenn sie uns einholen?«

Sie erklärte es mir nüchtern. »Sie fangen das Schiff ab, entern es und stehlen alles an Bord. Oder stehlen das Schiff selbst.«

»Und was ist mit der Crew und den Passagieren?« Letztere waren nur zwei. Dieses Schiff transportierte gewöhnlich Waren, keine Menschen. Wir hatten Glück gehabt, Platz darauf zu finden. Obwohl Glück gerade in diesem Augenblick nicht das passende Wort zu sein schien.

Del zuckte die Achseln. »Sie werden tun, was Borjuni üblicherweise tun.«

Ich brummte. »Ich kann es mir denken.« Obwohl nicht alle Borjuni und Räuber der Grenzlande ihre Opfer töteten. Einige von ihnen waren nur hinter dem her, was sie als Reichtum ansahen, sei es nun Geld, Handelsgüter oder Vieh. (Oder, unter gelegentlichen Umständen, Menschen wie Del und ihr Bruder). Dennoch genügte es, dass man solche Dinge nicht dem Zufall überließ.

Del runzelte nachdenklich die Stirn, als sie bemerkte, wie schnell das andere Schiff segelte. Es rollte nicht so wie unseres, sondern glitt geschmeidig über das Wasser, wie eine Katze durch Schatten. »Er war nicht sehr beeindruckt, als ich sagte, wir könnten ihm im Kampf beistehen. Tatsächlich sagte er, sie würden überhaupt nicht kämpfen.«

»Hast du angeboten, *für* ihn zu kämpfen?«, fragte ich. »Gegen Bezahlung natürlich. Oder zumindest für die Überfahrt.«

»Er sagt, wenn sie uns einholen, werden wir ohnehin alle sterben. Warum sollten sie sich also die Mühe machen zu kämpfen?«

»Hast du ihm erklärt, dass *wir* noch nicht gestorben sind?«

»Zu diesem Punkt sagte er mir, er hätte, außer im Bett, keine Verwendung für eine Frau«, erklärte Del. »Ich beschloss, dass ich besser hierher zurückkommen sollte, bevor ich ihn in einen Kreis forderte.«

»Nun, wir wissen, dass es keinen Zweck hat, jemandes Meinung darüber zu berichtigen«, stimmte ich ihr zu. »Wir sind gegensätzliche Kreaturen.«

»Unter anderem.« Del war gefährlich zufrieden, wenn sie mit einem Schwert in der Hand offen handeln konnte. »Aber ich habe *deine* Meinung geändert. Letztlich.«

Ich bat sie zu unterscheiden. »Ich bitte dich zu unterscheiden«, sagte ich. »Ich habe einfach nur gelernt, darüber den Mund zu halten. Ich denke *noch immer*, dass der beste Platz für eine Frau im Bett ist.« Ich hielt inne. »Besonders nach einem guten, gefährlichen Kampf, bei dem die Nase zerschlagen wurde, die Lippen aufgeplatzt sind und die Zähne herausgebrochen wurden – und bei dem sie allen törichten Männern gezeigt hat, dass sie mit einem Schwert in jeder Beziehung ebenso gut umgehen kann wie sie. Oder auch mit jeder anderen Waffe – einschließlich ihres Knies.«

»Nett von dir«, bemerkte sie. »Sogar hochherzig.«

»Nur ehrlich, Bascha.«

Sie lächelte in den Wind. »Unter anderem.«

»Und jetzt, da wir den Lauf der Welt, wie wir ihn verstehen, wieder zurechtgerückt haben – was schlägst du vor, was wir tun sollen, wenn diese... diese...«

»Renegadas.«

»...uns erreichen?«, endete ich.

Del zuckte die Achseln. »Es ist nicht genug Platz, an Deck einen Kreis zu ziehen. Ein Tanz wäre nicht besonders wirkungsvoll.«

»Nein«, stimmte ich ihr zu. »Wir sollten sie einfach töten.«

2

Leider bekamen wir niemals die Gelegenheit, jemanden zu töten. Weil sehr früh klar wurde, dass die Renegadas auf ihrem Schiff mit den blauen Segeln kein Interesse daran hatten, sich mit uns einzulassen. Uns bedrängen, ja. Sie trieben uns voran, wie man einen Hund hinter Schafen hertreibt. Aber sie kamen uns nicht nahe genug, um uns zu entern, was gewiss auch bedeutete, dass wir niemanden mit einem Schwert töten konnten.

Zumindest nicht sofort.

Zuerst trieben sie uns voran, und dann fielen sie zurück, als wollten sie unser Schiff weiteren Schändlichkeiten aussetzen. Aus einer gewissen Entfernung. Sie lagen dort draußen überheblich auf der Lauer, nachdem sie uns gezeigt hatten, dass sie uns leicht einholen konnten. Und taten doch nichts.

Warum sollte man immerhin Mühen darauf verschwenden, Beute zu stehlen, wenn sich die Beute törichterweise selbst vernichtete?

Da ich nicht sehr an Schiffe und Ozeane gewöhnt war, wusste ich nichts über die Gezeiten. Nichts darüber, wie wichtig der Tiefgang eines Schiffes war. Nichts darüber, dass *Dinge* unter der Wasseroberfläche lauern mochten, die die Arbeit der Renegadas übernehmen konnten.

Es dauerte nicht lange, bis ich es herausfand. Als der Kapitän und seine Crew den Plan begriffen, war es zu spät. Und ich erfuhr aus erster Hand einiges über Gezeiten und Tiefgang und all das, was unter dem Wasser lauerte.

Eines muss ich dem Kapitän zugute halten: Er versuchte, seinen Fehler wiedergutzumachen. Es ist keine schlechte Idee, eilig eine Insel anzusteuern, um dem Feind zu entkommen. Nur dass er entweder nichts von den Sandbänken wusste, was unwahrscheinlich schien, oder die Wasserrinne zwischen den Sandbänken nur gut genug zu kennen *glaubte*, um sie benutzen zu können. Weil ich herausfand, was passiert, wenn ein Ozeanschiff mit viel Tiefgang gegen eine Reihe von Sandbänken läuft, die, bei Flut, nicht das geringste bewirkt hätten.

Bei Ebbe taten sie es.

Vielleicht dachte unser Kapitän, das Schiff der Renegadas sei ein Schiff mit viel Tiefgang und würde auf Grund laufen. Es war keines, und es tat das nicht. Sie trieben uns einfach auf die Sandbänke, wo unser Schiff, obwohl unser Kapitän seiner Crew hektisch zu handeln befahl, in kleine Stücke zerbrach.

Bäume schwimmen gut, ja. Aber sie splittern, reißen, rammen, zertrümmern, zerquetschen und pfählen menschliche Haut auch gut.

Ich tat alles in meiner Macht Stehende, um nicht voller Splitter, zerrissen, gerammt oder sonstwie gepfählt zu werden. Dazu brauchte ich beide Hände, was bedeutete, dass ich das Schwert loslassen musste – selbst wenn jenseits der Sandbänke Renegadas lauerten. Del und ich duckten uns beide, rollten herum, sprangen auf, glitten aus, fluchten, rappelten uns wieder hoch und griffen nach Seilen und Balken. Ungefähr zu dem Zeitpunkt, als Del mich daran erinnerte, dass ich nicht schwimmen konnte, was ich bereits wusste, und verkündete, *sie* könnte es, was ich ebenfalls bereits wusste, erkannte ich, dass noch jemand zu unserer Gruppe gehörte, der wahrscheinlich nicht besonders erfreut war, dass das Schiff unter seinen Füßen zerbrach. Auch wenn er vier davon besaß.

Del rief mir gerade zu, ich solle mich an einem

großen Stück Holz festbinden, als ich mich abwandte und mich auf den Weg zu einem der großen Lukendeckel machte. Daraufhin fragte sie mich laut und ganz aufgeregt, was, zu den Hoolies, ich täte, woraufhin ich mit Schweigen antwortete. Mein Mund war voller Blut von einer frisch durchstoßenen Wange. Ich zog den großen Splitter heraus, warf ihn beiseite und griff nach dem Lukendeckel neben meinen Füßen.

»Tiger!«

Ich spie Blut und Holzstückchen aus, während ich den Lukendeckel aufzog. Wenn ich auf das erste Deck hinunter gelangen konnte, konnte ich den großen *seitlichen* Lukendeckel des Schiffes öffnen, denjenigen über der Wasserlinie, der, wenn er geöffnet wäre, auf Land aufliegen und so eine Rampe bilden würde. Wie wir den Hengst ursprünglich auch an Bord bekommen hatten. Die Stoffhülle über seinem Kopf hatte ihn etwas weniger scheu gemacht, und es war mir gelungen, ihn die Rampe hinauf und in den oberen Laderaum des Schiffes zu führen. Seile bildeten einen unsicheren ›Pferch‹, und er konnte auf Lagen von Stroh liegen. Ein Fass mit Wasser war an einen Balken gebunden, und ich teilte ihm die Vorräte an Gras und Getreide persönlich zu. Nach zwei Wochen hatte er tatsächlich nur noch gelegentlich getreten und gebissen.

»Geh nicht hinunter!«, rief Del. »Tiger... du musst jetzt von diesem Schiff runter, dich an irgendetwas festbinden...«

Wir waren nicht sehr weit von der Insel entfernt. Del konnte wahrscheinlich dorthin schwimmen, solange sie durch das auseinanderbrechende Schiff nicht verletzt wurde. Der Hengst ebenfalls –, aber nicht wenn er angebunden war. Und ich hatte ihn noch dazu gut angebunden: ein starres neues Halfter, ein dünnes geflochtenes, geknotetes Seil um seine Schnauze, damit er sich mit Sicherheit benahm, sowie zwei robuste Stücke dicken Seils, die ihn, über Kreuz an zwei Balken gebunden, hielten. Er würde nirgendwo hingehen… was zunächst der Grundgedanke gewesen war. Doch dies war nicht das gewünschte Ende der Geschichte. Oder es *wäre* sein Ende.

Ich glitt und rutschte die Leiter hinab, mir unbehaglich der Tatsache bewusst, dass aus allen Richtungen Wasser eindrang. Ich hörte Rufe, Schreie und Gebete der gefangenen, gequetschten, gepfählten oder durch gähnende Löcher geschwemmten Seeleute. Es war recht erstaunlich, wie schnell ein Schiff in Stücke brechen konnte.

Und ein Körper übrigens auch.

»Tiger…«

Ich schaute zurück und schüttelte mir das nasse Haar aus den Augen. Ich sah Del die Leiter herabsteigen. »Raus hier!«, schrie ich. »Geh schon. Ich bringe den Hengst raus…« Ich spie erneut Blut. »Du kannst schwimmen… spring ins Wasser!«

»Du wirst ertrinken«, rief sie zurück. »Oder er wird dich töten, wenn er freizubrechen versucht!«

Wasser strömte gegen meine Knie. Über das Schreien der Crew, das Brüllen des Wassers, die gefährliche Todesmelodie eines zerschlagenen Schiffes hinweg hörte ich das panische Hufeschlagen gegen nasses Holz und das schrille Schreien des verängstigten Hengstes. Ich glitt aus, wurde seitwärts geschwemmt, bekam etwas zu fassen und zog mich wieder hoch.

»Geh!«, schrie ich Del an.

Aber sie ist ebenfalls stur und nichts, was ich sagte, konnte sie dazu bewegen hinzugehen, wo sie nicht hingehen wollte. Im Augenblick schien es, als wollte sie mich nicht verlassen. Nett. Und ich wollte den Hengst nicht verlassen. Er könnte dennoch sterben, aber er würde, bei jedem Gott, den man nennen mag, nicht angebunden und hilflos sterben.

Doch das Schiff war jetzt zerfallen. Es herrschte kein

Sturm: Blauer Himmel und Sonnenschein überstrahlten die Überreste des Schiffes unbarmherzig, sodass ich sehen konnte, wo unser Teil des Schiffes begann und abbrach. Jäh. Ein steifer Wind schob das Wrack gegen die Sandbänke, Teile davon auf die Insel zu und andere Teile aufs offene Meer. Große Teile blieben auf den Sandbänken hängen. Unseres gehörte dazu. Wenn es lange genug ruhte, dass ich den Hengst erreichen, ihn losbinden oder die Knoten durchschneiden konnte, die er zweifellos in…

Ich ging zu Boden, als sich das Schiff verlagerte, auf der Sandbank entlangknirschte und -schabte. Ich hörte Dels Rufe, die Schreie des Hengstes. Ich rappelte mich wieder hoch, spie Wasser aus, schüttelte mir das durchtränkte Haar aus den Augen. Etwas stieß gegen meine Knie und bedrohte mein Gleichgewicht erneut. Ich schob den Leichnam fort, fluchte und arbeitete mich durch das ansteigende Wasser mühsam zu dem um sich tretenden Hengst vor.

Er zitterte, als ich ihn berührte. Ich spürte seine erhitzte Haut unter dem Leder. Er hatte Angst. Die Knoten waren, wie erwartet, unmöglich zu lösen, und ich hatte weder Messer noch Schwert bei mir.

»Halt durch«, murmelte ich. »Gib mir eine Chance…«

Das Schiff drehte sich. Was über der Wasserlinie gewesen war, schien es jetzt nicht mehr zu sein. Ich kam hustend und um mich schlagend hoch, eine Hand in die wirre, hochstehende Mähne des Hengstes gekrallt. Er brauchte ebenso sehr einen Haarschnitt wie ich. Ich hielt mich mit dieser Hand fest. Mit der anderen griff ich über seine Schnauze hinweg zwischen seine Ohren und packte den Stirnriemen. »Kämpf nicht gegen mich an…«

Was er aber natürlich tat und was es noch schwerer machte, und ich weiß bis heute nicht, wie ich es geschafft habe, das Halfter über beide Ohren zu ziehen. Als das jedoch vollbracht war, löste sich alles Übrige leicht. Ich zog den verknoteten Nasenriemen herab und warf das Halfter, das noch immer über Kreuz festgebunden war, beiseite. Jetzt schien nur eines wichtig.

Bis zum Oberschenkel reichendes Wasser machte es schwer, mich auf den Pferderücken zu schwingen, sodass ich es gar nicht erst versuchte. Ich ergriff nur borstige Strähnen der Mähne und kletterte bestmöglich hinauf, warf ein Bein über seinen Rücken. Er zuckte und zitterte unter mir, kämpfte gegen das ansteigende Wasser an, gegen die Enge, gegen den Gestank von Angst und Tod.

»...raus...«, keuchte ich, während ich mich hochzog. Ich schlug ihm die Fersen in die Rippen und spürte, wie er einen Satz machte und gegen den Sog des Wassers ankämpfte. Ich beugte mich tief über seinen Hals, während er um Gleichgewicht und Freiheit focht, versuchte, meinem Kopf einen weiteren Stoß zu ersparen. »*...raus...*«

Aber es war nicht leicht, heraus zu gelangen. Und als er sich seinen Weg durch die zerbrochenen Balken und Planken freibrach, betete ich mit aller Kraft, dass ihn nichts von unten aufspießen würde. Er war jetzt frei. Wir mussten nur noch aus dem Wrack heraus gelangen, von der Sandbank fort und auf die Insel zu.

Noch während ich mich auf dem Hengst festklammerte, schaute ich zur Leiter zurück. Dorthin, wo Del gewesen war...

Gewesen *war*.

O Bascha...

»Del...«

Der Hengst schwamm aus seinem Gefängnis heraus, während es von der Sandbank schlidderte und versank. Er scharrte an der Sandbank und brummte vor Anstrengung. Ich sah Bilder von abgeschürfter Haut und durchtrennten Sehnen...

»Del...?«

Wo, zu den Hoolies, *war* sie...?

Die Sandbank schien trügerisch. Ich spürte, wie der Hengst unter mir einknickte, ausglitt und abrutschte. Ich spürte ihn untergehen, spürte das Feuer in meinem Bein aufbrechen. Ich glitt seitwärts herab, ließ aber seine Mähne nicht los, selbst als ich mit den Füßen in den Vertiefungen der Sandbank nach Halt suchte. Ich verlor meine Sandalen.

»...hoch...«, drängte ich und versuchte, meinen Worten selbst Taten folgen zu lassen. Wenn wir von der Sandbank freikommen könnten, wieder ins offene Meer gelangen könnten... »Lauf...«, keuchte ich. »Weiter, du flohbefallener, hängeohriger...« Ich spie einen Mund voll Salzwasser aus und sog Luft ein. »...dickköpfiger, dreimal verfluchter Sohn einer Salseziege...« Ich benutzte die Sandbank zu dem Versuch, mich wieder auf seinen Rücken zu hieven. Schaffte es ein Stück... und dann machte er einen Satz zur Seite, die Hufe glitten aus, scharrten. Etwas schlug mir gegen den Kopf, ließ meine Sicht verschwimmen. Ich schabte mir an der Sandbank weiter Haut ab. Dann kam der Hengst schließlich frei, stieß sich von dem trügerischen Halt wieder ins Wasser ab, schwamm unbelastet – auf mich zu. Aber wenn ich losließe...

Egal.

Ich schwamm, so gut ich konnte, versuchte mein Gewicht oben zu halten, auch wenn mich der Hengst zog. Er schwamm in kräftigen Zügen, die Nase in die Luft gereckt. Ein Huf traf mein Knie, schabte Haut ab. Ich bekam den Kopf ausreichend lange über Wasser, um nach Luft zu schnappen.

»Wenn ich das überlebe«, belehrte ich ihn, »werde ich entweder niemals wieder an Bord eines Schiffes gehen...« – Hoolies, das war das *andere* Knie – »...oder ich werde schwimmen lernen...«

Aber im Augenblick schwamm er glücklicherweise für uns beide.

Ich drehte mich, spähte hin und wieder über die

Schulter, suchte nach Delilah. Mein unmittelbarer Horizont war bestenfalls wechselhaft: Ich sah viele aufeinander folgende Wellen, hoch aufragende, unerkennbare Teile des Schiffes, treibende Fässer, mit Seilen zusammengebundene Holzblöcke. Und dahinter ein Schiff mit blauen Segeln, das jetzt wie ein Wüstenfalke heranschoss.

Es kam mir, noch während ich mich mit aller Kraft an den panischen Hengst klammerte, in den Sinn, dass die Renegadas nicht gewollt haben konnten, dass das Schiff so vollkommen zerbrach. Ich konnte ihre wahre Absicht erkennen: uns auf Grund laufen zu lassen und dann zu töten. Aber es war jetzt, da das Schiff zerbrochen war, gewiss fast unmöglich, noch irgendwelche der Waren, hinter denen sie vermutlich her waren, zu finden.

Andererseits hatten sie vielleicht nur nicht gewollt, dass das Schiff so vollständig zerbrechen sollte. Oder überhaupt. Vielleicht wollten sie es nur einholen und waren ebenso bestürzt über seinen schnellen Untergang wie wir.

Ich hörte Rufe. Ich wusste nicht, ob sie von Mitgliedern unserer eigenen Crew oder von den Renegadas kamen. Ich wusste nur, dass ich eine Ladung Salzwasser geschluckt und an der Sandbank einen oder zwei Streifen Haut zurückgelassen hatte. Aber ich lebte, und solange ich den Hengst nicht losließ, würde es so bleiben. Vorausgesetzt, dass er es bis zum Land schaffte.

Im nächsten Augenblick war ich nicht mehr so sicher, dass er es schaffen würde – oder dass ich es schaffen würde. Seine Hufe trafen auf etwas Festes, und er trat um sich. Ich rutschte mit einer Hand von seiner Mähne ab, als er ausschlug, den Kopf aufwarf und um sein Gleichgewicht rang. Meine Füße stießen gegen etwas Hartes und Raues. Jetzt musste *ich* um Gleichgewicht ringen. Unter uns befand sich Erde oder eine Sandbank oder irgendetwas. Es genügte, dass der Hengst alle vier Hufe darauf stellen konnte und dass ich ausgleiten und abrutschen und schließlich allen Halt verlieren konnte.

Bevor ich ein Wort hervorbrachte, bevor meine Füße wieder Halt fanden, sprang der Hengst von dem ab, worauf auch immer wir standen. Er war wieder im Wasser und schwamm so kräftig wie zuvor. Ich sah jenseits von ihm einen Streifen Land, eine Reihe dürrer, hoher, spitzer Bäume. Ich erkannte, dass er es schaffen würde. Er war nur noch zehn Pferdelängen davon entfernt. Aber ich andererseits, nun…

Es gelang mir aufzustehen. Es war eine Sandbank, kein Land. Wasser schwappte um meine Knie. Der größte Teil meines Körpers befand sich jetzt darüber. Ich war nicht in Gefahr zu ertrinken – solange ich auf der Sandbank blieb.

Ein Körper trieb heran. Mein Herzschlag setzte aus, als ich das blonde Haar sah, dann aber erkannte, dass es einer der Seeleute war. Ich wandte mich um, versuchte, darüber hinweg zu sehen, versuchte, *irgendetwas* zu sehen, das vielleicht Del sein mochte. Dann traf mich ein schwimmendes Stück Holz und fegte mich von der Sandbank.

Ah, Hoolies…

Ein Balken.

Ein *schwimmender* Balken.

Ich griff danach, bekam ihn zu fassen, klammerte mich mit allem daran, was ich hatte. Drängte mich noch näher heran, versuchte mich weit genug hinaufzuziehen, um teilweise aus dem Wasser zu gelangen. Er rollte, ruckte. Ich schluckte Meerwasser. Schließlich verschränkte ich meine Hände um ein Tauende und hielt mich fest, mit dem Bauch nach unten treibend. Solange ich den Balken felsenfest halten konnte, würde ich nicht untergehen, nicht ertrinken. Ich hatte natürlich keine Ahnung, wo er *oder* ich landen würden. Meines Wissens würde er wieder aufs Meer hinaus treiben... Also widmete ich mich der Aufgabe, das Geheimnis des Ausrichtens und Steuerns eines Holzbalkens, der vielleicht ein Teil des Schiffsmasts war, zu entdecken. Wenn ich so paddelte; wenn ich das Holz auf besondere Art ausrichtete und *dann* paddelte... He. Vielleicht lernt man so schwimmen.

Unwahrscheinlich.

Wie auch immer – es endete damit, dass der Mast und ich dem Land schließlich näher waren als dem offenen Meer und ich eine lange Reihe atemloser Flüche ausstieß, als ich endlich Sand unter mir spürte, der nicht nur eine Sandbank bedeutete.

Das Wasser sog den Sand fast ebenso schnell unter meinen Füßen fort, wie ich darauf gelangt war. Ich stolperte, fing mich wieder, sprang vorwärts. Der Wind hatte das Wasser ausreichend aufgewühlt, dass mein Halt und Gleichgewicht trügerisch waren. Ich zog mich ganz aus dem Wasser und spürte den Sand unter meinen bloßen Füßen erneut entgleiten. Schließlich befreite ich mich aus den Wellen, konnte dem Ozean ganz entkommen und stolperte auf den festgetretenen nassen Sand des Strandes.

Ich wandte mich um, suchte nach Del, nach den Überresten unseres Schiffes: sah ein Schiff, jawohl, aber nicht unseres. Und Menschen, die über Bord in ein kleineres Boot kletterten. Mehrere deuteten auf die auseinander gebrochenen Schiffsteile. Auf das Land. Auf mich.

Würfele, Tiger. Lass sie dich einsammeln, dich an Bord eines schnellen, gepflegten Schiffes bringen, dir Nahrung und Rhuum geben, oder lauf wie die Hoolies davon.

Ich lief davon.

Irgendwann, nachdem ich in meiner Flucht innegehalten hatte, schlief ich ein. Oder wurde ohnmächtig. Oder Ähnliches. Ich erwachte erst, als eine Hand meine Schulter umfasste.

Ich stand taumelnd auf und beendete die Bewegung dann, indem ich – mit knirschenden Gelenken – aufsprang. Ich hatte keine Waffe, aber ich konnte eine Waffe *sein*.

Doch es war nicht nötig war. »Ich bin es«, sagte Del.

Sie war es. Lebendig und heil. Was mir die Freiheit gewährte, zornig zu sein. »Wo, zu den Hoolies, bist du gewesen?«

»Ich habe nach dir gesucht.« Sie hielt inne. »Offensichtlich dringlicher, als du nach mir gesucht hast.«

»Augenblick mal«, protestierte ich. »Ich hatte eigentlich nicht *geplant*, einzuschlafen. Das geschah, nachdem ich diesen Renegadas entkommen war« – und den halben Ozean erbrochen hatte, aber das sagte ich ihr nicht – »und ich herausfand, dass ich mich besser eine Weile flach hinlegen und dich *dann* suchen sollte.« Ich setzte mich wieder hin – und zuckte zusammen. In Wahrheit war ich von der Anstrengung, Land zu erreichen, so erschöpft gewesen, dass ich nicht mehr die Kraft besaß, etwas anderes zu tun *als* zusammenzubrechen. »Bist du in Ordnung? Nein. Du bist es nicht.« Ich runzelte die Stirn. »Was ist dir passiert, Bascha?«

Sie entzog mir ihren linken Arm, als ich die Hand danach ausstreckte. »Es ist nur ein Kratzer.«

Der Kratzer verlief ihren ganzen Arm von der Schulter bis zum Handgelenk herab. Der Ellbogen sah besonders schlimm aus, wie ein Stück übriggelassener Fleischabfall – für aasfressende Vögel. »Ein Riff?«

»Ein Riff«, bestätigte sie. »Ich glaube, wir haben dort hinten beide Haut gelassen.«

Jetzt, da sie es erwähnte, spürte ich Salz in verschiedenen Schnitten, Kratzern und Schürfwunden brennen. Ich war steif und wund und wenig geneigt, mich zu bewegen, und doch war Bewegung genau das, was wir brauchten. »Wasser«, sagte ich knapp. »*Frisches* Wasser. Wir müssen das Salz abwaschen und etwas trinken.« Meine Füße waren kaum noch zu gebrauchen. Ihre vermutlich ebenfalls nicht. »Hast du jemanden von den Renegadas gesehen?«

»Nicht seitdem ich wieder in Wald und Unterholz zurückgelangt bin.« Dels Haar hing in Strähnen herab, die von Salz starrten und trockneten. Über einer Augenbraue war ein flacher Schnitt zu sehen, und ihre Unterlippe war angeschwollen. »Ich glaube nicht, dass sie mich überhaupt gesehen haben. Sie sahen den Hengst, sahen dich… Ich habe mich in der Hoffnung im Wasser treiben lassen, dass sie mich nicht bemerken würden. Als sie hinter dir und dem Kapitän herhetzten, ging ich an Land.«

»Der Kapitän lebt?«

»Zumindest als ich ihn sah.« Del beschattete ihre Augen und spähte den Weg zurück, den ich gekommen war. In Richtung Meer. »Wir könnten bis nach Sonnenuntergang warten.«

Ich knirschte mit den Zähnen. »Das könnten wir. Natürlich könnte ich bis dahin durch das Salz wahnsinnig werden.«

»Oder wir werden so starr, dass wir uns beide nicht mehr bewegen können«, stimmte sie mir zu und sah mich dann von der Seite an. »Es gibt dafür jedoch ein Gegenmittel. Und jetzt, da wir *Platz* haben…«

Ich grinste. »Hoolies, Bascha, du suchst dir die ungelegensten Zeiten aus, um anschmiegsam zu werden!«

Del rümpfte die Nase. »Ich bin nicht ›anschmiegsam‹. Ich bin zu groß, um ›anschmiegsam‹ zu sein.«

Ich streckte die Hand aus und berührte sehr sanft den Kratzer an ihrem Arm. Del stieß einen Zischlaut aus und zog den Arm jäh zurück. »Und zu geschunden«, vermutete ich. »Zusätzlich zu dem Salz noch Sand? Nein danke.« Ich regte mich und wünschte augenblicklich, ich hätte es nicht getan. Ich zog die Beine unter mich. »In welche Richtung ist der Hengst verschwunden?«

»Dort entlang.« Sie deutete mit dem Kopf nach links. »Er ist kein Schiff, Tiger. Er kann uns wohl kaum übers Wasser nach Skandi befördern.«

»Aber er könnte uns *zu* einem Schiff bringen.« Ich stand ganz langsam auf und konnte einen Schmerzenslaut nicht unterdrücken. »Autsch.«

»Du bist ganz klebrig«, stellte sie fest. »Ist das Blut? *Tiger…*«

»Ich habe mich recht gut mit dem Riff bekannt gemacht. Mit mehreren Riffen.« Ich bewegte meine Schultern und wackelte mit den wunden Fingern. »Nur Schnitte und Kratzer, Bascha.« Ich streckte eine Hand aus. »Komm mit.«

Del ergriff die Hand, benutzte sie. Sie biss trotz meines sichtlichen Unbehagens die Zähne zusammen, doch ich erkannte es in der äußersten Bewegungslosigkeit ihrer Züge nur zu gut. Wie ich, war auch sie klebrig vor sickerndem Blut, Flüssigkeiten und Salz und mit cremefarbenem Sand überkrustet.

Ich sagte es für sie. »Autsch.«

Del sah mich an. »Dein armes Gesicht.«

»Mein Gesicht? Warum?« Ich betastete es. »Was stimmt mit meinem Gesicht nicht?«

»Zuerst die Krallenspuren des Sandtigers auf einer Wange, und dann dringt auch noch ein Splitter durch die andere.«

Das hatte ich vergessen. Kein Wunder, dass Wange und Mund schmerzten. Ich betastete die Wunde vorsichtig und befühlte sie von innen mit der Zunge. »Nun, ein weiterer Beitrag zur Legende«, sagte ich lässig. »Der Mann, der Angriffe von Sandtigern *und* Schiffbrüche überlebt.«

Sanft: »Aber natürlich würde der Jhihadi das tun.«

Ich bedachte sie mit einem sehr düsteren Blick.

Del lächelte zufrieden. »Wollen wir also dein hergelaufenes Pferd jagen?«

»Du meinst das hergelaufene Pferd, das mich – fast – an Land gebracht und mir somit das Leben gerettet hat? Das Pferd?«

»Ich wiederhole nur, wie *du* ihn genannt hast.«

»Er hat uns vermutlich mit weitaus schlimmeren Bezeichnungen bedacht.«

»›Uns‹? Ich habe ihn nicht geritten.«

»Mich.«

»Schon besser.« Del strich sich eine Strähne sandverkrusteten Haars hinter ein Ohr. »Wasser – oder Pferd. Was zuerst?«

»Pferd. Er wird uns wahrscheinlich *zum* Wasser führen.«

Sie fragte rhetorisch: »Aber wird er trinken?«

Mit viel Zähneknirschen, aber ohne verbale Beschwerden bewegten wir uns langsam, ruhig, vorsichtig – und schmerzerfüllt – durch die Vegetation in die Richtung, in der Del den Hengst hatte verschwinden sehen.

3

Wir fanden den Hengst. Wir fanden Wasser. Wir fanden, was notwendig war, um uns so gut wie möglich zu säubern, unsere Kleidung abzustreifen und das Salz sowohl vom Stoff als auch von der Haut abzuspülen, zu zittern und zu murren, Zischlaute auszustoßen und lebhaft zu fluchen, als wir verschiedene klebrige Kratzer, Schnitte und Wunden, sowie das Versprechen vieler Quetschungen an zu zahlreichen Stellen, um sie alle aufzuzählen, entdeckten. Ich zog meinen Lederdhoti wieder an, aber sonst war nach der Begegnung mit dem Riff nichts mehr zu retten. Ich war barfuß und ohne Hemd. Dels lange elfenbeinfarbene Ledertunika wies einige weiß abgescheuerte Stellen auf, blieb aber brauchbar. Sie wirkte nicht so zerschlagen wie ich, weil sie *über* das Riff hatte hinwegschwimmen können – nun, zumindest über den größten Teil des Riffs –, aber sie hatte einige hässliche Kratzer an den Beinen und an ihrem Arm.

Wie erwartet, waren unsere Fußsohlen am schlimmsten zerschnitten, weil wir beide unsere Sandalen verloren hatten. Del verzog vielsagend, wenn auch stumm das Gesicht, als sie ihre schmerzenden Füße ins Wasser tauchte.

Ich war schon draußen und untersuchte den Hengst. Seine Fesselgelenke waren geschwollen, die Knie schwitzten, von seinen unbeschlagenen Hufen fehlten Stücke und er verlagerte sein Gewicht auf drei, nicht auf vier Beine. »Gut, alter Mann – lass mich nachsehen…«

Er wollte mich nicht nachsehen lassen. Er sagte es

mir in der Pferdesprache: angelegte Ohren, ein peitschender Schweif, gebleckte Zähne, ein unbekümmertes seitliches Schnappen in meine Richtung.

Ich schlug ihm mit der flachen Hand auf die Nase und schimpfte über die Kränkung, und als er mich mit geweiteten Augen und betrübt ansah, beugte ich mich über den Vorderlauf. »Gib ihn her.« Ich wartete. »Gib ihn *her*.«

Er gab ihn mir schließlich, wenn auch unter Protest.

»...halt still...« Sein Kopf war gefährlich nahe an meinem, aber ich ignorierte ihn und die zitternde Oberlippe. »Lass mich nur einmal nachsehen... O Hoolies, Pferd! Sieh nur, was du dir zugezogen hast!« Kein Wunder, dass er nur drei Beine belastete. Er hatte sich die Sehne aufgeschnitten, das darunterliegende Innere stand v-förmig vom Huf ab.

»Was ist los?« Del wrang ihr Haar aus, das durchs Wasser zu Weizengold gedunkelt war. »Er hat sich geschnitten. Wahrscheinlich am Riff. Es wird wieder heilen, aber inzwischen kann er nicht geritten werden.«

»Wir befinden uns auf einer Insel, Tiger. Wir können ohnehin nicht allzu weit reiten.«

»Oder fortreiten«, murmelte ich, während ich sorgfältig nach weiteren Verletzungen des Hufes schaute. Er hatte zweifellos ebenfalls Quetschungen erlitten. Und hatte ebensolche Schmerzen und war ebenso erschöpft wie wir. Wobei noch weitaus mehr an ihm war, was schmerzen *konnte*. »Es wird Tage dauern, bis dies geheilt ist.«

»Vermutlich haben wir tagelang Zeit«, stellte Del ernst fest. »Wahrscheinlich sogar wochenlang und möglicherweise auch monatelang...« Sie brach ab. »Was ist los?«

Ich schwieg. Ich konnte nichts sagen.

»Tiger?«

Ich stand über den Huf gebeugt. Ich weiß nicht, ob es das war, oder das zu viele frische Wasser nach dem

Meerwasser, oder einfach die Reaktion darauf, fast ertrunken zu sein. Aber mein Magen beschloss in diesem Augenblick, dass ihm sein Inhalt nicht gefiel. Ich setzte den Huf ganz vorsichtig ab und richtete mich dann langsam auf. Anschließend beugte ich mich fast augenblicklich wieder hinab, sank auf Hände und Knie.

»Was ist los?«

»Unnngffu«, brachte ich nur hervor. Leider brachte mein Magen etwas völlig anderes hervor.

Del besaß das Taktgefühl zu warten, bis ich mit Erbrechen und Fluchen fertig war. Dann sagte sie höflich: »Danke, dass du das Wasserloch gemieden hast.«

Ich sah sie unheilvoll an und trat mit zwei Schritten an den Rand desselben. Dort kauerte ich mich elend auf schmerzende, stechende, vom Riff abgeschürfte Knie und wusch mir Mund und Gesicht.

Hände berührten meinen Kopf, strichen das Haar beiseite, um den Schädel zu betrachten. »Du hast ihn dir irgendwo angeschlagen«, sagte sie und betastete die Schwellung.

»Ich habe ihn mir an mehreren Irgendwos angeschlagen.« Am Schiff, am Hengst, am Riff. »Ich bin wahrscheinlich so verbeult wie eine schlechte Matratze – *autsch!*«

Sie rückte das nasse Haar wieder an seinen Platz. »Das erinnert mich daran, dass dir der Hengst in Iskandar gegen den Kopf getreten hat. Vor dem Schwerttanz. Es endete damit, dass ich *für* dich tanzen musste.«

Nun ja. Der Hengst hatte mich tatsächlich getreten. Gegen den Kopf. In Iskandar. Es hatte für mich zusätzlich damit geendet, dass ich obendrein noch, dank eines wohlmeinenden Freundes, zu viel Aqivi trank, und Del hatte tatsächlich den Tanz gegen Abbu Bensir für mich bestritten, bevor sie unterbrochen wurden. Aber es war noch mehr daran gewesen als nur das. Es war Magie im Spiel gewesen.

»Du weißt…« Aber ich brach ab. Niemand wusste besser als ich, wie sich eine ans Rückgrat gehaltene Klingenspitze anfühlt. »Es ist es nicht wert«, belehrte ich sie und spürte, wie sie sich neben mir anspannte. Und es war es nicht wert. Wir waren zu steif, zu zerschlagen, zu langsam, abgesehen davon, dass wir unbewaffnet waren. Sie würden uns niedermetzeln, bevor wir uns auch nur umgewandt hätten.

Del murmelte etwas Knappes in der Hochlandsprache. Der Hengst fügte dem ein feindseliges, Feuchtigkeit erzeugendes Schnauben hinzu und hinkte dann einige Schritte fort.

Nun, es war immerhin ein Pferd. Kein Wachhund.

Eine große Hand berührte mich, ein starrer Finger stieß mich an – und mit einem erstickten Überraschungslaut erbrach ich erneut. Nur dass nichts mehr zum Erbrechen da war, sodass ich nur würgte.

Was alle anderen außer mir amüsierte. Und vielleicht außer Del.

Jemand schlug mich so auf den Hinterkopf, wie ich den Hengst schlug, wenn er eigenwillig war. »Dieser Narr ist kein Seemann!« Zwischen weiterem Lachen.

Nun, nein, das war ich nicht. Aber andererseits hatte ich das auch niemals behauptet. Ich schwankte auf den Knien und einem aufgestützten Arm und hegte in meinem misshandelten Kopf sehr unfreundliche und unfeine Gedanken.

»Vielleicht hat dich etwas gestochen«, bemerkte Del. »Vielleicht etwas am Riff? Wer weiß, welche Lebewesen in diesen Rissen und Spalten lauern. Oder vielleicht etwas im Wasser selbst.«

Ich konnte mir viele andere Dinge außer dem vorstellen, was mir Übelkeit verursachte, über die wir hätten reden können. Es gelang mir, ihr einen vorwurfsvollen Blick zuzuwerfen, und dann spürte ich den markigen Hieb eines Schwertes gegen meine Rippen. Ich zuckte zusammen, als es auf mein wulstiges

Narbengewebe auftraf. Zu meinem Glück wurde der Hieb mit der flachen Seite der Klinge ausgeführt.

»Sehen Sie her.« Dieselbe Stimme wie zuvor. »Sehen Sie her, Sie Narr!«

»Ich glaube, du solltest es besser tun«, schlug Del nach einem weiteren Klingenschlag vor. »Sie *an*sehen, meine ich.«

Ich tat es in gewisser Weise. Ich setzte mich auf die Fersen zurück, ließ sie sehen, dass ich unbewaffnet war – was sie wahrscheinlich bereits wussten, aber es schadet niemals, solche lebenswichtigen Einzelheiten zu betonen – und wandte meinen Körper dann weit genug um, um sie hinter uns aufgereiht stehen zu sehen.

»Oh. Nur sechs«, entgegnete ich mit sorgfältig verhüllter Verachtung.

»Vier mehr als Sie«, sagte der nächststehende Mann und schlug mir mit einer breiten Handfläche auf den Kopf, als wäre ich ein auf Abwege geratenes Kind.

»Ihm wird wieder schlecht werden«, warnte Del, während ich fest die Zähne zusammenbiss. Was unter den sechs Renegadas zusätzliche Leichtfertigkeit bewirkte.

»Vielleicht später«, stieß ich zwischen zusammengebissenen Zähnen hervor, entschlossen, meinem störrischen Magen Selbstbeherrschung aufzuerlegen. »Hoolies, Bascha – musst du so verflucht hilfreich sein?«

»Ich dachte nur…« Und dann lag ein Schwert an ihrer Kehle. Stahl blitzte auf, helles Haar wurde bewegt – und eine Locke fiel herab. Das war eine hübsche Warnung. Es war ein scharfes Schwert.

»Nein«, sagte jemand. Die Stimme einer Frau, mit Akzent, aber verständlich. »Sie werden uns nicht mit törichtem Gerede ablenken.« Sie hielt inne. »Selbst wenn Sie Narren sind.«

Oh, danke.

»*Wir* sind keine Narren«, fuhr sie fort. »Sie sollten

ganz still sitzen, ganz ruhig, und zu welchen Göttern und Göttinnen auch immer Sie beten, dass wir nicht die Geduld verlieren. Damit Sie nicht Ihr Leben verlieren.«

Ich betrachtete sie, bemerkte Schwerter, Dolche, Haltungen, Mienen. Sechs. Fünf Männer, alle recht groß, alle in recht guter Verfassung, alle ausgewogen und bereit, augenblicklich zu handeln. Eine Frau, die nicht so groß – tatsächlich war sie eher klein –, aber ebenso bewaffnet, in ebenso guter Verfassung, ebenso ausgewogen und ebenso bereit schien.

Und es bestand auch überhaupt kein Zweifel daran, *dass* sie eine Frau war. Nicht in dieser Kleidung. Nicht mit diesem Körper. Ich blinzelte, war beeindruckt.

»Nein«, sagte der Mann und schlug mich schon wieder.

Mich dreimal zu schlagen, war mehr, als ich irgendjemandem zugestand, wenn ich die Wahl hatte. Also duckte ich mich, rollte mich herum und sprang mit einem seiner Knöchel in meinen Händen auf. Ich drehte mich, riss das Bein hoch, wich dem unkontrollierten Streich seines Schwertes aus, drehte den Knöchel in sich und warf den Mann um.

Natürlich unterbanden sie das alles recht schnell. Jemand warf Del mit dem Gesicht in den Sand und setzte sich auf sie, eine Hand mit mächtigem Griff in ihrem Haar verschränkt, während er mit der anderen Hand ganz beiläufig die Dolchklinge seitlich an ihren Hals anlegte. Drei weitere Männer landeten auf mir. Als wir das alles geklärt hatten, war ich wieder sand- und grasbedeckt, und mein Magen rebellierte erneut. Ich fand mich – erneut – auf Knien wieder, während zwei der größeren Männer mit einer Hand meine Handgelenke ergriffen und mir fast die Arme ausrissen, wobei sie ihre Klingen locker, aber eifrig auf sandbestäubten Rippen, Muskeln und Narbengewebe ausbalancierten, das jetzt waschbrettartig starr hervorstand, da mich die Renegadas streckten, als wäre ich eine in der Sonne zu trocknende Haut.

Del, die mit dem Gesicht nach unten ausgebreitet dalag, gelang es, den Kopf in meine Richtung zu drehen. Langsam. Vorsichtig, um keine Reaktionen auszulösen. Sie spie Sand und einen Grashalm aus. »Ein gekonnter Zug«, bemerkte sie knapp. »Verzeih mir, wenn ich dir nicht danke.«

»Er hatte es verdient.« Ich lächelte den großen, sonnengebräunten Mann, der fluchend und einen verdrehten Knöchel reibend im Sand saß, huldvoll an. Er sprach, genau wie die Frau, mit Akzent. Keiner der übrigen hatte bis jetzt gesprochen. Ich bemerkte zum ersten Mal, dass der Mann kahlköpfig war oder seinen Kopf geschoren hatte. Und auch, dass sein Kopf tätowiert war. »Und tun Sie es nicht wieder.«

Er wölbte ungläubig eine Augenbraue. Die Frau brach in Gelächter aus. Sie trug, wie die übrigen, ein Schwert. Sie war, wie die übrigen, sonnengebräunt und von Wind, Salz und Sonne gezeichnet. Ihr Haar, zu einem wirren, halbwegs geflochtenen Pferdeschwanz zurückgenommen, war flammend rot. Die darunterliegenden, zu den Augenbrauen passenden Augen waren haselnussbraun. Und jedes Fleckchen sichtbarer Haut an Gesicht, Armen und Beinen war dicht mit Sommersprossen übersät.

»Lieber nicht«, sagte sie zu dem tätowierten Mann. »Dieser Narr ist ein gefährlicher Narr.«

»Mit schwachem Magen«, grollte er.

Nun… ja.

Del fragte mit auf den Boden gepresster Wange: »Haben *Jhihadis* schwache Mägen?«

»Ich bin froh, dass sich hier jedermann auf meine Kosten so gut amüsiert«, beklagte ich mich. »Und was, zu den Hoolies, wollen Sie überhaupt? Wie Sie aus dem Zustand dessen, was von unserer Kleidung übriggeblieben ist, ersehen können, sind wir nicht gerade mit Geld gesegnet. Oder mit Edelsteinen. Oder auch nur mit Waffen.« Ich betrachtete die Frau. »Und wie haben Sie uns überhaupt gefunden? Wir haben keine Spuren hinterlassen.« Wir waren in diesem Punkt in der Tat sehr umsichtig vorgegangen. Wir waren so bald wie möglich von Sand auf Gras übergewechselt und hatten uns eher bedächtig als sorglos vorwärtsbewegt.

Die rothaarige Frau grinste, wodurch sich ihre sonnengegerbte Haut bis zu den Augenwinkeln kräuselte. Ihre Zähne standen schief. »Es gibt nur einen Platz mit gutem Wasser«, sagte sie einfach. »Wir wussten, dass alle anderen Überlebenden hierher kommen würden. Also segelten wir um die Insel herum, gingen von Bord und warteten.« Sie warf Del einen belustigten Blick zu. »Und dann kamen Sie, und hier sind wir nun. Um diesen Tanz zu tanzen.«

Sie meinte nicht diese Art von Tanz, obwohl es mir genauso recht gewesen wäre. Weil ich dann ein Schwert gehabt hätte. Aber vorläufig konzentrierte ich mich auf etwas, das sie gesagt hatte. »*Andere* Überlebende?«

Sie reckte das Kinn. »Der Mann, der uns verflucht und um sein verlorenes Schiff geweint hat.«

»Ah. Der Kapitän.« Ich deutete mit einer Kopfbewegung auf Del. »Sie können sie loslassen, bevor der dicke Mann sie erstickt.« Der größte Teil des fleischigen Gewichts auf Dels Rückgrat bestand anscheinend aus Muskeln, nicht aus Fett, aber eine Beleidigung ist es, ungeachtet der Wahrheit, immer wert, eingesetzt zu werden. »Ich glaube nicht, dass irgendjemand von uns irgendwohin geht.«

»Aber das tun Sie«, sagte die Frau leichthin. »Sie gehen an Bord unseres Schiffes.«

»Vielen Dank, aber das würde ich lieber nicht tun. Das letzte Schiff, auf dem ich gewesen bin, sank.«

Der Mann, den ich umgeworfen hatte, erhob sich. Er

probierte seinen verletzten Knöchel aus, warf mir unter bronzebraunen Brauen – die weder rasiert noch tätowiert, aber, wie ich mit widerwilliger Faszination bemerkte, von mehreren Silberringen durchbohrt waren – einen feindseligen Blick aus grünen Augen zu und sah dann die Frau finster an. »Nun?«

Sie dachte über ihn nach. Sie dachte über mich nach. »Ja. Er ist fast so groß wie Sie. Es wird einfacher sein.«

»Gut.« Der Mann tat drei Schritte über den Sand und boxte mir mit einer geballten Faust seitlich gegen das Kinn. »Ach du meine Güte«, rief er mit gespieltem Entsetzen, »ich habe es *schon wieder* getan!«

Du Narr, dachte ich, wobei ich mir nicht so ganz sicher war, ob ich ihn oder mich damit meinte – und dann versank die Welt.

Ich kam zu mir und wurde mir bewusst, dass wir uns wieder auf einem Schiff befanden, weil ich nach zwei Wochen an das Schlingern gewöhnt war. Ich lag mit geschlossenen Augen und fest zusammengepressten Zähnen da und bat meinen Körper zaghaft um irgendeine Zusicherung, dass er überleben würde.

Er würde überleben. Selbst mein Magen. Für etwas Neues.

Das Schiff roch anders. Fühlte sich anders an. Bewegte sich mit einer Anmut und Sparsamkeit, die mich an Abbu Bensir erinnerte, einen Schwerttänzer von einigem Ruf, der kleiner als ich und schnell und sehr, sehr geschickt war. Ein Mann, dem ich zuletzt in einem Kreis in Aladars Palast begegnet war, der der Palast von Aladars *Tochter* wurde, als ich jeden Eid gebrochen hatte, den ich jemals geleistet hatte, jeden Kodex eines Alimat-Schülers, Schwerttänzer des siebten Grades, und etwas anderes geworden war, als ich lange Zeit gewesen war.

Abbu und ich hatten nichts entschieden. Er hielt

sich noch immer für den Besten. Und ich hielt mich für den Besten. Und jetzt würde dieser Wettstreit niemals entschieden werden, weil ich niemals gegen ihn tanzen könnte, *um* ihn zu entscheiden. Nicht wirklich. Nicht wo es zählte. Weil er seine Ausbildung, sein Schwert, seine Ehre niemals entweihen würde, indem er eine Herausforderung annahm, noch würde er eine Herausforderung aussprechen.

Natürlich war in diesem besonderen Augenblick nichts von alledem wichtig, weil meine Zukunft vielleicht nicht über diesen Tag hinausreichte.

»Bist du da?«, krächzte ich.

Ich hörte eine Bewegung und scharf eingesogenen Atem. Dann: »Wo sollte ich sonst sein?«

Ah. Sie lebte. Ich öffnete zuerst ein Augenlid und dann das andere. Rollte meinen Kopf auf dem Deck herum, um sie ansehen zu können. Sie saß gegenüber der Stelle einer winzigen Kabine, wo ich ausgestreckt auf dem Rücken lag, das Rückgrat an die Wand gelehnt. Es gab Kojen, keine Hängematten, nicht einmal eine Decke. Kein Wunder, dass meine Knochen schmerzten.

»Wie lange?«

»Nicht lange. Sie haben dich an Bord geschleppt, dich hier hineingeworfen, den Anker gelichtet, und dann sind wir davongesegelt.«

»Ist die Tür verriegelt?«

»Nein.«

»Nein?« Ich sah sie finster ungläubig an. »Was, zu den Hoolies, tust du dann hier drinnen?«

Del lächelte. »Ich habe darauf gewartet, dass du aufwachst.«

Ich führte eine Hand an meinen Kiefer und bewegte ihn kräftig. Ich konnte noch immer kauen, wenn auch nur vorsichtig – solange sie sich die Mühe machten, uns etwas zu essen zu geben. Ich unternahm den Versuch, mich aufzusetzen, und es gelang mir mit gedämpften Selbstermahnungen und Bemerkungen des Inhalts, dass ich für alles das zu alt wurde.

»Nun ja«, stimmte Del mir zu.

Ich richtete mich ruckartig auf. »Der Hengst!«

Sie machte mit dem Daumen eine Geste. »Dort hinten.«

Ich kratzte über sandverkrustete Stoppeln und Narben. »Wie haben sie ihn an Bord bekommen? Ich hätte gedacht, dass er niemals wieder auch nur in die *Nähe* eines Schiffes gehen würde...«

»Das haben sie nicht. ›Dort hinten‹ bedeutet... dort hinten. Auf der Insel.«

»Sie haben ihn dort *zurückgelassen*?«

Del nickte ernst.

»O Hoolies...« Die Vorstellung gefiel mir überhaupt nicht. Armes altes Pferd, armes altes lahmes Pferd, armes altes lahmes und zerschlagenes Pferd, das auf einer Insel allein zurückgelassen worden war...

»Mit frischem Wasser«, sagte Del, »und Gras.«

Sie hatte ihn noch nie sehr gemocht. »Wage es nicht, mir zu erzählen...«

»...dass es ihm gut gehen wird«, beendete sie meinen Satz. »Gut. Das werde ich nicht. Aber es wird ihm gut gehen.«

»Wir müssen dorthin zurückkehren und ihn suchen«, sagte ich düster. Dann sah ich sie stirnrunzelnd an. »Geht es dir gut? Haben sie dir etwas getan?«

Dels Miene wirkte seltsam belustigt, aber sie äußerte sich nicht dazu. »Es geht mir gut. Nein, sie haben mir nichts getan.«

»Hat irgendeiner dieser Männer...«

»Nein, haben sie nicht.«

»Hat irgendeiner der sich hier an Bord des Schiffes befindenden Männer...«

»Nein, haben sie nicht.« Del wölbte die hellen Augenbrauen. »Sie haben uns hauptsächlich einfach ignoriert.«

»Niemand ignoriert *dich,* Bascha.« Ich versuchte lange, die Steifheit meiner Wirbelsäule zu lockern, und zuckte zusammen, als die trocknenden Kratzer protestierten. Und Del hatte auch ihren Anteil daran. »Was macht dein Arm?«

»Schmerzt.«

»Und alles andere?«

»Schmerzt.«

»Zu sehr, um ein Schwert zu führen?«

»Wenn ich eines hätte, könnte ich es führen.«

Wenn sie eines hätte. Wenn *ich* eines hätte. Aber wir hatten beide keines. »Nun, jetzt kannst du vermutlich behaupten, dass dich zum ersten Mal in deinem Leben ein Mann ernst genommen hat.«

Daraufhin runzelte sie die Stirn. »Warum?«

»Weil sich dieser dicke Mann in dem Augenblick, in dem ich handelte, auf dich geworfen hat. Niemand wollte dir die Gelegenheit lassen, dich zu verteidigen.« Ich lächelte selbstgefällig. »Wie ist es, wie ein Mann behandelt, anstatt als unbedrohlich abgetan zu werden?«

»In diesem Fall«, erklärte sie, »ist es ärgerlich.«

»Ärgerlich?«

»Ja, denn wenn sie mich in dem Glauben, ich sei unfähig, mich selbst oder dich zu verteidigen – weil ich eine Frau bin – nicht beachtet hätten, wäre ich vielleicht in der Lage gewesen, etwas zu tun.« Sie legte ihr Kinn auf die angezogenen Knie. »Ich glaube, es hat mit der Tatsache zu tun, dass ihr Kapitän eine Frau ist.«

»Sie ist ihr *Kapitän*?«

»Eine Südbewohnerin«, murmelte Del verächtlich. »Da hast du's wieder. Und ich dachte, ich hätte dir das abgewöhnt.«

Gefährlicher Boden. Ich zog mich sofort zurück. »Nun, sagten sie etwas darüber, warum sie uns mitgenommen haben?«

Dels Augen glitzerten. Sie wusste, wie und warum ich das Thema so rasch wechselte. »Noch nicht.«

»Nun, wir sind nicht gefesselt, und die Tür ist nicht verriegelt – was sagst du also dazu, wenn wir jemanden suchen gehen und nachfragen?«

»Führe mich, o Messias.«

Der Messias übernahm die Führung. Zögernd.

Die rothaarige Frau war tatsächlich der Kapitän dieses Schiffes. Sie erklärte diese Tatsache kurz. Und sie erklärte ausführlicher, wenn auch barsch, dass es, auch wenn wir vielleicht etwas anderes annahmen, vollkommen zulässig war, wenn Del oder ich einen Versuch unternahmen, sie oder ihren Ersten Offizier – bei diesen Worten deutete sie auf den Mann mit dem geschorenen Kopf, den Ringen in den Augenbrauen und den Tätowierungen, der wenige Schritte entfernt stand und mich anlächelte – oder andere Mitglieder ihrer Crew zu töten, weil, wie sie schnell aufzählte: *erstens*, sie zu sterben verdienten, wenn wir gut genug wären, sie zu töten; *zweitens*, sie uns einfach außenbords werfen würden, wenn wir es versuchten und scheiterten; und *drittens* – wo würden wir hingehen, wenn es uns entgegen allen Umständen und Wahrscheinlichkeiten *tatsächlich* irgendwie gelänge, jeden einzelnen von ihnen zu töten?

Der erste Punkt ärgerte mich, weil er voraussetzte, dass wir nicht gut genug wären, jemanden von ihnen zu töten. Der zweite Teil fand wenig Anklang bei einem Mann, der nicht schwimmen konnte und jetzt auch kein Pferd mehr besaß, das es für ihn tun konnte. Der dritte Punkt bedrückte eben jenen Mann, weil sie vollkommen recht hatte: Del und ich konnten dieses Schiff nicht segeln. Und wenn wir nicht jeden an Bord töteten, wenn wir erst ihren Kapitän getötet hätten, bekämen wir nicht einmal eine Chance zu *versuchen*, dieses Schiff zu segeln.

Mir kam eine Idee. Ich vermied es sehr sorgfältig, zu Del zu schauen.

Die Frau bemerkte dies, sah, dass auch Del mich nicht ansah, und lachte. »Darum ist er in einer verriegelten Kajüte angekettet«, sagte sie mit breitem Grinsen.

Jetzt wechselten Del und ich Blicke, da es nicht mehr wichtig war. So viel zum Kapitän unseres früheren Schiffes, der uns wahrscheinlich hätte erklären können, wie man dieses segelte. Wenn wir zuerst alle töteten, angefangen mit diesem Kapitän und ihrem lebhaften Ersten Offizier?

»Ihr könntet vermutlich versuchen, ihn herauszubekommen«, sagte die Frau nachdenklich, »aber wir würden ihn sofort töten, was ihn zweifellos erzürnen würde, und wo wärt ihr dann?«

»Wo sind wir *überhaupt*?«, fragte ich verärgert. Sie nahm nichts von alledem hier ernst.

»Oh, mit dem Schiff ungefähr fünf Tage von Skandi entfernt«, antwortete sie. »Und noch weiter von dem Ort entfernt, wo Sie vielleicht herkommen.« Das stimmte. »Und jetzt zum Geschäft: Wer auf dieser Welt würde für Ihr Leben Geld bezahlen?«

Del und ich deuteten prompt aufeinander.

»Nein, nein«, erklärte die Frau barsch, »das ist unannehmbar. Sie können nicht *ihr* Lösegeld zahlen«, sagte sie an mich gewandt, »weil Sie nichts haben, womit Sie bezahlen könnten. Und sie kann nicht *Ihr* Lösegeld zahlen« – ein Blick zu Del – »weil sie auch nichts hat.« Sie wölbte die kupferfarbenen Augenbrauen und deutete aufs Meer jenseits der Reling. »Soll ich euch also von Bord werfen lassen?«

»Wie wäre es, wenn Sie das nicht täten?«, konterte ich, dem entschieden daran gelegen war, an Deck zu bleiben.

»Warum nicht?« Die Frau liebte melodramatische Verwirrungen. »Sie haben kein Geld, Sie haben niemanden außer sich selbst, der Ihr Leben erkaufen könnte – und Sie sind als Seeleute niemandem von Nutzen.« Sie hielt inne. »Was würden *Sie* mit sich machen?«

Der tätowierte Seemann brummte. »Soll ich es Ihnen sagen, Kapitän?«

»Wie geht es Ihrem Knöchel?«, fragte ich mit Nachdruck.

»Wie geht es Ihrem Kiefer?«, fragte er zurück.

»Wie die Kinder«, murrte Del zutiefst angewidert, was dem – weiblichen – Kapitän ein erfreutes Grinsen entlockte.

»Nein, ich will, dass *Sie* es mir sagen.« Sie stand fest auf dem Deck, während das Schiff über vom Wind aufgepeitschte Wogen glitt, wobei ihr dichter Haarzopf über eine zarte Schulter peitschte. »Wenn Sie es können.«

»Gewiss fällt mir etwas ein«, sagte ich rasch. »Letztlich.«

»Nun, wenn es soweit ist, dann kommen Sie wieder zu mir.« Die Frau machte eine beredte Handbewegung. »Und jetzt gehen Sie spielen.«

4

Ich saß auf dicken, schweren, zusammengerollten Tauen und sah Del an, die mit dem Rücken zur Reling am Heck des Schiffes stand. Der Wind peitschte ihr Haar zu einem sie umhüllenden Gewirr, bis sie es zusammennahm und flocht und den Zopf dann in den Ausschnitt ihrer Tunika steckte.

Wir berieten uns leise, aber gründlich. »Was wissen wir also, Bascha?«

»Es sind acht Männer und eine Frau.«

Alle acht Männer und die Frau waren mit dem Segeln des Schiffes durch eine rauer werdende See und einen – dem Aussehen des Himmels nach zu urteilen – aufkommenden Sturm beschäftigt. Wir hatten uns, bevor wir unseren jetzigen Standort wählten, versichert, dass niemand nahe genug war, um uns belauschen zu können. »Und drei Gefangene.«

»Von denen einer dieses Schiff segeln könnte, aber angekettet und in einer Kajüte eingeschlossen ist.« Sie hielt inne. »Während die beiden anderen anscheinend nicht verfügbar sind.«

»Anscheinend, ja. Im Augenblick.« Ich erwog die Umstände. »Acht Männer, eine Frau. Wir wissen von neun Schwertern, möglicherweise mehr, und ich wette, es gibt die doppelte Anzahl Dolche und verschiedene Schlachtmesser.«

»Und jede beliebige Anzahl von Dingen, die sie uns über den Schädel ziehen könnten«, fügte Del hinzu.

»Ja, aber diese Dinge sind für uns ebenso verfügbar.« Ich klopfte auf die obere Tauwindung und dachte an Ketten und Haken und Holzstücke. »Wir können mit fast allem arbeiten.«

Sie verschränkte die Arme und passte sich geschmeidig der Bewegung des Schiffes an. »Eine Möglichkeit«, stimmte sie mir zu, obwohl sie nicht überzeugt klang. »Und?«

»Und...« Ich betastete mit der Zunge die Innenseite meiner Wange, und zwar an der Stelle, wo der Splitter sie durchbohrt hatte. »Männer sind häufig von dir eingenommen, meine nordische Bascha. Wenn der Kapitän ein Mann wäre...«

»Sie ist kein Mann.«

»Nein, aber...«

»Sie ist auch nicht so dumm, sich auf falsche Angebote einzulassen.«

»Woher willst du das wissen?«

»Eine Frau, die ihr eigenes Schiff befehligt – *und* eine Crew von acht Männern! –, ist gegen Schmeicheleien, wie ein Mann sie vielleicht ersinnen mag, der aus reinem Eigennutz ihre Gunst zu erringen hofft, wahrscheinlich immun.« Del hielt sich an der Reling fest. »Sie ist eine Mörderin, Tiger. Sie hätte nicht überlebt, um ein Schiff – und diese achtköpfige Crew – zu befehligen, wenn ihr Weisheit oder Können fehlten.«

»Aber man kann sie vielleicht überrumpeln«, hielt ich dagegen, »wenn es nur der *richtige* Mann versucht. Befehlshaber werden mit der Zeit einsam.«

»Vielleicht«, räumte Del schließlich ein, »und du besitzt ganz und gar das, was einige Frauen als Charme bezeichnen würden...«

»*Du* tust es anscheinend mit Sicherheit.«

»...sodass es wahrscheinlich einen Versuch wert ist.«

Ich sann über ihren Gesichtsausdruck nach. Unergründlich. »Nun?«

Del verzog kurz den Mund. »Ich habe bemerkt, wie du sie angesehen hast. Ich glaube, es würde dir nicht schwer fallen, diese Möglichkeit in Angriff zu nehmen.«

Ich öffnete den Mund und schloss ihn wieder. Öffnete ihn erneut. »Wenn sie hässlich wäre, würde sie es nicht glauben.«

»Eine attraktive Frau ist solche Dinge eher gewohnt und daher auf unerwünschte Annäherungsversuche vorbereitet. Und sie weist sie ab.«

Ich wusste auch selbst ein wenig darüber. »Aber wenn die Frau ein Schwert, einen Dolch und was auch immer sie sonst noch an ihrem Körper verborgen haben mag, trägt, würden es sich viele Männer gut überlegen, ob sie überhaupt einen Annäherungsversuch wagen sollten.« Nicht wenn er seine Genitalien behalten wollte.

»Was heißt, dass es der Frau überlassen bleibt«, sagte Del. »Wie es mir überlassen blieb.«

Ich richtete mich ruckartig auf. »Was?«

»Das war es.«

Quetschungen, starre Muskeln und verschiedene Kratzer protestierten gegen meine zu hastige Bewegung. »Götter des Valhail, Frau, du warst kalt wie ein nordischer See, als wir uns begegneten!«

»*Als* wir uns begegneten, wollte ich nur einen Führer verdingen.«

»Das meine ich. Eiskalt. Das warst du.«

»Anmaßend«, sagte sie. »Ein Angeber. Ein Mann, der glaubte, dass Frauen nur in sein Bett gehörten.«

Ich entspannte mich wieder, stützte die Ellenbogen auf das Tauwerk und streckte die vom Riff in Mitleidenschaft gezogenen Beine aus. »Ich habe lediglich behauptet, der beste Schwerttänzer des Südens zu sein. Es hat nichts mit Anmaßung zu tun, wenn man ehrlich ist, und es von Zeit zu Zeit zu erwähnen, ist in der richtigen Gesellschaft sogar nützlich. Und was den Glauben betrifft, Frauen gehörten nur in mein Bett, nun…« Ich räusperte mich. »Ich glaube, es wäre angemessen zu sagen, dass es tatsächlich Zeiten gibt, in denen eine Frau in meinem Bett ein… nun, erstrebenswertes Ziel ist.« Ich wölbte vielsagend die Augenbrauen. »Findest du nicht?«

»Was der Grund dafür ist, warum ich dich davon überzeugen musste, in mein Bett zu kommen.«

»Du hast *nicht*…«

»Oh, du hast eine gute Vorstellung abgeliefert, all diese Prahlerei darüber, der berüchtigte Sandtiger zu sein, der von Männern gefürchtet und von Frauen geliebt sei..«

»He!«

»…aber wenn es ernst wurde, wenn *Handeln* gefragt war, hast du gezögert.«

»Das habe ich nicht.«

»Es war so.«

Ich erwog, allein aus dem Jahr, bevor ich Del begegnete, zehn oder zwanzig Namen herunterzurasseln, ohne innezuhalten, um darüber nachzudenken, beschloss aber, noch während ich den Mund öffnete, dass Namen von Frauen nicht wirklich unser Thema waren, und ich mich, wenn ich sie nannte, vielleicht in Schwierigkeiten brächte. »*Wenn* ich gezögert habe – und damit gebe ich, wie du beachten solltest, nicht zu, dass dem so war –, dann nur, weil du sehr deutlich gemacht hattest, dass du nur einen Führer wolltest.« Ich rümpfte die Nase. »Du warst für eine Frau, die selten etwas erklärt, in diesem Punkt sehr präzise.«

»Das *ist* mein Punkt«, sagte sie. »Als ich dich wissen ließ, dass mehr zwischen uns sein könnte, hast du die entgegengesetzte Richtung eingeschlagen.«

»Das habe ich nicht.«

»Das hast du doch.«

Sackgasse. Schließlich fragte ich: »Was hat das alles mit der Flucht von diesem Schiff zu tun? Der Flucht mit heiler Haut?«

»Dein Plan scheint Verführung zu beinhalten.«

»Ich sagte, dass das eine Möglichkeit sei, ja. Und das ist es auch. Eine der ältesten in jeglichem Buch, das zu lesen du dir die Mühe machen würdest.« Was bedeutete, dass es vielleicht nicht gelingen würde. Andererseits war diese Möglichkeit ausreichend häufig erfolgreich benutzt worden, um *im* Buch zu fruchten.

Jetzt rümpfte Del die Nase. »Du hast nur allzu rasch und bereitwillig *mich* für diese Möglichkeit vorgesehen – nur dass der Kapitän kein Mann ist und es daher nicht gelingen würde.«

»*Du* hast gesagt, ich hätte sie angesehen!«

»Das hast du auch.«

»Du ebenfalls.«

»Tiger, mir ist der Ausdruck in den Augen eines Mannes einigermaßen vertraut, wenn er eine attraktive Frau bemerkt.«

Gewiss. »Es schadet nichts zu schauen.«

»Natürlich nicht.«

Das klang, als ob sie mir schmeicheln wollte – oder aber meinen Standpunkt erkannte. Was ein weiteres Thema aufbrachte. »Schaust du hin?«

»Natürlich schaue ich hin.«

»Auf andere Männer?«

»Eine Frau betrachtet andere Männer genauso, wie Männer andere Frauen betrachten.«

»Tatsächlich?«

»Natürlich.«

Daran hatte ich noch nie gedacht. Es war Neuland. Vorsichtig taktierend, sagte ich: »Du meinst unverheiratete Frauen.«

»Ich meine alle Frauen, Tiger. Wenn sie einen Mann sieht, den sie attraktiv findet – oder glaubt, er *könnte* attraktiv sein, ihn aber erst näher betrachten muss –, dann schaut sie hin.«

»Selbst wenn sie verheiratet ist.« Ich hielt inne.

»Oder das Bett eines anderen Mannes teilt. Seit drei Jahren.«

Del lächelte. »Ja«, sagte sie sanft. »Ich schaue hin.«

»Wie oft?«

Sie lachte mich aus. »Stell dir selbst diese Frage.«

»*So* oft?«

Sie kam zu dem zusammengerollten Tau herüber und setzte sich neben mich. Lehnte ihre Schulter an meine. »Du schaust hin. Ich schaue hin. Schauen bedeutet nicht, sich darauf zu stürzen.«

»Und ist hier irgendein Mann, den du vielleicht anschauen würdest? Ohne dich auf ihn zu stürzen?«

»Oh, ich würde vielleicht den Ersten Offizier anschauen.«

»Ihn? Er ist kahlköpfig!«

»Er rasiert seinen Kopf. Ich habe den Schatten gesehen. Und er hat eine gute Kopfform.«

»Er hat alle diese blauen Tätowierungen darauf!«

»Es sind aber auch hübsche Muster, so verschlungen und fließend.«

»Er trägt Ringe in den Augenbrauen!« Und auch anderswo, soweit ich wusste.

»Das wirkt zugegebenermaßen nicht so attraktiv. Aber – immerhin ungewöhnlich.« Sie zuckte die Achseln. »Er sieht reizvoll aus.«

»Noch etwas?«

Del nickte und deutete dann mit dem Kopf auf mich. Sie sagte sanft: »Er hat deine Augen.«

»Meine *Augen*?«

»Grüne«, sagte sie. »Und man kann gleichzeitig die Fähigkeit, das Selbstvertrauen und die Bereitschaft, sein Leben zu riskieren, wie auch das Lachen darin erkennen.«

Das musste ich erst einmal verdauen. »Ich kann nicht erkennen, dass es in unserer gegenwärtigen Lage viel zu lachen gibt.«

»Er tut es.«

»Das sollte er auch!«

»Dann ist es unsere Aufgabe, eine Möglichkeit zu finden, das Lachen aus seinen Augen zu vertreiben und wieder in unsere Augen zu bringen.«

Ich verzog den Mund. »Womit wir wieder beim Kapitän wären.«

»So ist es.«

»Und wenn sie so gescheit ist, wie du glaubst, könnte sie eine Weile dauern. Diese… Verführung.«

»Vielleicht.«

Ich blickte finster in die Gischt. »Du klingst nicht allzu verärgert darüber, Bascha.«

»Weil ich meine eigene Aufgabe zu erfüllen haben werde.«

»Und welche?«, fragte ich misstrauisch.

»Den ersten Offizier zu verführen.«

»De-li-lah!«

»Denke mit deinem Verstand«, ermahnte sie mich, »und nicht mit… etwas anderem. Wenn es dir gelingen sollte, die Gunst des Kapitäns soweit zu erringen, dass du an einen Dolch oder ein Schwert gelangen kannst, damit du sie als Austausch für unsere Sicherheit zur Geisel nehmen kannst, wird sich ihre Crew auf mich stürzen.«

Das würden sie. Ich hätte niemals etwas anderes vermutet.

»Und daher«, fuhr sie fort, »sollte ich mich ebenfalls bewaffnen, damit sie mich nicht als Druckmittel benutzen können, und dann werden sie keine andere Wahl mehr haben, als uns das Kommando übernehmen zu lassen. Und unseren Kapitän zu befreien, damit *er* dieses Boot segeln kann.«

»Schiff«, verbesserte ich sie. »Und das ist ungefähr der törichteste Plan, den ich jemals gehört habe.«

»Männer, die etwas wollen, haben Frauen schon seit Jahrhunderten verführt, Tiger. Das hast du selbst zugegeben.«

»Ich hoffe, du wirst des Weiteren erklären, dass auch Frauen die Verführung benutzt haben, um Dinge zu erreichen.«

»Natürlich haben sie das getan. Männer sind zwischen Decken lächerlich leicht zu lenken.«

Ich funkelte sie an.

Sie zuckte die Achseln. »Du hältst den Plan nur für töricht, weil wir beide aus demselben Grund gleichzeitig dasselbe tun werden.«

»Das ist deine Rache«, warf ich ihr vor.

»Du hast kein Problem damit, dass ich in einen Kreis eintrete, Tiger. Oder töte, um unser Leben zu retten.«

»Natürlich nicht.« Nun, einmal hatte ich in beiden Fällen ein Problem damit gehabt.

»Und du hast vorgeschlagen, dass ich den Kapitän verführen könnte, wenn es ein Mann wäre.«

»Ich sagte, es sei eine *Möglichkeit* …«

»Aber jetzt, da ich so bereitwillig diesen Ersten Offizier verführen will, während du gleichzeitig den Kapitän verführst, bereitet dir dieser Plan Unbehagen.« Sie hielt inne. »Warum?«

Mein Kopf schmerzte. »Ich weiß es nicht.«

Del seufzte. »Kleine Schritte«, murmelte sie. »Aber ausreichend viele kleine Schritte führen zum selben Ziel.«

Sie sprach wieder in Rätseln. Ich hasse das. »Wovon, zu den Hoolies, redest du jetzt?«

»Ich kann mit dir Feinde bekämpfen, töten, schlafen. Aber nicht jemand anderen verführen, während du gleichzeitig dasselbe tust.« Sie wölbte die hellen Augenbrauen. »Du machst dir – noch – nicht die Mühe, diesen Gedanken zu teilen.«

Ich beugte mich auf dem Tauwerk vor, stützte die Ellbogen auf die Knie und das Kinn in die Hände. Ich war mir meiner Schmerzen und der Enttäuschung bewusst. »Ich habe eine bessere Idee.«

»Ja?«

»Bring mir das Schwimmen bei«, grollte ich, »dann muss keiner von uns beiden jemanden verführen!«

»Ah. Nun, das ist auch eine Möglichkeit. Und es gibt noch eine.«

Ich wandte den Kopf und funkelte sie an. »Ich beiße, Bascha. Siehst du, wie ich beiße?« Ich zeigte die Zähne.

Die nordische Bascha war die personifizierte Unschuld. »Du bist der Jhihadi«, sagte sie. »Warum zauberst du uns nicht einfach die nötigen Waffen herbei?«

Ich begann während der Kapitänswache, kurz vor Sonnenaufgang, mit der Umsetzung des Plans. Es war nicht besonders schwierig: Ich schlief nicht gut, war steif und wund und brauchte die Übung dringend. Also übernahm ich Dels Angewohnheit, ging an Deck und begann mich zu lockern.

Ich gebe es zu: Manchmal posiert ein Mann nur der Wirkung wegen. Das hatte ich bei dem Hengst beobachtet, wenn er sich in der Nähe von Stuten befand. Ich hatte es bei Rüden gesehen, wenn sie sich um eine läufige Hündin scharten. Und ich hatte es gewiss in Kantinen beobachtet, wenn ein hübsches Schankmädchen in einem Raum voller gerade aus der Wüste gekommener Männer Gegenstand der Begierde war. Manchmal kann man nichts dagegen tun. Manchmal aber kann man es doch. Erwählt jedoch, es nicht zu tun.

Dies war eine dieser Gelegenheiten.

Wie auch immer – ich hatte Erkundigungen eingezogen, bevor ich den Plan umzusetzen begann. Ich hatte die Crew nicht nur gezählt, sondern auch einzuschätzen versucht. Acht Männer. Alle groß, alle stark, alle in guter Verfassung. Eine kleine Frau, ungeachtet ihres persönlichen Könnens und ihrer Fähigkeiten, hatte sich mit großen Männern umgeben, die in der

Lage waren, einzeln oder gemeinsam rohe Gewalt anzuwenden, um ihren Kapitän zu schützen. Ich stellte ihre Loyalität nicht in Frage. Wenn sie nicht loyal wären, wäre sie bereits tot. Und wenn sie nicht tot wäre, dann hätte sie gewiss nicht das Kommando über ein Schiff und führte Renegadas, die andere, ebenso mit Männern bevölkerte Schiffe ausraubten.

Im Süden bin ich größer, schwerer, stärker und schneller als andere Männer, ganz davon zu schweigen, dass ich sehr gut mit einem Schwert umgehen kann. Das bot mir sowohl im Kreis wie auch unter den meisten anderen Umständen erhebliche Vorteile. Aber hier, unter diesen Umständen, war ich ihren Seeleuten in Größe, Gewicht und Gestalt, ganz zu schweigen von der Hautfarbe, ausreichend ähnlich, um einer von ihnen zu *sein*. Daher musste ich ihr jemand anderen als die ihr Bekannten anbieten.

Obwohl Del bezüglich physischer Schmerzen und Qualen – ganz zu schweigen von Meinungen – häufig rau mit mir umging, hatte ich sie mit ausreichend vielen Kindern und Tieren erlebt, um zu wissen, was sie berührte. Sie war in Willensstärke, Geist und rein körperlicher Begabung zweifellos die zäheste Frau, die ich jemals kennen gelernt hatte, aber sie war immerhin eine Frau. Sie hatte ihre Schwachstellen.

Der Kapitän war ebenfalls eine Frau, und ich war mir sicher, dass auch sie Schwachstellen besaß. Ich musste nur eine finden.

Ich stand im Freien an Deck und lockerte mich. Ich biss mir nicht auf die Zunge, um angestrengtes Stöhnen oder Flüche über steife, träge Muskeln oder Schmerzen an besonders beeinträchtigten Körperstellen zu unterdrücken. Ich hatte überall Schmerzen. Sie beeinträchtigten meinen Gang, meine Art, mich zu strecken, meine Art, wie ich mich hierhin und dorthin drehte. Selbst meine Art, wie ich stand: Innerhalb weniger Minuten bluteten meine Füße. Zu jedem anderen

Zeitpunkt hätte ich dies achselzuckend abgetan, Del oder jedem anderen Menschen erzählt, dass es mir gut ginge, dass ich kein Problem hatte, dass es nichts war, womit ich nicht umgehen konnte. Es ist leicht, den Stolz die Wahrheit verdrängen zu lassen. Manchmal ist es notwendig. Dieses Mal, so dachte ich, war es nicht notwendig.

Del zu verstehen, war der Schlüssel zu dieser Frau, dieser rothaarigen, sommersprossigen Frau, die ein Schiff und acht Mann an sich gebracht hatte, ganz zu schweigen von verschiedenen Waffen und Beute. Del hatte sie eine Mörderin genannt: Das war sie wahrscheinlich auch, obwohl ich sie noch nie persönlich jemanden töten sehen musste. Ich wusste, dass sie ihrer Crew befohlen hatte, uns auf das Riff zu treiben. Ich wusste aber nicht, ob sie ein Schwert in einem Menschen versenken und sein Herz herausschneiden konnte. Del konnte es. Del hatte es getan. Del war auch eine Mörderin.

Das ließ mich für einen Augenblick innehalten. Ich brach eine Streckbewegung mittendrin ab und berief diesen Gedanken, dieses Bild erneut herauf. Del im Kreis, vom Ritual, vom Gesang umgrenzt. Del außerhalb des Kreises, von nichts anderem umgrenzt als ihrem Willen, ihrem Können, ihrer Entschlossenheit, am Leben zu bleiben.

Hoolies, sie hatte *mich* fast getötet.

Und während ich mich dessen erinnerte, die Finger an die missgestalteten Narben an meinen Rippen legte, wo ihr Schwert mich getroffen hatte, und den Schmerz, das Erschrecken, die kalte Flamme Boreals erneut spürte, die sich in meine Haut und Muskeln und Eingeweide fraß, kam der Kapitän auf mich zu.

»Das Riff war grausam«, sagte sie.

Ich sah sie von der Seite an, sah rotes Haar zu einem Zopf zusammengenommen, das Schimmern von Glasperlen und Gold an den Ohrläppchen und der Kehle, den eng anliegenden Gürtel um eine Taille, die ich mit meinen Händen hätte umfassen können, und das sommersprossige Anschwellen üppiger Brüste in ihrem Ausschnitt. Eine dünne Tunika, die der Wind kräuselte. Eine bauschige, in niedrige, flache Stiefel gesteckte Hose. Sie *war* das Ansehen wert. Fraglos. Und sie schaute ebenfalls.

Also. Der Plan begann.

»Nicht das Riff hat uns stranden lassen.« Ich spreizte erneut die Füße und beugte mich herab, um mit den Handflächen das Deck zu berühren. Ich ließ sie die Bemühung erkennen, keine Mühe zu zeigen, jetzt, da sie zusah. »Man sollte besser sagen, dass Sie grausam waren.«

»Das bin ich.« Sie legte am Kreuz oberhalb des Dhoti eine Hand an mein Rückgrat und drückte zu. »Schmerzt das?«

Ich hielt den Atem an und fluchte innerlich. Wenn sie *diese* Art Frau war… Nun, das komplizierte den Plan. Mindestens. Machte ihn vielleicht sogar unmöglich. Ich hatte diese Wendung nicht bedacht.

Ich richtete mich mit neuerlichem Unwohlsein auf und spürte die Finger mein Rückgrat hinaufwandern. Die Hand glitt, ohne Vorwarnung, zu meinem Narbengewebe herum und drückte erneut zu. »Das hat wehgetan«, sagte sie. »Einst.«

Die Knochen unter der Hand, unter dem toten Gewebe, erinnerten sich. Wie auch das weichere Innere. Es hatte tatsächlich geschmerzt. Sehr. Und jetzt fühlte ich mich elender denn je.

»Ihre Füße bluten«, stellte sie fest.

Ich schluckte angespannt. »Entschuldigen Sie, dass ich Ihr Deck beflecke.« Ich wartete darauf, dass sie ihre Hand fortnähme. Als sie es nicht tat, nahm ich sie für sie fort, hob sie von meinen Rippen an. Sie war mir nahe genug, dass ich erwägen konnte, nach ihrem Schwert oder Dolch zu greifen, aber ich war mir sicher, dass sie genau das wollte. Daher entschied ich, es nicht zu tun. Noch nicht. Noch nicht.

»Mein Deck wird es überleben«, sagte sie. »Sie auch? Können Sie es überleben?«

»Das kommt auf die Alternative an.« Ich trat einen Schritt fort und wandte mich dann zu ihr um. »Ein Mann tut viele Dinge, um am Leben zu bleiben.«

Die Haut um ihre Augen kräuselte sich. »Eine Frau ebenfalls.«

»Schließt das auch mit ein, andere Schiffe auf Grund zu treiben, sodass sie auseinanderbrechen?«

»Dafür müssen Sie Ihren Kapitän verantwortlich machen. Er hatte die Wahl, herumzukommen und uns sein Schiff unbeschadet übernehmen zu lassen. Stattdessen hat er die falsche Entscheidung getroffen und das Riff gewählt.«

»Sie wussten, dass er es tun würde.«

»Andere Männer haben diesen Fehler nicht begangen. Ich glaubte, er würde sich für das Leben seines Schiffes und seiner Crew entscheiden.« Sie hielt inne. »Und für das Leben seiner Passagiere.«

»Es ergibt keinen Sinn, die Fracht zu verlieren, Kapitän.«

»Das ergibt keinen Sinn«, stimmte sie mir zu, »aber das ist mein Risiko. Ich würfele…« Sie machte mit der rechten Hand eine schnelle, automatische Bewegung. »…und gelegentlich verliere ich.«

»Dieses Mal.«

»Vielleicht. Vielleicht auch nicht. Es stimmt, dass kein Geld im Spiel ist. Aber zwei Männer und eine Frau.«

»Und Sie wissen bereits, dass es niemanden gibt, der uns auslösen könnte.«

Sie zuckte nachlässig die linke Schulter. »Den Kapitän wird wahrscheinlich auch niemand auslösen. Ich bezweifle, dass er viel wert ist, selbst wenn er eine Frau hat.«

»Soweit zur Beute, Kapitän.«

»Viele Dinge sind Beute. Sie schimmert, sie funkelt, sie klingt, sie ist verschwenderisch.« Sie lächelte. »Sie atmet.«

Dieses Mal verbarg ich meine Reaktion. Es kostete mich alle vorhandene Kraft. »Sklavenhändler?«

Ihre unter sandfarbenen Wimpern ernsthaft und klar wirkenden Augen, mit sonnengebleichtem Gold gesprenkelt, schauten belustigt drein. »Eine Frau tut vieles, um am Leben zu bleiben.«

Ich atmete vorsichtig ein. »Ein Mann ebenfalls.«

»Dann tun Sie es«, schlug sie vor. »Tun Sie das Notwendige.«

Ich wandte mich jäh ab, um sie zu verlassen, was ich sowohl für notwendig als auch für klug hielt – und wäre beinahe gegen den Ersten Offizier geprallt, von dem ich nicht gewusst hatte, dass er in der Nähe war. Was mir überhaupt nicht gefiel.

Als ich jäh stehen blieb, hörte ich die Frau hinter mir leise lachen und etwas in einer Sprache äußern, die ich nicht verstand. Die Ringe in den Augenbrauen des Mannes glitzerten im Morgenlicht. Er antwortete ihr in derselben Sprache, wandte den Blick aber nicht einmal dann von meinem Gesicht ab, als sie ging.

Ich zweifelte keinen Augenblick daran, dass er mich sofort getötet hätte, wenn ich irgendwann an die Waffen der Frau zu gelangen versucht hätte. Das war der Sinn, wenn man sich mit Männern wie ihm umgab.

»Was sind Sie?«, fragte er.

Nicht wer. Was. Interessant…

Und dann krampfte sich mein Magen zusammen. Hoolies, aber ich wurde es allmählich leid. Vielleicht hatte Del Recht. Vielleicht war ich am Riff *wirklich* von etwas gestochen worden. »Ich bin ein Messias«, antwortete ich kurz angebunden, da ich nicht in der Stimmung für sprachliche oder körperliche Spiele war.

Seine Zähne glänzten, als er die Lippen zu einem aufrichtigen Lächeln verzog. »Das dachte ich mir.«

Natürlich fühlte ich mich im Augenblick nicht besonders messiashaft. Nach Dels Bemerkung, dass ich Waffen aus der dünnen Luft herbeizaubern sollte, was ich gewiss nicht konnte, war ich nicht sehr freudig gestimmt gewesen. Und jetzt spielte dieser blauköpfige Mann dieselbe Art Spiel. Mit weitaus weniger Recht.

Dann sagte er erneut etwas. Ich verstand es nicht. Es klang wie die gleiche Sprache, die er und der Kapitän benutzt hatten. Er beobachtete mich genau, während er sprach, erforschte meine Augen und mein Gesicht. Ich konnte mich nicht allzu gut darauf vorbereiten, irgendeine Regung zu zeigen oder nicht zu zeigen, da ich keine Ahnung hatte, was er sagte. Ich erwiderte nur seinen Blick und wartete ab.

Er wechselte wieder zu akzentuiertem Südländisch über. »Wohin wollten Sie, als wir Sie gefangen nahmen?«

»Nach Skandi.« Ich glaubte nicht, dass es schaden würde, ehrlich zu sein.

Etwas schimmerte in seinen Augen. »*Io*Skandi.«

»Skandi.« Ich zuckte die Achseln. »Mehr weiß ich nicht. Ich war niemals zuvor dort.«

Er wölbte nachdenklich die durch Ringe beschwerten Augenbrauen. »Niemals?«

»Ich bin Südbewohner«, antwortete ich. »Aus der tiefen Wüste. Der Punja. Dort geboren und aufgewachsen.«

»Nein.«

»Doch.«

»Aus Skandi.« Er klang sicher.

»Vielleicht«, sagte ich deutlich, jetzt sowohl neugierig als auch gereizt. »Je nachdem, was Sie mit uns vorhaben, werden wir es vielleicht niemals herausfinden...«

Er verschränkte ohne Vorwarnung eine Hand um

mein rechtes Handgelenk. Ich spürte die starken Finger sich wie Draht darum schließen und das Blut abschnüren.

Da handelte ich, nutzte Kraft und Hebelwirkung und befreite mich mit einer schnellen Drehung. Er schien nicht überrascht. Tatsächlich lächelte er. Und nickte. *»Io.«*

Es half nichts – ich musste ihn geradeheraus fragen. »Was soll das?«

Er schaute von mir zum Deck. Dann kauerte er sich hin, streckte eine Hand aus und betastete das von meinen – vom Riff zerschnittenen – Füßen hinterlassene Blut. Er erhob sich wieder, rieb seinen Daumen an den Fingern. Dann zeigte er mir die Hand, die Handfläche nach oben und die blutverschmierten Finger ausgestreckt. *»Io.«*

»*Sie* elender Sohn einer…«

»Sie sind elend«, unterbrach er mich. »Sehen Sie sich Ihren Arm an.«

Ein Teil von mir wollte nicht hinsehen. Aber ein anderer Teil beschloss, das Spiel so lange auf seine Art mitzuspielen, bis ich es besser verstand oder zumindest erkannte, ob es irgendwelche Regeln gab. Also betrachtete ich meinen Arm.

Die Haut um das Handgelenk war, wo seine Hand es umschlossen hatte, mit einem rasch zunehmenden, bösen Ausschlag bedeckt. Noch während ich erstaunt hinsah, bildeten sich Ansammlungen kleiner Pusteln, brachen auf. Nässten.

»Wenn Sie es leid sind, Ihren Magen zu entleeren«, sagte er, »dann kommen Sie zu mir.«

Ich öffnete den Mund zu einer Erwiderung, wandte mich dann um und stolperte zur Reling. Wo ich prompt meinen Magen entleerte.

5

Del suchte mich, fand mich kauernd wieder auf dem am Heck zusammengerollten Tauwerk. Sie blieb stehen und wölbte die Augenbrauen. »Nun?«

»Nun was?«

»Irgendwelche Fortschritte?«

»Fortschritte womit?«

»Mit dem Kapitän.«

»Oh. Nein. Ich meine…« Ich untersuchte überaus sorgfältig einen Kratzer auf meiner Kniescheibe. »…ich treibe es nicht voran.«

Nach einem Augenblick schweigender Betrachtung hockte sie sich hin, um mir ins Gesicht sehen zu können. »Was ist los?«

Ich zuckte die Achseln. »Sie ist nicht so, wie ich erwartet hatte.«

»Nein – ich meine, was ist mit dir los?«

Ich betrachtete sie wachsam. »Was meinst du damit, was mit mir los sei?«

»Dir war wieder übel. Ich kann es sehen. Du hast wieder diesen grünlichen Anflug um den Mund, und deine Nase wird rot.«

Ich betastete meine Nase, runzelte die Stirn, seufzte dann und gab auf. »Ich bin es leid, mich unwohl zu fühlen. Es ist lächerlich!«

Sie verzog den Mund. »Und du kannst nicht einmal Aqivi dafür verantwortlich machen.«

Ich spähte zögernd zu ihr. »Komme ich dir heiß vor?«

Sie befühlte meine Stirn, ließ die Hände unter herabhängendes Haar gleiten. »Nein. Du fühlst dich kalt an.« Sie erhob sich aus ihrer hockenden Haltung und setzte sich neben mich auf das Tauwerk. »Ich behaupte immer noch, dass dich etwas gestochen hat.«

»Vielleicht.« Ich saß mit auf die Oberschenkel gestützten Armen da. Das rechte Handgelenk nässte nicht mehr. Die Pusteln waren verschwunden. Man sah von dem, was gewesen war, nur noch einen schwachen Ring geröteter Haut, der aber auch rasch verblasste. »Weißt du, was *io* bedeutet?«

Del schüttelte den Kopf.

Ich präzisierte. »Er sagte *io*Skandi.«

»Wer sagte das?«

»Der Blaukopf. Der Erste Offizier.«

Sie schüttelte erneut den Kopf. »Wir wissen, dass Skandi ein Ort ist, und Skandier könnte eine Person aus Skandi bedeuten, aber *io*?« Sie zuckte die Achseln. »Vielleicht eine Stadt in Skandi?«

Ich seufzte und rieb mir wie abwesend das Handgelenk, das wieder vollkommen normal aussah und sich auch so anfühlte. »Vielleicht. Das ergibt vermutlich ebenso viel Sinn wie alles andere.« Ich warf ihr einen Blick zu. »Nun?«

»Nun was?«

»Irgendwelche Fortschritte deinerseits?«

Sie lächelte. »Ich treibe es nicht voran.«

Ich grinste kurz, aber das Grinsen erstarb wieder. Rasch. Ich betrachtete angelegentlich das Deck. Dieser nächste Teil würde schwer werden. »Del.«

Sie schloss vor dem Wind die Augen. »Hmmm?«

»Sie haben kein Geld, keine Edelsteine, keine Ladung, kein Schiff eingenommen. Nur dich, und mich, und den Kapitän.« Jetzt prüfte ich einen gerissenen Zehennagel. »Sie haben vielleicht vor, uns zu verkaufen.«

Sie öffnete ruckartig die Augen. Nach einem Moment angespannter Stille sagte sie vorsichtig: »Das würde Sinn ergeben.« Und als ich von Kopf bis Fuß erstarrte, legte sie eine Hand auf mein Knie. »Ich weiß, Tiger.«

»Del…« Ich biss mir in die durchbohrte Wange, sodass sie erneut blutete. »Ich kann das nicht wieder tun.«

Sie festigte ihren Griff. »Ich weiß.«

»Wir müssen einen Weg finden, von diesem Schiff fortzukommen. Bevor…« Ich schloss die Augen, drückte sie fest zu und öffnete sie dann wieder. »Bevor.«

»Das werden wir.«

Dann stieß ich mich hoch, tat zwei lange Schritte zur Reling und umklammerte sie. Meeresgischt befeuchtete mein Gesicht, während der Wind mein Haar zurückstrich. Es war schwerer, als ich gedacht hatte.

»Ist dir wieder übel?«

Ich spie Blut und sprach dann ruhig, ohne übermäßige Empfindung. »Eher werde ich mich ertränken, als dass ich wieder zulasse, dass mich jemand in die Sklaverei verkauft.«

»O Tiger…« Ein halbherziger, unbeständiger Protest.

Ich wandte mich ruckartig zu ihr um, erschreckte sie mit meiner Heftigkeit. »Und du solltest mich besser nicht aus dem Wasser ziehen. Versprich mir das.«

Del sah mich an, wog die Worte, den Tonfall, den Gesichtsausdruck ab – und begann zu glauben. Alle Farbe wich aus ihrem Gesicht, bis sie totenbleich, entsetzt, starr auf dem Tauwerk saß. »Ich kann ein solches Versprechen nicht…«

»Versprich es mir.«

Sie schüttelte entschieden den Kopf. »Es wird eine Möglichkeit geben… Wir werden einen Weg finden, uns einen Weg schaffen…«

»Nein«, sagte ich verbittert. »Nicht wieder.«

»Tiger…«

»Zuerst sechzehn oder siebzehn Jahre lang die Salset, dann Aladar und die Minen. Ich kann das nicht wieder tun. Ich *kann* es *nicht*.«

Jetzt versuchte sie es mit Vernunft, sich noch immer nicht sicher, aber kein Risiko eingehend. »Du hast dich von den Salset befreit. Und du hast dich aus den Minen befreit. Es gibt Möglichkeiten, die…«

»Genug«, unterbrach ich sie. »Bitte nicht darum, wünsche es dir nicht, erwarte es nicht, Del. Ich kann nicht.«

Sie stieß sich jäh vom Tauwerk hoch und stand dann wie erstarrt und zitternd da. Sie versuchte zu sprechen, aber es gelang ihr nicht. Dann wandte sie sich um und ging ungewohnt hölzern davon.

»Del…«

Sie fuhr zornig herum. »Tu das nicht.«

Ich machte eine Geste der Sinnlosigkeit. »Ich muss es tun…«

»Nein, das musst du nicht. Du musst so etwas nicht tun.«

Ich biss die Zähne zusammen. »Ich kann nicht…«

»Ich kann es nicht tun! Das tun? Ich kann nicht! *Ich* kann nicht!«

»Del…«

»Nein.« Im kältesten Tonfall, den ich jemals von ihr gehört hatte. »Bist du so selbstsüchtig, dass du das von mir verlangen kannst? Bist du so blind, so anmaßend?«

Ich wurde lauter. »Anmaßend…!«

»Was bist du, dass du das von mir verlangst? Dass du von mir erwartest, dir beim Ertrinken zuzusehen?«

»Ich habe nicht gemeint, dass du *zusehen* sollst…«

Wir waren inzwischen beide laut geworden. »Du bist ein Narr!«, schrie sie und fügte dann etwas so Grimmiges in der Hochlandsprache an, dass ich lieber keine Übersetzung forderte.

»Es ist nicht das erste Mal«, erinnerte ich sie scharf.

»Als Chosa Dei in mir war, hast du zugestimmt, mich zu töten. Dieses Mal bitte ich dich nur, mich nicht zu retten.«

»Und ich könnte es nicht tun!«, fauchte sie. »Erinnerst du dich, als ich mein Jivatma an deine Kehle anlegte?«

Ich erinnerte mich. Deutlich.

»Erinnerst du dich, wie ich dir dann sicherzustellen versprach, dass Chosa Dei nicht freigesetzt würde?«

Ich erinnerte mich.

»Erinnerst du dich, wie er dich fast als seinen Körper vereinnahmte, damit er die Möglichkeit hätte, das Land zu vernichten?«

O ja. Ich erinnerte mich.

»Damals erkannte ich, dass ich es nicht tun konnte«, sagte Del. »Ich *wusste* es. Ich versprach es dir damals – und ich konnte es nicht tun.«

»Del…«

»Ich werde keine solchen Versprechen mehr geben, Tiger. Nie mehr wieder. Niemals.« Tränen standen in ihren Augen. Höchstwahrscheinlich vor Zorn. Und vielleicht noch aus anderen Gründen. »Das einzige Versprechen, das ich dir geben kann, ist, dass ich für dich sterben werde.«

»Del, nicht… du darfst nicht…«

»Ich werde es tun«, sagte sie. »Oh, ich verstehe. Ich erkenne es. Ich *weiß*. Und ich weigere mich.« Sie trat nahe an mich heran, sehr nahe, sodass ich ihren Atem auf meinem Gesicht spürte. »Im Namen meines toten Jivatma schwöre ich so viel: dass ich alles in meiner Macht Stehende tun werde, um dein Leben gegen jegliche Bedrohung zu verteidigen. Sogar gegen eine Bedrohung durch dich selbst.« Sie zitterte vor Zorn und, wie ich glaubte, vor Angst. »Erbitte nicht mehr. Wünsche nicht weniger. Außer *nichts* – aber dass ich an deiner Stelle sterben werde, um dich davon abzuhalten, ein Narr zu sein.«

Ich ergriff fest ihre Handgelenke. Öffnete den Mund zu einer Antwort, um ihr diesen Schwur zu verweigern – und sah, dass wir eine Menge grinsender Zuschauer angelockt hatten. Ich fluchte, ließ sie los und wandte mich jäh wieder zur Reling um.

Ich starrte blind aufs Meer, während ich sie gehen hörte.

* * *

Ich erwachte kurz vor der Dämmerung. Ich weiß nicht, ob ein Geräusch oder das Fehlen jeglicher Geräusche die Ursache war. Aber ich erkannte, dass ich allein war.

Die Leere war grenzenlos.

* * *

Ich streckte mich, drehte mich und schüttelte die Körperteile aus, bis mich ein Schweißfilm bedeckte. Es war dämmerig, windig und kühl, aber ich hatte mich in den Ritualen verloren, die ich in Alimat gelernt hatte, beim Üben mit dem Shodo. Er hatte mir erklärt, dass selbst ein siebzehnjähriger Junge niemals davon ausgehen sollte, dass sein Körper leistungsfähig sei, und dass die Leistungsfähigkeit mit zunehmendem Alter schwerer zu erreichen sei.

Ich glaubte ihm natürlich nicht. Mit siebzehn (oder sechzehn, oder achtzehn; niemand wusste es genau), nach fast zwei Jahrzehnten Arbeit für die Salset, war ich überaus sicher, leistungsfähig zu sein. Ich hatte immerhin die Sklaverei überlebt, hatte einen Sandtiger getötet, um meine Freiheit zu erlangen, war als Schüler Alimats angenommen worden. Nachdem ich Abbu Bensir besiegt hatte, Alimats besten Eleven, wusste ich, dass meine Verfassung ausgezeichnet war. Hatte ich Abbu nicht fast *getötet*?

Nun, ja, aber versehentlich. Es ging nicht darum,

ihn zu töten. Es ging darum, ihn zu besiegen, und das war mir gelungen. Recht unerwartet.

Wie dem auch sei – der Shodo selbst, mit seinem trotz fortgeschrittenen Alters unzweifelhaftem Können, überzeugte mich bald, dass ich trotz Schnelligkeit und Stärke und dem Potenzial für bemerkenswerte Kraft und wahres Talent nur ein Junge war. Kein Mann. Kein Schwerttänzer.

Es hatte Jahre gebraucht, bis ich das verstanden hatte. Zu der Zeit, als mein Körper auf die Art geschliffen war, wie die Rituale Alimats es forderten, ähnelte ich in nichts mehr diesem Jungen, der den Sandtiger getötet hatte – und fast auch Abbu getötet hatte. Ich ähnelte in nichts mehr dem Mann, der rasch die ersten vier Grade, gefolgt von drei weiteren, durchlaufen hatte. Ich war ein Kind Alimats: auf die Kodexe und Rituale und die Erfordernisse des Kreises eingestimmt.

Und jetzt stand ich außerhalb all der Kreise, selbstverbannt. Aber der Körper erinnerte sich. Der Geist erinnerte sich. Die Reflexe erwachten, begannen trotz Kratzern und Quetschungen und Wunden wieder durchzudringen. Ich war mehr als doppelt so alt wie zu dem Zeitpunkt, als Alimat mich angenommen hatte, und mir war die Last der Weisheit des Shodo vertraut: Wenn ein Mann altert, wird die Leistungsfähigkeit schwerer erreichbar.

Da die Zeit im Kreis begrenzt ist, war ich nicht mehr jung. Ich trug Narben von allen Arten von Kämpfen und Umständen, eines meiner Knie beklagte sich gelegentlich, und ich hatte in letzter Zeit bemerkt, dass es länger dauerte, wenn ich in die Ferne scharf sehen wollte.

Aber ich war noch weit davon entfernt, alt, fett oder langsam zu sein.

Zum Glück für meinen Plan hatte auch der Kapitän das bemerkt.

Sie lehnte sich gegen die Reling, die Ellenbogen müssig aufgestützt – was, wie ich nicht umhin konnte zu bemerken, die Wölbung ihrer beeindruckenden Brüste noch betonte. Sie balancierte leicht auf dem Deck aus, geschmeidig wie eine Katze, während der Wind den roten Zopf über eine Schulter zurückpeitschte wie eine Schlinge geflochtenen Seils. An bestimmten Stellen schimmerten Strähnen ihres Haars durchs Sonnenlicht – wie Golddraht.

Sie lächelte. »Wissen Sie, ich glaube, Sie könnten Nihko ebenbürtig sein.«

»Wem?«

»Nihko«, antwortete sie. »Meinem Ersten Offizier.«

»Oh. Blaukopf.«

Die Frau lachte. »So nennen Sie ihn? Nun, er hat sich für Sie auch einen Namen ausgedacht.«

»Tatsächlich?« Ich beugte mich herab und berührte mit den flachen Handflächen das Deck. »Und welcher Name wäre das?«

»Etwas Unanständiges.«

Ich brummte. »Das ist nichts Neues.«

»Das kann ich mir vorstellen«, stimmte sie mir zu. »Und Ihre Frau belegt Sie vermutlich mit einem ebenso unanständigen Namen.«

Ich richtete mich auf. »Es geht Sie nichts an, wie ›meine Frau‹ mich nennt. Und Sie sollten es von allen am besten wissen und sie nicht so beschreiben.«

Eine rote Augenbraue wurde überrascht gewölbt. »Was? Ist sie jetzt, da Sie gestritten haben, nicht mehr Ihre Frau?«

»Sie ist *niemals* ›meine Frau‹.«

»Nein?«

»Nein.« Ich hielt inne. »Nicht einmal, bevor wir gestritten haben.«

»Gehört Sie nicht Ihnen?«

Ich schüttelte meine Arme aus, beugte die Knie. Ich kühlte im Wind ab und der Schweiß trocknete auf meiner Haut. »Sie gehört niemandem. Sie ist keine Sklavin.«

»Aber sie ist gebunden?«

»Nein.«

»Warum sollte sie dann bei Ihnen bleiben?«

Ich sah sie stirnrunzelnd an. »Der Grund, warum eine Frau bei einem Mann bleibt, ist, dass sie ihn – bewundert.«

»Bewundert!«

»Mag«, korrigierte ich mich widerwillig.

»Sie glauben, selbst jetzt noch? Nachdem Sie sie angeschrien haben?«

Ich stand an der Reling. »Sie hat zurückgeschrien.«

»Und jetzt wird sie Sie verlassen?«

»Es ist ziemlich schwer, mich zu verlassen, solange wir beide auf diesem Schiff festsitzen.«

»Sie hier verlassen.« Sie berührte, auf ihr Herz deutend, eine Brust.

»Fragen Sie sie«, rief ich grimmig.

»Nihko sagt, sie weigere sich, Sie sterben zu lassen.«

Ich hatte nicht bemerkt, dass sie *so* viel belauscht hatten. »Del tut, was sie will.«

»Und wenn sie Sie am Leben erhalten will?«

Ich zuckte die Achseln. »Ein Mann kann Möglichkeiten zum Sterben finden.«

Sie dachte darüber nach. »Und warum sollte er sterben wollen?«

Das tut er nicht. Aber. »Ein Mann trifft Entscheidungen über seine Art zu leben.«

»Ah.« Sie lächelte. »Und jetzt haben Sie beide gestritten und sind schlecht gelaunt, wie Kinder, weil sie Sie gern genug *mag*, um zu wollen, dass Sie überleben, selbst wenn Sie sterben wollen.«

»Niemand sollte sich in eine persönliche Entscheidung einmischen.«

»Nein?«

»Nein.«

»Und wenn es ihre persönliche Entscheidung ist, Sie vom Sterben abzuhalten?«

Ich blickte düster ins Wasser und antwortete nicht.

»Würden Sie sie vom Sterben abhalten?«

Die Frage war leicht zu beantworten. »Das habe ich bereits.«

»Und hat sie Sie auch schon vom Sterben abgehalten?«

Da wandte ich mich zu ihr um. »Was soll das alles?«

»Sie wollen also nicht zugeben, dass eine Frau einen Mann vom Sterben abhalten könnte? Schwächt es Ihre Seele zu wissen, dass eine Frau dies kann?«

Ich lehnte mich mit einer Hüfte gegen die Reling und kreuzte die Arme vor der Brust. »Was gewinne ich, wenn ich Ihre Fragen richtig beantworte? Und wie wollten Sie erkennen, wenn ich sie richtig beantworte?«

Sie lachte mich aus. »Auf diesem Schiff herrscht Wahrheit zwischen Männern und Frauen.«

»Wahrheit?«

»Ich sage Ihnen eine Wahrheit. Kein Mann meiner Crew wurde in dem Glauben geboren, eine Frau könnte sein Leben retten. Aber sie haben gelernt, dass es so ist, als ich ihre Leben gerettet habe.«

»*Sie* haben ihre Leben gerettet.«

»O ja. Ich habe sie gekauft.«

Ich erstarrte. »Sie *gekauft* …«

»Aus der Sklaverei freigekauft«, antwortete sie. »Alle außer Nihko. Nihko kam zu mir.«

»Warum?«, fragte ich scharf.

»Fragen Sie Nihko.«

»Nein… ich meine, warum haben Sie sie aus der Sklaverei freigekauft?«

»Ich brauche Loyalität. Und die kann man nicht erkaufen oder jemandem einbleuen.«

»Loyalität wofür?«

»Für mein Schiff.«

Ich begann zu verstehen. »Sie konnten keine Crew anheuern.«

»Mit Geld kann man keine Loyalität erkaufen.«

»Kein Mann würde bei Ihnen als Kapitän anheuern. Also haben Sie sich auf andere Weise eine Crew verschafft.« Ich zuckte die Achseln. »Sklavenarbeit.«

»Ich habe sie gekauft. Ich habe sie befreit. Ich habe ihnen die Wahl gelassen. Acht von zehn sind mit mir gesegelt.«

»Und die beiden, die nicht mitgekommen sind?«

Sie zuckte die Achseln. »Freie Männer wählen frei. Die beiden wählten, woandershin zu gehen.«

»Loyalität, die Sie nicht erkaufen konnten.«

Ihre Augen wirkten im Sonnenlicht fahl. »Sie hätten mich später verlassen. Es war besser, sie schon dann zu verlieren.«

»Und die anderen?«

»Einer ist tot«, sagte sie. »Die anderen sind hier.«

»Noch.«

»Noch.« Sie neigte leicht den Kopf. »Der einzige Mann, der seine Frau bitten würde, ihn lieber sterben, als ihn zum Sklaven werden zu lassen, ist derjenige, der bereits ein Sklave *war*.«

Jeder, der meinen Rücken gesehen hatte, wusste das. Ich betrachtete sie von oben bis unten. »Sie scheinen über Sklaverei genau Bescheid zu wissen.«

Sie reckte zustimmend das Kinn. »Mein Vater besaß viele Sklaven.«

Ich hatte schon beinahe angenommen, sie sei selbst eine Sklavin gewesen. Oder eine Prostituierte, was, wie Delilah mich gelehrt hatte, eine Form von Sklaverei ist. Aber das Gespräch verlief überhaupt nicht so, wie ich es erwartet hatte. »Und weiß Ihr Vater, was seine Tochter tut?«

»Was sie tut. Was sie *ist*.« Eine Strähne des von der Sonne kupfern gefärbten Haares wehte über ihr Gesicht. Sie fing sie ein und strich sie zurück, steckte sie hinter ein goldbehangenes Ohr. »Er ist Händler«, sagte sie, »Menschenhändler. Er verkauft, kauft, handelt.«

»Also«, sagte ich schließlich, »haben Sie diese Männer von Ihrem Vater gekauft, haben sie freigekauft – und jetzt fordern Sie von ihnen, anderen Menschen das anzutun, was ihnen angetan wurde.«

Sie sagte nüchtern: »Viele Dinge sind Beute.«

Und es wäre für die Tochter eines Sklavenhändlers nicht schwierig, einen Markt für mich zu finden. Oder für Del.

Ich schüttelte den Kopf. »Nein.«

Kleine Zähne schimmerten weiß. Selbst der Rand ihrer Lippen war von Sommersprossen übersät. »*Sie* hält Sie für wert, gerettet zu werden.«

Ich zuckte die Achseln. »Das besagt nichts über ihren Geschmack.«

Diese Bemerkung entlockte ihr ein Lachen. Ich beobachtete, wie sie mich von oben bis unten betrachtete, mich abschätzte. Das war genau das, was ich bei ihr zu bewirken gehofft hatte, eine Neugier, sich vorzustellen, was aus Vertrautheit erwachsen könnte. Doch jetzt konnte ich nicht umhin, mich zu fragen, ob sie mich als einen Mann einschätzte, der eine Rolle in ihrem Bett spielen könnte – oder der sich als Sklave verhalten sollte. Kälte breitete sich in meinen Eingeweiden aus. »Also«, sagte sie, »sind Sie bereit, für Ihre Freiheit zu sterben, da Sie glauben, der Tod sei besser als die Sklaverei. Dann frage ich Sie – wären Sie auch bereit, für Ihre Freiheit zu leben? Wenn Sie die Wahl hätten?«

»Ich habe gesehen, welche Wahl Sie unserem Kapitän bei den Riffen gelassen haben.«

»Aber er hatte eine Wahl«, beharrte sie ruhig. »Ich habe ihn nicht gezwungen, sein Schiff auf Grund zu setzen. Er hätte sich uns ergeben und sein Schiff, seine Ladung und die Leben seiner Männer retten können.«

»Vielleicht wollte *er* auch nicht versklavt werden.«

»Aber das ist letztlich die Wahl«, erklärte sie mir. »Wenn Sie die Mittel besitzen, sich Ihre Sicherheit zu erkaufen, bestehe ich nicht darauf, jemanden zu verkaufen.« Sie machte eine knappe und beredte Handbewegung. »Finden Sie eine Möglichkeit, sich Ihre Freiheit zu erkaufen, wenn Sie nicht wollen, dass ich Sie veräußere. Das ist Ihre Wahl.«

Ich konnte die Gelegenheit ignorieren und riskieren, keine weitere zu bekommen. Oder ich konnte die Möglichkeit prüfen, während ich keinerlei Verpflichtung einging. »Und was«, fragte ich fest, »würde für Sie als Bezahlung gelten?«

Die Tochter des Sklavenhändlers lächelte. Ein Leuchten erschien in ihren Augen. »Es sind sieben unversehrte Männer an Bord«, sagte sie, »und ich bezweifle stark, dass Sie mehr anbieten könnten als sie.«

»Was sie *angeboten* haben?«, fragte ich. »Oder waren sie aus Loyalität gezwungen nachzugeben?«

»Sie schulden mir keine Loyalität.«

»Nein.«

»Sie schulden mir die Flucht«, sagte sie. »Den Beweis, dass Sie besser sind als wir glauben. Und genau das planen Sie sogar hier und jetzt, während wir uns unterhalten.«

»Tatsächlich?«

Sie nickte. »Ich beherrsche meine Männer nicht. Ich *verstehe* sie.«

»Und Sie glauben, mich zu verstehen.«

»Besser als Sie mich verstehen.« Sie grinste. »Ich wiederhole es noch einmal: Ich bezweifle, dass Sie mehr bieten können, als meine Crew geboten hat.«

Ich zuckte beiläufig die Achseln. »Es gibt Männer – und es gibt Männer.«

Sie überging diese Bemerkung. »Ich habe Ihre Hände gesehen.«

»So?«

»So. Ich weiß, welche Art Arbeit solche Schwielen verursacht. Keine Sklavenarbeit, sondern Können. Übung. Hingabe. Disziplin.«

»Ich wiederhole: So?«

»Sie erstreben ein Schwert«, sagte sie ruhig. »Sie glauben, dass es mit einer Klinge in der Hand nicht schwer sein wird, acht Männer und eine Frau zu überwältigen.«

»Tue ich das?«

»Ihre Augen schreien es heraus. Ihr Körper schreit es heraus. Jede Bewegung, die Sie hier machen, um ihren Körper zu stählen, schreit es heraus.« Sie wurde jetzt ernst. »Es gibt zwei Arten von Männern auf der Welt: Narren – und jene, die gefährlich sind.«

Ich spreizte die Hände. »Ich? Gefährlich?«

»Wie Nihko gefährlich ist. Sie beide sind von der gleichen Art.«

»Ich habe etwas mehr Haare auf dem Kopf.«

»Und Hoden.«

Das bestürzte mich. »Was?«

»Einige Männer zahlen mit mehr als nur einfachem Geld.«

Ich dachte darüber nach. Ich erwog den Gedanken, dass ein Mann sich so weit erniedrigte, dass er das verlor, was ihn zu einem Mann machte. Aber andererseits stand nicht fest, dass Nihko eine Wahl *gehabt* hatte.

Ich räusperte mich und versuchte, die sofortige Anspannung in meinen Genitalien zu vergessen. Ich wechselte mühsam das Thema – und die Vorstellung. »Und Ihr Preis, Kapitän?«

Sie antwortete ohne Zögern: »Die Frau.«

Ich bezwang meinen Zorn. »Warum um etwas schachern, was Ihre Männer einfach nehmen könnten?« Del könnte es mit mehreren aufnehmen, aber letztlich würde die größere Anzahl zweifellos obsiegen.

»Für meine Männer?« Sie lächelte bittersüß, während sie den Kopf schüttelte. »Oh, aber ich will sie für mich selbst.«

Ich starrte sie sprachlos an.

»Und jetzt wissen Sie«, sagte sie, »warum mein Vater mich verstieß und wie es kam, dass ich zur Renegada wurde.«

6

Del fuhr in der uns ›zugewiesenen‹, winzigen Kajüte herum, als ich die schmale Tür hinter mir schloss. Ihr Gesichtsausdruck war nachdenklich und wechselte zu wohl überlegter Nachsicht, als sie mich erkannte.

Ich räusperte mich. »Nun«, begann ich, »es *schien* eine gute Idee zu sein. Ich hatte nur einfach diese… geringfügige Verwicklung nicht bedacht.«

Blaue Augen verengten sich. Del erkannte meinen Tonfall und die Beschönigung darin. »Welche geringfügige Verwicklung?«

Ich legte eine Hand auf meine Brust. »Es gibt immerhin eine Frau auf der Welt, die meinem männlichen Charme nicht erlegen ist. Beachte bitte – nur eine, aber immerhin. Ich bin vernichtet. Ich bin ruiniert. Ich bin zerstört. Ich werde mich zweifellos niemals wieder erholen.«

»Du hast es bei ihr versucht.« Sie versuchte, meine Miene zu deuten. »Ich dachte, du hättest gesagt, du wolltest nichts vorantreiben.«

»Ich habe nichts versucht«, sagte ich. »Nun – Andeutungen. Aber das ist nicht wirklich ein *Versuch*…«

»Das kommt darauf an, wie solche Dinge aufgefasst werden.«

»…zumindest nicht auf die Art, wie ich einen offiziellen Versuch wirklich verstehe«, beendete ich meinen Satz, ihren Einwand übergehend. »Verführung ist eine Kunst, weißt du.«

»Verführung erfordert Finesse«, sagte Del. »Und du besitzt keine.«

»Keine?«

»Das ist einer deiner Reize«, stellte sie fest, »dass dir keine Arglist innewohnt, zumindest nicht, wenn es um solch grundsätzliche Naturtriebe wie den Beischlaf geht.«

Ich stellte entsetztes Erschrecken zur Schau. »Hoolies, Bascha, warum entziehst du dem nicht gleich alle Romantik!«

»Du sagst, was du willst, Tiger. Das respektiere ich.«

Ich warf ihr einen gehässigen Blick zu. »Respektiere dies!«

Del seufzte. »Wie ich bereits sagte – du besitzt keine Finesse.«

»Nun, ich *war* feinfühlig«, antwortete ich. »Zumindest *glaubte* ich, recht feinfühlig gewesen zu sein. Aber das ist bei dieser Frau verschwendet.«

»›Bei dieser Frau?‹« Del sah mich neugierig an. »Oje, das klingt ernst.«

Ich fing erneut an. »Sie hat mich verletzt. Sie hat mich bis ins Mark getroffen. Sie hat meinen Geist vollkommen gebrochen…«

»Der wird sich wieder erholen«, warf Delilah ein, »vermutlich wenn ich dir *meine* Zuneigung und Aufmerksamkeit großzügig schenke.«

Ich ließ von meiner Pose ab, trat einen Schritt vor, legte ihr einen Arm um die Schultern und zog sie nahe an meine Brust. Ich sagte in ihr Haar hinein: »Verzeih mir, Bascha.«

Ihr Atem fühlte sich an meinem Hals warm an. »Weil du es nicht geschafft hast, den Kapitän zu verführen?«

»Nein. Weil ich mich mit dir gestritten habe. Aber ich sah keine andere Möglichkeit.«

Del, deren Kinn auf meiner Schulter lag, schwieg.

»Du wusstest es«, sagte ich, als mir ihre Starrheit auffiel. »Du hast erkannt, was ich getan habe? Dort draußen auf dem Deck, vor der ganzen Mannschaft?«

Kurz darauf atmete sie tief ein. »Ein Mann ist mit seinen Worten häufig am überzeugendsten, wenn er *meint*, was er sagt.«

»Del...«

»Was du gesagt hast, war keine Lüge, Tiger. Das war keine Effekthascherei. Du hast sie vielleicht irreführen wollen, aber du hast *mich* nicht irregeführt. Ich sage es noch einmal: Du besitzt keine Finesse. Du bist in allem ehrlich, selbst wenn du lügst.« Sie legte eine flache Hand an meine Brust und trat zurück, sodass sie mir in die Augen sehen konnte. »Du hast ein ehrliches Herz. Und davon hast du gesprochen.«

Das ging eigentlich nicht in die erwartete Richtung. Ich versuchte es erneut. »Del...«

»Du meintest dies genauso ernst, wie du es ernst meintest, als du alle Ehrenkodexe Alimats zurückgewiesen hast.« Ihre Stimme klang seltsam tonlos, als fiele es ihr schwer zu sprechen. »Als du an jenem Tag vor Sabra, vor Abbu Bensir und all den anderen Schwerttänzern aus dem Kreis getreten bist und dich von allem losgesagt hast...«

»Ich weiß, was ich getan habe«, sagte ich scharf und unterbrach sie damit.

»Du hast es ernst gemeint«, erklärte Del, »und du hast dies ernst gemeint.«

Ich atmete geräuschvoll aus, ließ alle Luft aus meinen Lungen entweichen und rieb mir dann mit einem Handballen über die Stirn. »Ja, nun, wir tun alle Dinge, die wir tun müssen. Selbst wenn wir es nicht wollen.«

Ihre Stimme klang fast sanft. »Du hast mich benutzt, Tiger.«

Ich wich dem nicht aus. »Um sie glauben zu machen. Ja.«

Del nickte. »Wie ich dich benutzt habe, um mir den Weg nach Staal-Ysta zurück zu erkaufen.«

Ich blinzelte. Das war etwas *völlig* anderes.

»Ich habe dich benutzt, dich gelenkt«, sagte sie. »Dich ihnen angeboten wie Fleisch auf einem Teller. Ich habe mir den Weg zu einem Ort erkauft, den ich wegen der einst geehrten Eide und Kodexe nicht mehr erreichen konnte.«

»Um deine Tochter zu sehen.« Von deren Existenz ich zu diesem Zeitpunkt nichts gewusst hatte.

»Ich hatte das Gefühl, es sei den Preis wert«, stimmte Del mir zu. »Das… Risiko wert. Aber ich habe mich geirrt. Ich hätte dich niemals so erbärmlich benutzen dürfen.«

Ich zuckte die Achseln, ebenso von ihren Empfindungen wie von schmerzlichen Erinnerungen bedrückt. »Das ist Vergangenheit, Bascha.«

»Du hättest mich jederzeit verlassen können. Einige Leute hätten dir zweifellos dazu geraten. Einige hätten dich als verrückt bezeichnet, dass du unter solchen Umständen bei mir bliebst. Was ich getan habe, war… gewissenlos. Unverzeihlich.«

Ich versuchte, mich lässig zu geben. »Nun, man kann nie wissen, wie töricht sich ein Mann aufführt, wenn es um eine Frau geht.«

Dels bittersüßes Lächeln hielt nicht lange an. »Oder eine Frau, wenn es um ein Kind geht.«

»Also«, sagte ich kurz darauf, »sind wir quitt.«

»Tatsächlich?«

»Wir haben einander beide Dinge angetan – *für* den anderen.« Ich zuckte kurz die Achseln. »Und werden es vermutlich auch weiterhin tun.«

»Dinge einander antun und für den anderen tun?«

»Nun ja. Das ist anscheinend eine Angewohnheit von uns.«

Del nickte. »Und da du das erkannt hast, wirst du mir vielleicht verzeihen.«

O Hoolies… »Was *hast* du denn getan?«

»Ich habe meine eigene Verführung versucht.«

Der Erste Offizier? Aber der Kapitän hatte gesagt, der Mann besäße keine Hoden mehr!

Del deutete meine Miene richtig. »Nein«, sagte sie. »Nicht so. Warum glaubst du das Offensichtliche?« Dann beantwortete sie ihre Frage augenblicklich und sachlich selbst. »Weil du ein Mann bist.« Sie fuhr fort, bevor ich mehr protestieren konnte, als nur den Mund zu öffnen. »Es gibt sowohl die Verführung des Geistes wie die des Körpers. Sie erfordert Finesse. Sie erfordert Falschheit.« Sie presste beide Hände gegen ihre Brust. »Und beide bestehen hier drinnen.«

»Komm, Bascha, ich glaube nicht, dass das eine angemessene Zusammenfassung ist von…«

»Sei stolz darauf, dass du überzeugend warst«, sagte sie. »Ich habe dir geglaubt. Das wolltest du – *brauchtest du* –, damit dir die anderen auch glaubten. Und daher glaubte ich dir, und jetzt tun es tatsächlich auch die anderen.«

»Aber es war nur dazu gedacht, den Kapitän glauben zu machen, wir würden uns streiten. So dass es wahrscheinlicher schiene, dass ich mich ihr zuwenden würde, um dich eifersüchtig zu machen.«

»Das wäre eine logische Annahme, ja«, stimmte Del mir zu, »Aber ich sagte bereits, dass sie nicht dumm ist. Sie wird nicht mit gewöhnlichen Mitteln einzunehmen sein.«

»Du nennst mich gewöhnlich?«

»Die Götter würden mich gewiss verfluchen, wenn ich so etwas von einem Jhihadi behauptete.« Diese Frau lässt nichts aus. »Daher werde ich das natürlich niemals tun. Du bist nicht gewöhnlich.« Ihr Mund spannte sich zu einer flachen, dünnen Linie an, als sie an etwas dachte, und entspannte sich dann wieder. »Und ich habe mich bemüht sicherzustellen, dass der Erste Offizier es weiß.«

Jetzt war ich beunruhigt und platzte heraus: »Was hast du getan, Del?«

»Ich habe versucht, ihm die Wahrheit über dich zu sagen.«

»Die... Wahrheit?«

»Soweit wir sie kennen.« Helle Brauen wurden gewölbt. »Wir haben festgestellt, dass diese Wahrheit weitaus überzeugender ist.«

»*Welche* Wahrheit?«

»Dass du vielleicht aus Skandi stammst. Dass wir das glauben. Dass ein Mann, als er dich sah, glaubte, du stammtest daher. Dass wir nach Skandi segeln wollen – *wollten* –, um das nachzuprüfen.«

Nichts von alledem klang sehr reizvoll. »Warum sollte den Ersten Offizier irgendetwas davon kümmern?«

»Weil er es gesagt hat.«

Ich dachte darüber nach. »Wie?«

»So wie ein Mann, der Geld begehrt.«

»Warte einen Augenblick, Bascha. Abgesehen von etwas Geld, das mit mir auf den Sklavenmärkten zu verdienen wäre – und du würdest wahrscheinlich mehr einbringen –, gibt es nicht viele Möglichkeiten.«

»Er kam zu mir, Tiger. Er stellte mir Fragen über dich. Weil ich wütend war, beantwortete ich sie.«

»Wütend.« Man sollte stets vorsichtig sein, wenn Del sich zu Wut bekennt. »Auf welche *Art* warst du wütend, was für Fragen hat er gestellt, und wie hast du sie beantwortet?« Es war besser, das Ganze zu verkürzen, sonst würde dies den ganzen Tag dauern. »Und was hat er gesagt, nachdem du ihm geantwortet hattest?«

»Er war... wenig überrascht.«

Das bereitete mir Unbehagen. »Worüber wenig überrascht? Über mich? Über dich?« Ich hob eine Schweigen gebietende Hand. »Lass es gut sein. Beschränken wir uns auf die ersten Fragen. Diejenigen über deine Wut, was er gefragt hat und was du gesagt hast.«

»Ich war genau auf die Art wütend, wie du es beabsichtigt hattest, als du mir an Deck diese Szene machtest«, sagte sie einfach. »Er fragte, wer du seist, woher du kämst, wer deine Eltern waren…«

Ich unterbrach sie jäh. »Und hast du ihm gesagt, dass ich es nicht weiß?«

»Ich habe ihm die Wahrheit gesagt, Tiger. Wie ich es beschlossen hatte – aber auch, weil ich keine Wahl hatte.«

»Was meinst du mit ›keine Wahl‹?«

»Es war die einzige Möglichkeit, die mir einfiel, um dich am Leben zu erhalten.«

Ich grollte. »Was, zu den Hoolies,…«

Sie fuhr ungebeugt fort. »Er sagte, es bestehe kein Zweifel, dass du tatsächlich aus Skandi stammst – *io*Skandier hat er dich genannt – und dass er mit seinem Kapitän darüber sprechen will, dich dorthin zu bringen.«

Das klang verdächtig. »Einfach so?«

»Nun, nein«, bekannte sie. »Sie sind immerhin Renegadas.«

»Ah.« Jetzt klang es besser. »Für einen Preis.«

»Aber du musst ihn nicht bezahlen.«

»Nun, welche Erleichterung! Zu erkennen, dass ich auch nichts habe, womit ich den Preis bezahlen könnte!« Ich sah sie stirnrunzelnd an. »Spuck es aus, Bascha. Was, zu den Hoolies, geht hier vor?«

Del zuckte die Achseln. »Er sagte, sie würden einen Plan ersinnen, er und sein Kapitän, und dann würden sie ihn uns mitteilen.«

»Oh, *das* klingt vielversprechend!« Ich ergriff die Kette mit den Sandtigerkrallen um meinen Hals und richtete sie. Eine der gebogenen Krallen hatte sich in meinem Haar verfangen. »Hat er dir erzählt, dass ihr Vater ein Sklavenhändler ist?«

»Dies hat nichts mit Sklaverei zu tun«, sagte Del sanft. »Es hat mit einem Jungen zu tun, der in einer Südlichen Wüste von Eltern geboren wurde, die er niemals kennen gelernt hat, der zum Mann heranwuchs, ein Jhihadi wurde – und der einem Mann *aus* Skandi offensichtlich so sehr ähnelt, dass andere in dieser Sprache zu ihm sprechen.«

»Aber wir *wissen* nicht, dass ich...«

»Er behauptet es. Und ich glaube ihm.«

»Warum? Was hat er getan, dass er sich dein Vertrauen verdient hat?«

»Ich vertraue ihm nicht«, erklärte sie kühl. »Ich sagte, ich *glaube* ihm. Und das eher aufgrund dessen, was er ist, als wegen dem, was er sagt.« Del lächelte, während sie mich betrachtete. »Du siehst einen kahlköpfigen Mann mit Ringen in den Augenbrauen und blauen Tätowierungen auf dem Kopf.«

»Ich würde sagen, das beschreibt ihn recht gut.«

»Aber ich sehe einen Mann aus denselben Knochen, mit demselben Körper, sogar denselben Augen. Mit Haaren, Tiger, könnte er du sein.« Sie hielt inne. »Obwohl er älter ist als du und das Haar vielleicht grauer wäre.«

»Oh, danke.« Ich sah sie an und dachte über die grauen Strähnen nach, die sie kürzlich bei mir entdeckt hatte. »Du hältst uns für eine Art lange vermisster Brüder?«

Sie winkte ab. »Nein, nein, natürlich nicht. Das wäre einer Lagerfeuergeschichte zu ähnlich.«

»Keine Fopperei!«

Sie sah mich offen an. »Ich sagte, dass man nicht wissen kann, mit wem du verwandt bist. Vielleicht sogar mit Königen. Oder mit Königinnen.«

»Was, keine Gottheiten? Ich bin immerhin ein Messias.«

Del lächelte milde.

»Im Namen von...« Aber ich brach ab, als sich die Tür öffnete. Del schaute über meine Schulter. Ich fuhr auf der Stelle herum und wünschte mir sehr, ich hätte mein Schwert bei mir. Ohne es fühlte ich mich nackt.

Der blauköpfige Nihko stand im Eingang. Der Kapitän war bei ihm. »Kommen Sie heraus«, sagte sie. »Wir haben entschieden, was wir mit Ihnen tun werden.«

»Mich zu nähren, wäre nett.«

»O nein.« Die rothaarige Frau lächelte und schaute betont auf meine Taille. »Sie sollten das überflüssige Fett besser verlieren.«

Ich fluchte, als Del – danke, Bascha – ein Lachen unterdrückte.

»Kommen Sie heraus«, wiederholte der Kapitän. »Oder soll ich Nihko Sie *holen* lassen?«

Nihko und ich beobachteten einander. Wir hatten jetzt eine Geschichte. Ich hatte ihn auf der Insel umgeworfen, er hatte Hand an mich gelegt. Wir entsprachen uns, wie Del und der Kapitän bemerkt hatten, in Größe, Knochenbau und Kraft. Es würde zweifellos ein tückischer – und sehr langer – Kampf werden.

Oder aber ein sehr kurzer Kampf und ebenso verheerend.

Wir kamen gleichzeitig zum selben Schluss. Und boten einander ein schwaches, anerkennendes Lächeln, wie auch ein unausgesprochenes Versprechen.

Der Kapitän warf Del einen amüsierten Blick zu. »Es könnte sich lohnen zuzusehen. Würden Sie zusehen?«

»Nein«, antwortete Del prompt. »Aber ich würde dafür das Geld einsammeln – und einen Anteil an den Wetten –, dass andere es dürften.«

»Nein«, erwiderte ich. »Es wäre vorbei, bevor jemand bezahlen könnte.«

Nihko lächelte mild. »Wahrscheinlich. Sie wären zu sehr damit beschäftigt, den Inhalt Ihres Magens loszuwerden, um einen anständigen Kampf zu liefern.«

Ich sah ihn finster an, hauptsächlich weil ich mich *tatsächlich* ein wenig unwohl fühlte. Wieder.

»Raus«, sagte der Kapitän barsch. »An Deck. Jetzt.«

In der salzhaltigen Luft an Deck konnte ich wieder atmen. Eine steife Brise peitschte mir das Haar ins Gesicht. Ich kreuzte die Arme und lehnte mich mit dem Rückgrat an die Reling, wobei ich eine Unbekümmertheit zur Schau stellte, die ich nicht wirklich empfand, besonders da sich das Deck unter uns hob und die Reling unter meinem Gewicht protestierend knarrte. Aber solche Posen sind notwendig. Entweder glauben sie dir oder sie durchschauen dich genau.

Nihko und sein Kapitän durchschauten mich genau. Aber sie gönnten mir diesen Moment dennoch. »Also?«, begann ich. »Was planten Sie mit uns zu tun?«

Die hellen Augen der Frau schimmerten. »Ich sagte Ihnen, Sie sollten eine Möglichkeit ersinnen, Ihre Freiheit zu erkaufen.«

»Das stimmt.«

Sie schaute kurz zu Del, als suche sie einen Hinweis darauf, dass ich ihr erzählt hätte, was der Kapitän darüber gesagt hatte, eher an meiner Begleiterin als an mir interessiert zu sein. Del, die nichts davon wusste – wir waren nicht so weit gekommen, und ich war mir ohnehin nicht sicher, dass ich es ihr erzählt hätte – , erwiderte den Blick nur. Abwartend. Was sie sehr gut beherrscht.

Kurz darauf lächelte der Kapitän leicht und sah dann mich an. »Und daher hat diese Frau es für Sie getan.«

Ich wusste nicht, ob das mir zuliebe gesagt wurde, oder ob es die Wahrheit war. Sie wusste, dass *ich* wusste, was sie meinte, selbst wenn Del es nicht wusste. Wenn Del es aber wusste, nun, dann war das eine interessante kleine Verwicklung.

Ich weigerte mich, dieses Spiel mitzuspielen. Außerdem waren Del und ich, wie sie meinte, nicht gut aufeinander zu sprechen. »Was auch immer die Frau angeboten hat, es geschah ohne mein Wissen.«

»Männer tun genau das auch nur allzu häufig für Frauen.« Aber der Kapitän machte eine Kopfbewegung in Richtung des Ersten Offiziers. »Nihko sagt, Sie stammten aus Skandi.«

»Vielleicht. Aber Nihko *weiss* es nicht. Niemand weiss es, ich inbegriffen.«

»Das ist unwichtig. Erkläre es ihm, Nihko.«

Blaukopf erklärte es.

Als er geendet hatte, schüttelte ich den Kopf. »Das wird niemals gelingen. Es *kann nicht*. Es ist nicht möglich.«

»Alles ist möglich.« Der Kapitän blieb von meiner Ablehnung unbeeindruckt. »Dies gewiss. Weil es wahr sein könnte.« Sie lächelte, die Augen heiter strahlend. »Ein Mann ohne Vergangenheit könnte alles sein.«

»Oder nichts.« Ich schüttelte erneut den Kopf. »Ich bin kein Schauspieler. Ich könnte dies niemals zuwege bringen.«

Sie fing das peitschende Haar ein, zog es über eine Schulter nach vorn und begann es zu flechten. »Es hat nichts mit Schauspielerei zu tun. Wie verlangen von Ihnen nicht, etwas zu sein – oder sich wie jemand zu verhalten – was oder wer Sie nicht sind.«

»*Genau* das verlangen Sie von mir.«

»Sie präsentieren sich als das, was Sie sind.« Der Kapitän hielt im Flechten inne, um mich anzusehen. »Oder, genauer gesagt, präsentieren *wir* Sie als das, was Sie sind.«

»Als Ihr Gefangener?«

Sie wandte sich unbeeindruckt wieder dem Flechten ihres Zopfes zu. »Ich bin in der Stadt bekannt.«

Ich verwandelte diese Bemerkung in eine Beleidigung. »Zweifellos.«

Sie fuhr ernst fort. »Ich bin für genau das bekannt, was ich bin. Es würde von all den Familien als Wahrheit anerkannt werden: Prima Rhannet will ihrem Vater ins Gesicht spucken, indem sie sich, ihre Crew und ihren Lebensstil in der ganzen Stadt vorführt: eine undankbare, widernatürliche, verstoßene Tochter, die Gebräuche missachtet, um sich einer der vornehmsten Familien der Stadt zu präsentieren.«

»Das ist Ihr Part«, sagte ich. »Was ist mit mir?«

»Die sich einer der vornehmsten Familien der Stadt präsentiert, um eine Belohnung von solch unglaublichem Wert einzuheimsen, dass ihr Vater gleichzeitig besiegt wird, wenn man sich seiner... Tochter annimmt.« Sie sicherte irgendwie das Ende des Zopfes – es ist mir unverständlich, wie Frauen das tun – und wartete auf meine Antwort.

Ich nickte verstehend. »Dies ist eine persönliche Angelegenheit.«

»Es ist vieles«, sagte sie – gut. »Es ist eine Möglichkeit, um Geld zu verdienen; die Belohnung wäre unmessbar. Es ist eine Möglichkeit, meinem Vater ins Gesicht zu spucken, denn gleichgültig wie ich belohnt würde, würde ich doch immer noch als die Frau anerkannt, die der Stessa-Familie etwas von großem Wert zurückgebracht hat: die Möglichkeit, die Linie fortzuführen.«

»Eine Linie, die dem Aussterben nahe ist, wie Sie erklärt haben.« Ich schüttelte den Kopf. »Es wird niemals gelingen.« Ich sah Del an. »Sag es ihr.«

»Aber es könnte«, entgegnete Del sanft.

So weit zur Hilfe aus *dieser* Ecke.

»Nichts muss ›gelingen‹«, erklärte Prima. »Es muss nur geglaubt werden.«

»Wie lange?«

»Lange genug, damit wir die Belohnung erhalten, die öffentliche Dankbarkeit der Stessa Metri annehmen, vom Unwillen meines Vaters hören, das Schiff mit neuen Vorräten beladen...« sie machte mit einer Hand eine anmutige Geste »...und wieder davonsegeln können.«

»Und ich werde zurückbleiben?«

»Und Sie werden mit einer sterbenden alten Frau zurückbleiben – einer sterbenden alten, *reichen und mächtigen* Frau –, deren einziges Ziel es ist, eine legitime Möglichkeit zu finden, die Familienlinie fortzuführen. Wenn Sie darin keinen Vorteil sehen, sind Sie wahrhaftig ein Narr.«

Ich schüttelte entschieden den Kopf. »Das wird niemals gelingen. Ich werde es nicht tun.«

Prima Rhannet wölbte die sonnenvergoldeten Augenbrauen. »Nein?«

»Nein.«

Prompt riss mir Nihko die Füße weg und hielt mich über die Reling.

Wasser ist hart. Es fühlte sich wie eine Fläche festgetretener Erde an, als ich landete, flach mit dem Rücken darauf aufschlug. Einen Augenblick lang arbeiteten Verstand und Körper nicht. Ich war so entsetzt, dass ich nicht atmete – und dann erkannte ich, dass ich nicht atmen konnte.

Wasser ist *hart*. Und wenn man so wie ich darin – oder *darauf* – landet, vollkommen überrascht und äußerst unerfahren in Dingen wie dem Fliegen, gefolgt vom Schwimmen, bleibt einem vollkommen die Luft weg.

Dann versank ich natürlich.

7

Nachdem ich genug Salzwasser geschluckt hatte, um ein Dutzend Schiffe untergehen zu lassen, spürte ich, wie Hände mich berührten. Mich zwickten. Aber ich hatte meine Kraft bereits mit bemerkenswert dramatischen und gleichermaßen nutzlosen Kämpfen erschöpft und den Punkt erreicht, an dem es viel leichter schien, einfach loszulassen. Weil die Lungen überhaupt nicht mehr arbeiteten, und fast alles zu Schwarz mattiert war.

Etwas packte mein Haar. Es riss daran. Dann zwickte mich etwas anderes erneut in die Brust. Und es riss.

Es bereitete mir überhaupt keine Mühe, nicht zu atmen – bis ich mit einem Seil an der Seite des Schiffes hochgezogen und mit baumelnden Gliedmaßen herumgestoßen wurde; schmerzhaft über die Reling gerissen wurde; nicht gerade feierlich aufs Deck geworfen wurde. Woraufhin sich jemand daran machte, mir in Unterleib und Rippen zu schlagen, bis ich mir sicher war, dass der Koch einfach meine Haut weichklopfte, bevor er sie zerkleinerte und in den Topf warf.

Ungefähr zu diesem Zeitpunkt beschlossen meine Lungen, wieder zu arbeiten, und während ich nach Luft schnappte, stieß mein Magen das Meer aus.

Dieses Mal drehten mich mehrere Hände auf die Seite, damit ich nicht erstickte. Vermutlich. Ich hatte bereits ausreichend viel gewürgt und gehustet und nach Luft gerungen, um dreimal sterben zu können. Aber schließlich vergingen die Krämpfe, Luft strömte wieder in die misshandelten Lungen, und ich lag mit dem Gesicht nach unten in einem Gewirr verknoteter

Seile auf dem Deck, wobei kein Teil meines Körpers außer den Lungen bewegungsfähig war.

Jemand beugte sich über mich. Ich spürte, wie Unterarme unter meine Achselhöhlen geschoben und dann Ellenbogen untergehakt wurden. Ich wurde vom Deck hochgehoben wie Abfall und aufrecht auf die Füße gestellt, wobei der Bauch gegen die Reling gepresst und dort festgehalten wurde, wo ich betrachten durfte, was beinahe zu meinem Grab geworden wäre. Es sah von oben auch nicht besser aus als von innen.

»Das Meer ist groß«, sagte Prima Rhannet leichthin, »und zwischen hier und Skandi gibt es viel davon. Sollen wir von vorn beginnen?«

Ich war durch die Nachwirkungen von Verwirrung, Entsetzen und die Tatsache, dass ich fast ertrunken war, so beeinträchtigt, dass ich mich kaum meines Namens erinnern konnte, ganz zu schweigen von dem, worüber wir sprachen. Es schien eine angemessene Leistung, aufrecht zu stehen. Zu sprechen ging über meine Kräfte.

»Ist er immer so stur?«, fragte sie.

Del sagte: »Ja.«

Das veranlasste mich zu einem gekrächzten Protest. Wo, in den Hoolies, war *sie* gewesen, als sie mich ins Meer warfen?

»Vielleicht könnten Sie ihm vorschlagen, dass er besser tun sollte, was wir verlangen«, sagte Kapitän Rhannet. »Dies war immerhin Ihre Idee.«

Ich erkannte, dass Nihko mich an die Reling presste. Oder mich aufrecht hielt, je nachdem, wie man die Dinge sah. Ich war nass. Er auch. Eine große Hand lag in meinem Haar und hielt meinen Kopf still. Wackelig wie ich war, wäre nicht viel nötig gewesen, mich über Bord zu werfen. Erneut.

»Stur«, sagte er, »oder dumm.«

»Nun«, bemerkte Prima, »dasselbe hat man von dir behauptet.«

Der Erste Offizier lachte. »Aber keiner von ihnen hat lange genug überlebt, um die Verleumdung wiederholen zu können.«

»Also«, begann der Kapitän, dieses Mal an mich gewandt, »wollen Sie erneut für uns die Fische zählen?«

Ich spie außenbords. *Soviel* zum Fischezählen.

Natürlich war es weitaus weniger als Beleidigung gedacht, als es das Räuspern einer vom Meerwasser brennenden Kehle und das Aufstoßen war, das es bewirkt hatte. Ich tat mit der mir verbliebenen Stimme mein Bestes. »Reich zu sein«, gelang es mir zu äußern, »hat seine Vorteile.«

Nihko brummte und ließ mich los. Prompt sank ich aufs Deck, brach zu einem Haufen kraftloser Glieder auf Schlingen stacheligen Seils zusammen.

Kurz darauf hockte sich Del neben mich. »Sie sind fort, Tiger.«

Hier. Fort. War das wichtig?

»Du kannst jetzt aufstehen.«

Ich wollte lachen. Schließlich gelang es mir, mich vom Bauch auf den Rücken zu rollen. Die Sonne stand über mir. Ich schloss die Augen und legte einen Arm über mein Gesicht. »Ich glaube, ich werde einfach… eine Weile hier liegenbleiben. Trocknen.«

»Ich habe erwartet, dass sie dich durchprügeln würden«, erklärte sie, »und dich nicht von Bords werfen.«

Ah. Das war ein gewaltiger Unterschied.

»Aber jetzt bringen sie uns nach Skandi, wo wir ursprünglich hinwollten, und wir können unsere Angelegenheiten weiterverfolgen. Ich glaube, das ist leichter, als Menschen zu verführen, die vielleicht nicht verführbar sind, und zu versuchen, Waffen von großen Männern zu stehlen, die sie behalten wollen.«

Ich hob meinen linken Arm ein wenig und blinzelte in das vom Himmel herabspähende Gesicht. Sie war ein unbestimmter Fleck vor der Sonne. »War das deine Idee, um mich am Leben zu erhalten?«

Ihr entging anscheinend die Ironie der Frage. »Ja.« Pause. »Nun, nicht genau *diese* Idee.«

»Hast du mich aus dem Wasser gezogen?«

»Das war Nihko.«

»Er war derjenige, der mich hineinwarf.«

»Nun«, sagte Del, »es ähnelte vermutlich eher dem Zusehen, wie ein Sack Gold in unerreichbare Tiefen sinkt.«

»Und wo, zu den Hoolies, warst *du* währenddessen?«

»Ich habe zugesehen.«

»Danke.«

»Bitte.« Sie legte mir eine Hand auf die Schulter und tätschelte sie. »Zu ertrinken dauert länger, als du denkst, Tiger.«

Nun, *das* war der Hauptunterschied.

»Also«, sagte ich rau, »stellen wir eine sterbende alte Frau auf die Probe, die zufällig sehr reich und sehr mächtig ist, die keine lebenden Erben außer dem Enkel eines entfernten Cousins aus einem Nebenzweig der Familie hat, den sie verabscheut – und dann lassen uns Prima Rhannet und ihr Blaukopf-Junge frei.«

»So lautet der Plan«, bestätigte Del.

»Ein Klacks«, krächzte ich und legte den Arm wieder über die Augen.

Mehrere Tage später stand ich in der Dämmerung am Bug des Schiffes, während wir in den Hafen Skandis einliefen. Es gab, wie ich erfuhr, *zwei* Skandis. Eines war die Insel. Eines war die Stadt. Um sie auseinanderzuhalten, bezeichneten die meisten Menschen die Stadt als die *Stadt*. Das hatte mich bewogen zu fragen, ob es nur eine Stadt auf der Insel gäbe, weil es mir unnötig verwirrend erschien, wenn man eine Stadt unter mehreren *Stadt* nannte, aber Nihko Blaukopf und Prima Rhannet sahen mich nur an, als ob jedermann auf der Welt wüsste, dass Skandi Skandi war und dass Skandi *Stadt* war und alle anderen Städte Städte waren. Pause.

Dann mahnte ich sie, dass es, wenn ich mich als lange vermissten Verwandten irgendeiner alten skandischen Lady ausgeben wollte, der all ihren skandischen Reichtum und ihre Besitztümer erben sollte, vielleicht besser wäre, wenn ich, der ich vermutlich selbst skandisch war, ein wenig über Skandi und Skandi wüsste.

Woraufhin Prima lediglich sagte, es wäre am besten, wenn ich unwissend bliebe, weil es vielleicht verwirrender wäre, etwas zu wissen als gar nichts zu wissen. Woraufhin der Erste Offizier behauptete, ich sei für die Rolle so, wie ich sei, bewundernswert geeignet.

Also stand ich jetzt am Bug des Schiffes mit den blauen Segeln, das uns in die Riffe getrieben hatte (und dabei unser Schiff, unsere Habe und beinahe auch uns selbst zerstört hatte); uns gewaltsam von einer Insel (und von meinem Pferd!) entführt hatte; und jetzt für verschiedene schändliche Unternehmungen mit einer armen kleinen alten Lady verplant war, die nicht mehr lange leben würde. Für mich war das eine auffallend unfreundliche Welt. Vermutlich ähneln Häfen einander sehr. Aber dieser fiel mir als... schöpferisch auf.

Skandi selbst war eine Insel. Aber es besaß nicht die richtige Form einer Insel, wenn es so etwas gibt. Es erinnerte tatsächlich sehr an die *Ruine* einer Insel, an die Überreste von etwas einst Grösserem, Runderem. Diese Insel ähnelte keiner der Inseln, die ich unterwegs gesehen hatte, weil der größte Teil der Insel fehlte.

Man stelle sich einen großen runden, zu Boden gefallenen Tonteller vor. Die ganze Mitte zerbricht zu Staub. Seltsamerweise bleibt nur der Rand des Tellers heil, ist aber an einer Stelle durchgebrochen. Und doch ist Skandis Tellerrand nicht flach. Er ragt als gebogene Ansammlung von Klippen steil vom Meer auf, Schicht auf Schicht von Zeit und Wind gemeißelte Felsen und Erde, treibend und von irgendeiner unsichtbaren Kraft weit unter der Oberfläche gehalten. Und von oben gesehen würde der Teller vielleicht eher an einen großen Kochtopf erinnern, an einen wuchtigen Eisenkessel mit dem Meer als Eintopf. Wir, ein Schiff im Hafen, waren nur eines der Fleischstücke.

Del trat neben mich. Sie blickte über den Hafen, der noch mehr an einen Kessel erinnerte, ließ die Augen rasch schweifen, während sie das Übergreifen der Insel aufnahm, die uns in einer Umarmung wie ein Versprechen die Arme öffnete. Unser kleines Fleischstück trieb jetzt inmitten des riesigen Kessels, und ich hatte das eigenartige Gefühl, dass der unsichtbar über unseren Köpfen aufragende Riese uns vielleicht als Delikatesse mit seinem Dolch aufspießen würde.

»Es ist eine Krone«, sann Del. »Eine Felsenkrone, die den Kopf einer Frau umgibt, und das Wasser ist ihr Haar.«

Das klang weitaus malerischer als mein Kochtopf voller Eintopf. »Keine sehr *reizvolle* Krone.«

»Kein Gold? Keine wertvollen Steine?« Del lächelte kurz. »Aber da ist die Stadt, Tiger. Gleicht sie nicht einem Edelstein?«

Nun, nein. Es sei denn, Dels Riesin mit der Krone wäre ungeschickt, weil mir schien, sie hätte ihre Schachtel mit hübschen Steinen fallen lassen und über den Rand ihres Schädels verstreut.

Skandi war Kochtopf, Krone, zerbrochener Teller. Vom Wasser aus ragten die Überreste des Landes in den Himmel hinauf, gefurcht und gekrümmt und gewellt, sodass sich alle seine Knochen zeigten. Das Innere der Insel selbst war zerbrochen, grausam ausgestochen, sodass die Eingeweide des Körpers nackt in der Sonne schimmerten.

Die Edelsteine, von denen Del sprach, waren Ansammlungen von mit Kuppeldächern versehener Gebäude. Eine Parade dieser Häuser zog sich den gezackten Rand der Inselspitze entlang, purzelte dann über die Seite und klammerte sich den ganzen Weg bis zum Ufer hinab wie zufällig an Felsvorsprünge und Hügel. Es gab in den Felsmauern selbst Türen, leuchtend blau bemalte Holztüren. Es gab auch blaue Türen in getünchten Gebäuden, die aus der ausgestochenen Vorderseite der Klippe hervorwuchsen. Die blau-weißen Behausungen leuchteten vor den üppigen, rötlichen Farbtönen der Erde und des Gesteins.

»Das Himmelsgewölbe«, sagte Prima, die an meiner anderen Seite näher kam. »Die Kuppeln und Türen sind blau bemalt, um den Himmel, den Wohnsitz der Götter, zu ehren.«

»Ich dachte, ich sollte nichts über Skandi erfahren.«

Sie lächelte und schaute an mir vorbei zur Vorderseite der Insel. »Ein Mann, der seine Heimat sucht, könnte vielleicht seinen Kapitän danach fragen.«

»Ah.« Ich nickte weise. »Und kann dieser Kapitän mir sagen, was als Nächstes kommt?«

»Hafengebühren«, gab sie barsch zurück. »Liegegebühren. Untersuchungsgebühren. Dockgebühren.«

»Das sind viele Gebühren.«

Prima Rhannet sah mich mit lachenden Augen an. »Nichts in diesem Leben ist umsonst. Auch nicht für Renegadas.«

»Und was geschieht nach Abgabe all dieser Gebühren?«, fragte ich.

»Sagen Sie, was Sie wirklich meinen«, mahnte mich der Kapitän. »Was geschieht mit *Ihnen*.«

»Mit uns«, berichtigte ich sie.

Prima wölbte die Augenbrauen. »Mit Ihnen und mir?«

»Nein, nicht mit Ihnen und mir…« Ich deutete mit einem Daumen in Dels Richtung. »Mit mir und *ihr*.«

Der Kapitän tat überrascht. »Aber ich dachte, Sie wollten nichts miteinander zu tun haben!«

»Es gibt Zeiten«, warf Del ein, »in denen es so ist. Dann gibt es Zeiten, in denen wir es nicht sollten, es aber dennoch tun.«

»Und Zeiten, in denen Sie es tun, weil Sie glauben, Sie sollten es.« Prima nickte und warf mir einen Blick zu. »Das dachte ich mir schon. Aber haben Sie wirklich geglaubt, diese Vorstellung würde wirken?«

»Dumme Leute fallen auf viele Dinge herein«, erklärte ich.

»Soll ich das als Schmeichelei auffassen?«

Ich räusperte mich, mir der zunehmenden Enttäuschung und eines leicht unwohlen Magens bewusst. »Um zum ursprünglichen Thema zurückzukehren…«

»O ja.« Sie nickte, und ihr helles Haar schimmerte in der Sonne. »Zu dem, was mit Ihnen geschieht.«

»Mit uns«, berichtigte auch Del sie.

Haselnussbraune Augen sahen uns lachend an. »Aber es wird kein ›uns‹ geben.«

Ich richtete mich zu einer Haltung auf, die viele Menschen als stille Drohung auffassen.

Dieses Mal lachte der Kapitän laut. »Glauben Sie, Ich würde Sie beide an Land lassen? Zusammen?« Sie hielt inne. »Glauben Sie, *ich* glaubte nicht, dass Sie nicht zu fliehen versuchten?«

»Ich glaube nicht, dass es mich kümmert, was Sie glauben«, erwiderte ich. »Tatsache ist einfach, dass *ich* nicht mit mir an Land gehe, wenn Del nicht mit mir an Land geht. Oder auch mit Ihnen.« Ich lächelte die zierliche Frau an. »Und ich glaube nicht, dass Sie kräftig genug sind, mich über Bord zu werfen.«

Während sie noch die Achseln zuckte, erschien der blauköpfige Erste Offizier.

Ich wandte mich prompt um und klammerte mich so fest wie möglich an die Reling. »Wenn Sie ihm wieder befehlen, mich über Bord zu werfen, nehme ich einen Teil Ihres Schiffes mit mir!«

Prima Rhannet wirkte besorgt. »Nein«, murmelte sie, »das wollen wir nicht.«

Woraufhin Nihko seine Arme um Del schloss und *sie* über Bord warf.

Ich hörte den gedämpften Entsetzensschrei, gefolgt von einem Platschen. Ich klammerte mich noch immer an die Reling, aber nicht weil ich fürchtete, ihr zu folgen, sondern weil ich, erschrocken wie ich war, nicht loslassen konnte. Ich hatte dies genauso wenig erwartet wie sie.

Ich sah ihren Kopf auftauchen und dann die hellen Arme. Sie strich sich das nasse Haar aus dem Gesicht und schaute blinzelnd zu mir hoch. Woraufhin ich unendlich erleichtert grinste und dem Kapitän dann mein strahlendstes Lächeln gönnte. »Del kann andererseits schwimmen. Und *jetzt* sind wir nicht mehr so weit vom Ufer entfernt.«

Primas höhnisches Lächeln schwand. Sie sah ihren Ersten Offizier scharf an. »Nihko, geh.«

Ich fuhr herum, versperrte ihm den Weg und rammte ihm unmittelbar unter den Rippen einen Ellenbogen tief in den Magen. Als er sich als Reaktion hilflos vornüber beugte, schwang ich meinen rechten Handballen hart unter sein Kinn. Seine Zähne schlugen zusammen, die Augen quollen ihm über, und er taumelte rückwärts.

Es war sowohl der Anfang als auch das Ende. Prima war eine kleine Frau, kein Gegner für einen so großen Mann wie mich, aber das wusste sie auch. Weshalb sie nicht versuchte, mich mit ihrem Dolch zu bedrohen. Sie stach einfach damit zu, traf mich in die Rückseite meines Oberschenkels.

Ich schrie auf, fluchte, wollte mich schwungvoll zu ihr umwenden – aber inzwischen stand Nihko schon wieder aufrecht. Er erwischte mich, bevor ich auch nur Primas Gesichtsausdruck sehen konnte. Ich wurde hart an die Reling geschmettert und darüber nach hinten gebeugt. Eine breite Hand mit langen Fingern lag an meiner Kehle.

Er drückte nicht zu. Er zerquetschte sie nicht. Er versuchte in keiner Weise, mich zu schlagen oder zu überwältigen. Er legte nur seine Hand auf die Haut an meiner Kehle, und sie begann zu brennen.

Ich hörte Prima etwas darüber sagen, man solle ein Seil hinabwerfen. Ich hörte, wie sie Del etwas zurief, etwas darüber, dass sie wieder zu uns kommen sollte, wenn sie wüsste, was gut für mich wäre. Ich dachte kurz, Del sollte einfach weiterschwimmen, aber ich bezweifelte, dass sie es täte. Und außerdem ging mir mehr durch den Kopf als nur die Frage, ob Prima Del aus dem Wasser fischen oder ob Del geruhen würde, sich aus dem Wasser fischen zu *lassen*. Meine Zähne zogen sich zusammen.

Ich glaubte, mein Kopf würde bersten. Nicht weil ich zu wenig Luft bekam, denn ich bekam viel Luft. Aber vor Hitze, und durch einen Druck in meinem Schädel, der mich zum Schwitzen und vor Schmerz zum Keuchen brachte. Es war, als hätte jemand einen rot glühenden Metallkragen um meinen Hals gelegt.

Nihko murmelte etwas. Ich hatte nicht die leiseste Ahnung, was es bedeutete, weil es in einer mir unbekannten Sprache geäußert wurde. Etwas Gemurmeltes, etwas monoton *Ausgesprochenes*.

Dann nahm er seine Hand fort, die Hitze wich aus meinem Kopf, und ich fiel auf die Knie.

»Io«, sagte er.

Ich legte eine zitternde Hand vorsichtig an meinen Hals, erwartete, Blut zu spüren, Flüssigkeit, Verbrennungen und zusammengezogene, verkrustete Haut. Aber ich spürte nur die Sandtigerkrallen an ihrem Lederband und die heile Haut darunter.

»Io«, wiederholte er sowohl zufrieden als auch erwartungsvoll.

»Gehen Sie zu den Hoolies«, erwiderte ich, obwohl meine Stimme heiser und angespannt klang.

»Sie gehen«, schlug Nihko vor.

Ich erinnerte mich an den Ausschlag um mein Handgelenk, hervorgerufen durch seine Berührung. Und jetzt die Hitze in meinem Kopf, die brennende Haut. »Was sind Sie?«

Die Ringe in seinen Augenbrauen glitzerten. »Io-Skandier.«

»Und was genau bedeutet das?«

Er zeigte weiße Zähne. »Das ist geheim.«

Ich zog meine Beine unter mich und stand taumelnd auf. »Bedeutet das Wort geheim, oder *ist* es ein Geheimnis?«

»Nihko«, sagte Prima, und er wandte sich von mir ab.

Ein Seil hing von der Reling straff über die Seite des Schiffes. Der Kapitän sah zuerst mich und dann Nihko an. Er beugte sich hinüber, ergriff das Seil und zog es hoch, noch während Del selbst über die Reling kletterte. Das helle Haar lag flach an ihrem Kopf an und hing als nasses Tuch ihren Rücken hinab. Die elfenbeinfarbene Ledertunika, die ebenso durchtränkt war, klebte an ihrem Körper und betonte jeden Muskel, jede Kurve.

Prima Rhannet betrachtete sie. Nihko Blaukopf nicht. Das überzeugte mich mehr als alles andere davon, dass der Kapitän nicht gelogen hatte: Der Erste Offizier war nach allem, wie man Männer bewertete, kein Mann mehr. Und die *Frau* fühlte sich mehr als nur ein wenig von der Frau angezogen, die mit mir schlief.

Ich hatte es schon früher bei Männern gesehen. Mit jemandem vom Aussehen Delilahs geschieht das täglich. Aber ich hatte die Reaktion noch niemals zuvor bei einer Frau erlebt. Die Frauen des Südens fühlen sich von Dels Schwert, ihrem freien Verhalten, ihrer freizügigen Kleidung und ihrer Vorliebe dafür, zu sagen, was sie denkt, gleichgültig wie es klingt, im Allgemeinen abgeschreckt. Einige der jüngeren Frauen waren sehr angezogen davon, auch wenn sie es nicht zeigen durften, um ihre Männer nicht zu alarmieren. Oder sie waren sehr eifersüchtig. Aber keine Frau, die ich jemals gesehen hatte, hatte Del wie ein Mann angesehen.

Bis jetzt.

Und ich hatte nicht die leiseste Ahnung, wie ich deshalb empfinden sollte.

Es gab natürlich Witze darüber. Raue, vulgäre, männliche Witze von Männern, die mit Worten finstere Bilder malten, Tätigkeiten für Frauen mit Frauen heraufbeschworen, die erregen sollten. Und natürlich gab es Männer, die Männer – oder Jungen – bevorzugten, die ebenfalls Witze beisteuerten. Aber eine Frau einer Frau gegenüber so reagieren zu *sehen*, wie es ein Mann einer Frau gegenüber tut, war… sonderbar.

Sollte ich eifersüchtig sein? Verärgert? Verletzt? Aufgebracht? Sollte ich etwas sagen? Etwas tun?

Erkannte *Del* es?

Vielleicht. Vielleicht auch nicht. Ich wusste es nicht. Sie hatte ihre sanfteste Miene aufgesetzt, wenn sie auch nass war. Und *würde* eine Frau das Interesse einer anderen Frau bemerken? Wusste Del überhaupt, dass es so etwas gab?

Und hatte Del eine Ahnung, welche Regungen sie bei Männern hervorrief? Ich meine, sie wusste, dass sie reagierten. Wie sollte sie es nicht wissen? Die meisten Männer zeigen es recht deutlich, wenn alles in ihnen – oder an ihnen – beim Anblick einer schönen Frau mit erheblicher körperlicher Anziehung gefesselt wird. Es waren genügend Bemerkungen darüber und auch Del gegenüber erfolgt, dass sie nicht ahnungslos sein konnte. Im Großen und Ganzen ignorierte sie es, was meinen Ruf nicht schädigte: Die prachtvolle nordische Bascha wurde vom Sandtiger so gut bedient, dass sie keinen anderen Mann bemerkte oder ansah.

Aber andererseits hatte ich schon lange nicht mehr erlebt, dass sie auch nur *mich* bemerkte oder ansah.

So wie Prima Rhannet sie ansah.

»Nun«, sagte ich heiter und versuchte, beiläufig zu klingen, »was hatten Sie dann im Sinn? Dass Sie und ich an Land gehen und diese alte Dame besuchen?«

Prima blinzelte und sah mich dann an. »Nein. Ich werde hier bleiben, an Bord des Schiffes. Es ist besser, wenn Nihko als mein Stellvertreter geht. Ihn wird die Metri empfangen. Und wenn sie erst erkennt, was ich anzubieten habe, wird sie auch mich empfangen.«

»Und warum will diese… Metri… ihn empfangen, aber nicht Sie?«

Prima lächelte leicht. »Ich habe Ihnen gesagt, was ich bin. Die undankbare, widernatürliche, verstoßene Tochter eines Sklavenhändlers. Ich gehöre für die Stessa Metri nicht der richtigen Familie an.«

»Aber sie wird ihn empfangen?« Ich deutete mit einem Daumen auf Nihko. »Er ist der hässliche Sohn einer Ziege mit Ringen in den Augenbrauen und einem kahlen, blau bemalten Kopf. *Das* wäre nicht widernatürlich?«

Nihko entblößte die Zähne zu einem unaufrichtigen Lächeln. Der Kapitän wirkte belustigt. »Sie wird ihn aufgrund dessen empfangen, was er ist.«

Ich stichelte. »Und das wäre?«

Der Erste Offizier grinste jetzt offen. »Das ist geheim.«

Ich wandte mich auf dem Absatz um und ging davon, obwohl der Abgang durch mein Hinken verdorben wurde. Die Wunde an der Rückseite meines Oberschenkels *schmerzte*. Ich konnte nicht sehr weit gehen –

wir befanden uns immerhin auf einem Schiff –, aber es verdeutlichte dennoch, was ich ausdrücken wollte.

Prima erhob ihre Stimme. »Ziehen Sie sich an.«

»Was?«, fragte ich spöttisch über eine Schulter. »Alles, was ich auf dieser ganzen göttervergessenen Welt besitze, ist das, was ich am Leibe trage!« Was nicht viel war, nicht mehr als ein Lederdhoti und die Krallenkette war. Und Blut tropfte mein Bein hinab.

Der Kapitän tat es wohlerwogen mit einem Achselzucken ab. »Nihko wird etwas haben.«

Nihko trug im Augenblick nicht mehr als ich. Aber ich schloss den Mund und folgte ihm unter Deck, wobei ich Del dringlichst warnen wollte vor… was auch immer.

8

Warte, warte«, sagte Del schroff. »Lass mich zuerst nachsehen.«

Also wartete ich, Streifen von düsterroter Seide und Leinen mit einer Hand umklammernd. Da ich den Dhoti abgelegt hatte, trug ich überhaupt nichts. Bis auf meine Krallenkette.

Ich wölbte die Augenbrauen und neigte wohlerwogen einladend den Kopf. »Dir schwebt etwas vor?«

Sie wedelte mit der Hand. »Dreh dich um.«

»Du ziehst die Rückansicht vor?«

Del versetzte mir einen Schlag auf das erwähnte Körperteil. »Hör auf, dich so ungebührlich zu benehmen. Ich versuche mir diese Dolchwunde anzusehen.«

»Nun, *das* ist kein Spaß.« Ich zuckte zusammen. »Es würde viel besser gehen, wenn du deine Finger davon fernhieltest.«

»Ich habe schon Schlimmeres gesehen«, sagte sie nach sorgfältiger Betrachtung, »aber es muss verbunden werden. Sonst verdirbst du dir deine ganze Kleidung mit Blut.«

»Nicht meine Kleidung. *Nihkos* Kleidung. Glaubst du wirklich, ich ließe mich in diesem Aufzug vom Tod erwischen?«

»Stattdessen hat dich ein netter Hieb erwischt«, stellte sie fest und fuhr fort, das entbehrliche Leinen zu zerreißen, »aber zumindest lebst du noch. Außerdem habe ich dich schon früher in Rot gesehen. Es steht dir.«

Es stimmte. Ich hatte einst einen karmesinroten Burnus besessen, für Treffen mit Tanzeers, die mich anheuern oder nach einem Sieg mit mir feiern wollten.

Ich hatte mich sogar mehrerer Goldborten und Quasten rühmen können. Aber ich hatte Del niemals zuvor erwähnen hören, dass mir etwas stand. »Tatsächlich?«

»Halt still.« Sie begann, meinen Oberschenkel zu verbinden.

»Hmmmm... vielleicht sollte ich das besser tun.«

»Warum?«

»Wenn du das nicht weißt, dann warte einen Augenblick. Es wird offensichtlich sein – *autsch!*«

»Still«, sagte sie energisch und band den Verband fest. »Und jetzt zieh dich an, damit du Nihko zu diesem Haus begleiten kannst. Je eher du als der lange vermisste Erbe anerkannt wirst, desto eher werden wir von den Renegadas befreit sein.«

»Du verhältst dich, als glaubtest du, ich *würde* als der lange vermisste Erbe anerkannt«, tadelte ich sie, »und du weißt genauso gut wie ich, dass dem...«

»...Potenzial innewohnt«, warf Del ein. »Möglichkeiten und Potenzial. Was nichts mit dieser sterbenden alten Frau zu tun haben muss – dieser Metri –, sondern eher mit der Möglichkeit, von den Renegadas befreit zu werden, sobald dich diese Metri anerkennt.«

»Und dich in Prima Rhannets Fängen zurück zu lassen? Keine Chance!«

Del, die meine Heftigkeit bemerkte, sah mich neugierig an. »Es bedeutet für mich keine schlimmere Gefahr als jede andere, die ich schon durchlebt habe.«

Ich hatte keine vernünftige Erklärung zur Hand (oder auf der Zunge) und zog mich eilig an. Schließlich fuhr ich eher lahm fort: »Ich würde es hassen, wenn ich durch mein Handeln dein Leben in Gefahr brächte.«

»Du solltest es nach drei Jahren besser wissen. Dein Handeln bringt mein Leben *stets* in Gefahr.«

»Ja, aber...« Ich zog die Schärpe fest um meine Taille und verknotete die üppige Seide. Nihko bevorzugte anscheinend edle Kleidung, während er Schiffe auf Grund trieb. »Ich bin älter und klüger, und weniger von Gefahren begeistert als früher. In Bezug auf mich *und* auf dich.«

»Wir haben keine große Wahl«, erklärte sie. »Sie werden dich zu der Stessa Metri bringen, was immer das ist, und mich als Rückversicherung gegen deine Flucht hier behalten. Aber genau das musst du tun, sobald sich eine Gelegenheit bietet. Und ich werde inzwischen einen Weg ersinnen, ebenfalls zu fliehen.«

»Bei dir klingt das so leicht!«

Del zuckte die Achseln. »Es geht nur darum, die Gelegenheit zu erkennen und zu ergreifen. Oder sie zu schaffen.«

Wenn man bedachte, dass ich genau das geplant hatte, indem ich den Kapitän verführen wollte, konnte ich mit besonderen Einwänden keinen Blumentopf gewinnen. Vor allem, da mir keine vernünftige Möglichkeit der Erklärung einfiel.

»Ich werde einen Weg finden«, sagte Del.

Aus der Nähe besehen war Skandi noch beeindruckender. Scharf geschnittene Klippen wirkten, als hätte die Hand eines Riesen Stücke unbebauten Landes abgebrochen und raue Falten sichtbar horizontaler Schichten zurückgelassen, Felsenbänder, Erde und Minerale vieler Schattierungen. Und oben auf dieser Klippe war eine in messerscharfen Winkeln zickzackförmig vor und zurück verlaufende Art Pfad zu sehen. Ich konnte selbst von Deck aus die sich auf diesem Pfad voranbewegenden, farbigen Punkte erkennen. Einige stiegen auf, einige stiegen ab. Menschen zu Fuß und mit kleineren Abarten dessen, was wir im Süden Danjacs nennen, langohrige, pferdeähnliche Tiere, die zum Tragen von Lasten gebraucht werden. Ich vermutete, dass Pferde die Aufgabe, Karren hinauf- und hinunterzuziehen, besser bewältigt hätten, aber ein Blick auf die Enge des Pfades, die Schärfe seiner Biegungen und die Steilheit der Klippe überzeugte mich davon, dass das Letzte, was *ich* tun wollte, der Versuch wäre, den Hengst diesen Pfad hinauf zu reiten. Vielleicht war es besser, kleinere Lasten weniger eigensinnigen Tieren aufzubürden.

Ungefähr auf halber Höhe des Pfades, die Klippe wie eine Krankheit sprenkelnd, befanden sich in das poröse Gestein gegrabene, mit blauen Türen versehene Löcher. Keine Bäume und nur wenig Vegetation klammerten sich seitlich davon fest. Die Erde war anscheinend nicht geneigt, Wurzeln Halt zu geben, sodass die Pflanzen hätten groß werden können. Das Vorhandene wirkte eher gestrüppähnlich und in sich verdreht, dass es auf der Klippe kauerte, als fürchte es Höhe.

»Häuser«, bemerkte Prima neben mich tretend.

Ich sah sie an und blickte dann wieder zum Pfad. »Warum sollte jemand in einem Loch leben wollen?« Ganz zu schweigen davon, Türen über den Löchern zu plazieren und sie blau anzumalen. »Warum bauen sie nicht Häuser wie diese?« Womit ich auf die gedrungenen, weiß getünchten Behausungen mit ihren buckligen Dächern deutete.

»Diese Insel wurde aus Rauch geboren«, sagte sie einfach, »und als die Götter beschlossen, dass ein Platz für den Menschen vonnöten war, verdichteten sie den Rauch. Aber es gab Lücken im Rauch, die zu Löchern im Fels wurden. Als die Götter den Menschen hierher versetzten, war er arm. Er ließ sich in den kärglichsten verfügbaren Schutzräumen nieder.« Sie lächelte. »Ich wurde in einer dieser Höhlen geboren.«

»Und hatte Ihre Höhle eine Tür?«

»Natürlich. Wir sind zivilisiert, Südbewohner.«

»Ah. Und soll ich daraus also schließen, dass nur Reiche in jenen Häusern leben?« Dieses Mal deutete ich auf die wie Orakelknochen über den Rand der Klippe purzelnden Häuser.

»So ist es«, bestätigte sie, »oder jene, die nach Reichtum streben und sich verhalten, als hätte sich das Streben bereits erfüllt.«

»Ihr Vater?«

»Mein Vater hat sehr lange nach Reichtum gestrebt. Und schließlich *wurde* dieses Streben auch erfüllt.«

»Aber vermutlich nicht durch einen von den wirklich Reichen anerkannten Beruf.«

Sie grinste. »Oh, die wirklich Reichen verabscheuen meinen Vater und andere wie ihn. Aber sie brauchen Sklaven zur Arbeit in ihren Weinbergen, auf den Schiffen, in den Brennöfen. Es gibt nicht genug von uns Freigeborenen.«

»Oder genug von jenen von euch, die sich die Hände mit harter Arbeit schmutzig machen wollen.«

Prima hielt beide Hände hoch und zeigte ihre schwieligen Handflächen. »Meine Hände sind sehr schmutzig«, beteuerte sie ernst.

»Und blutig«, sagte ich sanft, »selbst wenn sie saubergewaschen sind.«

Aller Humor schwand aus ihren Augen, nicht aber die Entschlossenheit. »Und wie oft waschen Sie das Blut von Ihren Händen?«

»Ich tanze«, erwiderte ich. »Ich töte selten.«

»Ich stehle«, sagte sie. »Ich töte selten.«

Sackgasse. Ich seufzte und deutete mit dem Kopf auf die Klippe. »Was davon ist unser Ziel, Kapitän?«

»Nichts davon«, antwortete sie. »Das Stessa-Haus liegt oben auf der Insel, inmitten der Weinberge.«

»Nun«, sagte ich ernüchtert, »zumindest wird es dort etwas zu trinken geben.«

Der Kapitän lachte. »Nehmen Sie nichts auf dieser Welt ernst?«

»Ich nehme Sie *sehr* ernst.«

Sie sah mich von der Seite an. »Nein, das glaube ich nicht. Tatsächlich haben Sie überhaupt keine Vorstellung davon, was Sie von mir halten sollen.«

»Sie haben unser Schiff auf Grund getrieben und uns von der Insel gepflückt wie reifes Obst«, wandte ich ein, »was eigentlich nicht leicht war, und Sie haben mich über die Reling dieses Schiffes werfen lassen – was auch nicht leicht zu vollbringen ist – und mich fast ertränkt. Ganz zu schweigen von dem Loch, das Sie in die Rückseite meines Beines gebohrt haben. Warum sollte ich Sie nicht ernst nehmen?«

»Weil Sie ein Südbewohner sind.«

»Ah-hah!« Ich erhob einen Zeigefinger. »Aber tatsächlich bin ich Skandier, nicht wahr? Sonst würden wir diese Täuschung einer sterbenden alten Frau, die Ihnen Geld einbringen soll, nicht durchführen. Und was wissen *Sie* überhaupt über Südbewohner?«

»Sie sind sehr wahrscheinlich Skandier«, stimmte sie mir zu, »körperlich, wenn auch nicht im Geiste, der entschieden südländisch ist. Und was mein Wissen über Männer wie Sie betrifft, so vergessen Sie, dass ich die Tochter eines Sklavenhändlers bin. Als Erbin wurde ich von Kindheit an in dieses Geschäft eingeführt.«

Ich hätte sie beinahe gefragt, ob ihr Vater keine Söhne gezeugt habe – und hielt jäh inne, als ich erkannte, dass eine solche Frage ihr Argument nur noch bekräftigen würde. Was meinerseits keine sehr angenehme Feststellung war. Ich runzelte die Stirn.

»Ich habe viele Südbewohner unter das Dach meines Vaters gebracht werden sehen«, fuhr Prima fort. »Keiner der Männer achtete Frauen.«

Da ich über mich ebenso verärgert war wie über sie, griff ich sie hart an. »Sie *kennen* mich nicht einmal, Kapitän. Ich behaupte, dass es Ihnen nicht zusteht, meine Gesinnung zu bewerten.«

»Ich wurde gelehrt, die Gesinnung der Männer ebenso zu bewerten wie ihre Körper«, sagte sie ernst.

»Als Tochter eines Sklavenhändlers«, schoss ich zurück, »was Ihre Fähigkeit zu wahrer Bewertung in gewisser Weise einschränkt. Gefangengenommen und zum Sklaven gemacht zu werden, wenn man frei geboren wurde, ist kaum dazu geeignet, die besten Eigenschaften eines Mannes zum Vorschein zu bringen.«

»*Sie* wissen das«, antwortete sie. »Sie sind jetzt vielleicht ein Schwerttänzer und wurden höchstwahrscheinlich frei geboren –, aber Schwertklingen hinterlassen nicht die Art Narben, die Sie auf dem Rücken tragen.«

»Wodurch mir diese Erfahrung vertrauter ist als Ihnen. Kein Sklavenhändler kennt jemals die Gesinnung eines Sklaven.«

»Und sind Sie dadurch entkommen? Weil Ihr Besitzer Ihre Gesinnung nicht kannte?«

»Ich bin nicht entkommen. Ich habe mir meine Freiheit *verdient*.« Und trug als Beweis dafür weitere Narben, wie auch einen Namen. Der Sandtiger, den ich getötet hatte, hatte Kinder des Stammes verschlungen, der mich versklavt hatte.

»Wie meine Crew sich ihre Freiheit verdient hat«, sagte Prima ruhig. »Aber der Gesinnung eines Südbewohners wohnt mehr Unwandelbarkeit inne, als durch Sklaverei verursacht sein mag. Und wenn Sie wirklich ein solcher Freigeist sind, wie Sie behaupten, werden Sie es zugeben.«

»*Das* ist das zweischneidigste Schwert, das ich jemals erlebt habe. Verflucht, wenn ich es tue, verflucht, wenn ich es nicht tue.«

Sie grinste. »Dann können Sie genauso gut antworten.«

Ich sah sie finster an. »Sie sind ebenso unwandelbar, Kapitän.«

»Warum?«

»Sie sagten, Sie bevorzugten Frauen. Ist das nicht unwandelbar?«

»*Sie* bevorzugen Frauen.«

»Natürlich!«

»Dann sind Sie gegen Männer.«

»Ich *bin* ein Mann…«, begann ich.

»Als Geliebte«, verdeutlichte sie.

»Hoolies, ja«, erwiderte ich hitzig.

»Dann sind wir gleich, nicht wahr?«

»Wie können wir gleich sein? Sie sind eine Frau. Sie sollten mit Männern schlafen, nicht mit anderen Frauen!«

»Warum?«

»Weil es so sein soll!«

»Tatsächlich?«

»*Ja.*«

»Warum?«

Ich kratzte mich traurig am Haaransatz. »Weil es einfach so ist.«

»Für Sie.«

»Für die *meisten* Leute!«

»Was ist mit der Frau?«

»Welche Frau?«

»Diejenige, mit der Sie schlafen.« Sie hielt inne. »Diejenige, mit der Sie *gegenwärtig* schlafen.«

»Seit drei Jahren«, fauchte ich. »Denken Sie nicht, dass ich unsere Beziehung zu leicht nehme.«

»Aber natürlich tun Sie das. Wollten Sie mich nicht verführen?«

Ich runzelte die Stirn. Verflucht, wenn ich es tat, verflucht, wenn ich es nicht tat.

Ihre Miene wirkte boshaft. »Und hätten Sie diesen Kurs auch verfolgt, wenn der Kapitän ein Mann gewesen wäre?«

»Hoolies, nein!«

»Weil ich eine Frau war, wurde ich als leichte Beute beurteilt, und Sie haben angenommen, ich erläge Ihrem Charme, wie so viele andere Frauen es getan haben.« Sie nickte. »Eine unwandelbare – und rein südländische – Denkungsart.«

Sie verstrickte mich in Wortgeflechte. »Nein, warten Sie…«

»Wäre ich natürlich eine Frau, die Männer in ihrem Bett begehrte, hätte ich mich vielleicht sehr wohl verführen lassen. Weil Sie *tatsächlich* einen gewissen Charme besitzen…« Ich verkniff mir vor Überraschung einen Einwand. »…und Sie haben sich diesem Schachzug mit mehr Rechtschaffenheit angenähert als vielleicht ein anderer Mann.«

Das ergab keinen Sinn. »Rechtschaffenheit? Ich dachte, Sie hätten mich beschuldigt, keinen Respekt vor Frauen zu haben.«

»Rechtschaffenheit. Weil Sie sich die Mühe gemacht haben, einen Streit mit Ihrer Frau zu provozieren, um einen *Grund* zu haben, sich zur Abwechslung an mich als Bettgefährtin zu wenden, und weil Sie sich mir nicht unmittelbar genähert haben. Es war, wie ich schon sagte, ein Schachzug. Und das respektiere ich. Es erfordert Phantasie und Vorbedacht.«

»Sie haben gerade selbst gesagt, dass ich einen Streit mit Del provoziert habe. Wie können Sie das respektieren, wenn Sie die Wahrheit so hoch schätzen?«

Sie sah mich unverwandt an. »Sie *würden* eher ertrinken, als sich erneut versklaven zu lassen. Ein Mann lügt vielleicht um der Wirkung willen, um Einfluss zu haben, und da die Wahrheit Ihnen gedient hat, war es tatsächlich Wahrheit.«

»Das wissen Sie also?«

»Ich kann Sklaven sehr gut beurteilen.«

»Ich bin kein…«

»…und Ihr Geist und Körper bilden keine Einheit mehr«, endete sie. »Sie brauchen nicht zu lügen.«

Es war an der Zeit, die Kontrolle über dieses Gespräch zu bekommen. »Wenn Sie also die Wahrheit achten, sage ich Ihnen Folgendes.« Ich hielt inne, bemerkte ihren ruhigen Gesichtsausdruck und beschloss, ihn zu ändern. »Sollten Sie versuchen, Del zu verführen, werde ich Sie auseinandernehmen. Ob Sie nun eine Frau sind oder nicht.«

Die Ruhe schwand tatsächlich, wurde aber durch eine Belustigung ersetzt, die ich nicht erwartet hatte. »Männlich«, sagte sie, und: »Südländisch. *So* männlich und *so* südländisch.«

»Ich meine es ernst, Kapitän.«

»Das weiß ich. Ehrlichkeit, wenn auch als Drohung getarnt. Nur frage ich mich, was Sie mehr ängstigt: dass ich versuchen werde, sie zu verführen – oder dass sie vielleicht darauf eingeht.«

Ich schüttelte den Kopf. »Das wird sie nicht.«

»Und daher biete ich Ihnen meine eigene Wahrheit, Südbewohner: Ich werde die Frau entscheiden lassen, was sie tun oder nicht tun will. Es sollte *ihre* Entscheidung sein. Weil alles andere eine die Seele ebenso zerstörende Sklaverei wäre wie diejenige, die Sie erfahren haben.«

Der Südbewohner in mir hasste es zuzugeben, dass sie Recht hatte. Der Mann, der Del während der letzten drei Jahre begleitet und dabei Wahrheiten erfahren hatte, die er sich niemals hatte vorstellen können, gab es zu – wenn auch insgeheim – und konnte kein zusätzliches gewichtiges Argument vorbringen.

»Nun«, sagte ich schließlich, »Sie müssen mir zumindest zugute halten, dass ich Sie ebenso bedroht habe, wie ich einen *Mann* bedroht hätte.«

Prima Rhannets üppiger Mund zuckte, aber sie besaß den Anstand, nicht laut herauszulachen.

* * *

Es war später Vormittag, als Del beim Plankengang an der Reling stand und schweigend wartete. Ich bemerkte die Bewegungslosigkeit ihres Körpers, die bereite Haltung trotz dieser Bewegungslosigkeit und erkannte, dass sie ihr Schwert ebenso sehr vermisste wie ich meines.

Oder überhaupt *ein* Schwert. Wir hatten unsere wahren Schwerter beide verloren: ich meines vor drei Jahren, als Singlestroke zerbrochen war. Und Del hatte ihres an den Mahlstrom der bösen Magier verloren, die sich für Götter hielten. Sie hatte dieses Schwert zerbrochen, das Jivatma namens Boreal, um mir das Leben zu retten, und hatte dabei fast ihr eigenes ausgelöscht. Inzwischen hatte ich auch das Schwert verloren, das ich in Staal-Ysta gefertigt hatte. Es lag in der Tat unter dem Schutt begraben, der auch Dels zerbrochenes Jivatma bedeckte. Wir hatten natürlich neue Schwerter erworben – nur ein Narr geht ohne Waffe umher –, aber keines davon hatte uns über die Erfüllung eines Zwecks hinaus gefallen. Und jetzt hatten wir, dank den Renegadas, überhaupt keine Schwerter mehr.

Zwei dieser Renegadas warteten unmittelbar hinter Del, ebenso handlungsbereit wie sie, wenn es nötig würde. Ich erkannte am Ausdruck ihrer Augen, dass sie es nicht nötig machen würde. Noch nicht. Nicht bis ich das Schiff verlassen hatte und wieder auf festem Grund stand, wo niemand mich ins Wasser werfen konnte. Sie würde zulassen, dass ich in einem wahren Kampf mein Leben riskierte, aber nicht, dass ich ertrank.

Nihko kam hinter mir heran. Und hinter ihm kam wiederum sein rothaariger Kapitän heran, mit schimmerndem Gold in den Ohren und um die Kehle. Ich verzog das Gesicht, dachte an den Plan, unsere Umstände. Dann schüttelte ich leicht den Kopf, trat vor und neigte meinen Kopf zu Dels.

Sofort umringten uns vier Renegadas. Hände ergriffen Del, Hände ergriffen mich. Ich wurde die Planke auf das Dock zu hinabgeschoben, stolperte fast und fand mühsam mein Gleichgewicht wieder, bevor ich kopfüber ins Meer stürzen konnte. Als das verhindert war, befand ich mich auf der Hälfte der Planke, und als ich mich umwandte, um zu Del zu schauen, hatten sie sie bereits fortgebracht.

Soviel zu Auf Wiedersehen und Viel Glück oder auch einem leisen »Töte sie, wenn du die Gelegenheit dazu hast«.

Nihko trieb mich voran, während sich die Planke unter unserem Gewicht durchbog. Ich ging weiter, wobei mir die Ungewissheit über so viel Wasser nicht gefiel. Er begleitete mich vom Schiff herab, vom Dock herab, auf den Kai und zum unteren Ende des Pfades, der sich seinen Weg die Klippe hinaufschnitt. Ich konnte von hier geradewegs hinaufblicken und die an der Klippenseite – wie weiß bemalte, blautürige Kuppeln – über meinem Kopf aufragenden Behausungen sehen. Mein Nacken kribbelte. Die zufällige Bauweise erweckte den Anschein, als könnte mir alles die Klippe Säumende jeden Augenblick auf den Kopf fallen.

»Eine kräftige Erschütterung«, murmelte ich.

Nihko sah mich an. »Und so war es auch.«

»Was?«

»Die Geschichte besagt, dass Skandi einst vollständig und rund gewesen sei und nicht nur diese übrig gebliebene Sichel.«

Ich betrachtete unbehaglich die Klippenvorderseite der Sichel. »Was ist damit geschehen?«

»Dieser Ort wurde aus Rauch gestaltet«, begann Nihko.

Da ich bei Geschichten über Götter keine Geduld besaß, unterbrach ich ihn grob. »Darüber weiß ich alles. Ihr Kapitän hat mir diese Rede bereits gehalten.«

»Dann sollten Sie verstehen, dass die Götter auch wieder rückgängig machen können, was sie geschaffen haben.« Er machte eine Geste. »Was Rauch war, wurde wieder zu Rauch.«

Hoolies, ich hasse rätselhafte Bemerkungen! Ich fragte übertrieben geduldig: »Und?«

Er wandte sich um und deutete auf den hinter uns gelegenen Hafen. »Sehen Sie den Rauch? Die kleinen Inseln?«

Ich hatte sie bemerkt, ja. Zwei zusammengedrückte, geschwärzte Klumpen Land inmitten des Kessels, die unbewohnbar schienen. Eher wie herabgebrannte Kohlen nach einem leichten Regen, die schwache Rauchfäden in die Morgenluft abgaben.

Nihko nickte. »Sie sind die Kinder des Herzens der Welt.«

»Des... was?«

»Des Herzens der Welt. Es liegt jetzt unter dem Meer. Aber die Kinder haben sich erhoben um nachzusehen, ob dieser Ort ihre Anwesenheit wieder wert ist.«

Ich sah ihn unbewegt an. »Sie erkennen schon, dass nichts von alledem einen Sinn ergibt.«

Er grinste heiter und wenig beleidigt. »Es wird noch Sinn ergeben.«

»Und inzwischen?«

»Inzwischen wurde die Insel wieder in Rauch verwandelt. Das Land blutete. Brannte. Wurde zu Asche. Die Insel schüttelte sich und wurde zerteilt. Sie sehen, was geblieben ist.«

Nicht viel, wenn das, was er sagte, stimmte. Aber es schien unwahrscheinlich, dass solch ein Unglück wirklich geschehen konnte. Ich meine – Land, das blutete? Das in Asche und Rauch verwandelt wurde? Das sich selbst auseinanderschüttelte? Mehr als unwahrscheinlich: unmöglich.

Natürlich hatte ich von vielen Dingen behauptet, sie seien unmöglich – und war dann selbst ihr Zeuge geworden.

»Wir besitzen Landkarten«, sagte er ruhig, als er meine Skepsis bemerkte. »Alte Landkarten – und Skizzen – und Zeichnungen. Geschichten. Diese Insel war einst weitaus größer als jetzt.«

Ungefähr wie Nihko selbst, wenn das, was Prima über seine Kastrierung gesagt hatte, stimmte. Ich betrachtete erneut die Klippe. »Vermutlich werden wir diese armselige Ausrede eines Pfades hinaufsteigen?«

»Aber auf vier Füßen«, erwiderte er.

»Sie wollen, dass ich eines *dieser* Tiere reite?« ›Diese‹ waren die danjacähnlichen Geschöpfe, die eher einer Kreuzung aus einem kleinen Pferd und einem sehr großen Hund ähnelten.

»Das spart Zeit«, erklärte der Erste Offizier, »und unsere Füße bleiben sauber. Andernfalls rutschen und schliddern wir den ganzen Weg hinauf wie das niedrigere Volk durch Molahdung.« Er deutete mit seinem rasierten Kopf auf Männer und Frauen, die sich die Klippe zu Fuß hinauf- und hinabmühten.

»Molahdung?«

»Dies sind Molahs.« Er wies auf eine Reihe der geduldig am Fuß des Pfades wartenden Tiere. »Und sie können problemlos das Vierfache ihres Gewichts tragen.«

»Ich kann genauso gut mein eigenes Gewicht tragen, danke. Ich bin sozusagen daran gewöhnt.«

»Molah«, sagte er sanft, und ich dachte erneut daran, wie sein Griff mein Handgelenk weinen und die Haut an meiner Kehle brennen ließ. »Und wenn Sie sich der reichsten Metri auf der Insel als der Mann präsentieren wollen, der vielleicht ihr Erbe ist, sollten Sie reiten.«

»Gut«, sagte ich verdrießlich und betrachtete die an ein Seil neben dem Pfad gebundenen, ermatteten Tiere, »wir reiten. Aber mir scheint, wir würden mit den Füßen ohnehin den ganzen Weg hinauf durch den Dung schleifen.«

9

Tatsächlich schleiften wir nicht den ganzen Weg hinauf mit den Füßen durch den Dung, obwohl es sich beinahe so verhielt. Ursprünglich sehnte ich mich nach Steigbügeln, da es nicht besonders bequem war, mit herabbaumelnden langen Beinen quer auf einem schmalen, knochigen, von einer dünnen Decke kaum gepolsterten Rücken zu reiten, aber ich erkannte nur zu bald, dass Steigbügel es noch schlimmer gemacht hätten. Mit bis zum Kinn hochgezogenen Knien zu reiten, ist für einen Mann mit widerspenstigen Knien keine bevorzugte Haltung.

Nihko Blaukopf ritt für einen Seemann seinen Molah mit einer Grazie, die ich nicht erwartet hatte. Aber ich überlegte, dass sich das Balancieren auf einem Tier nicht allzu sehr von dem an Bord eines schlingernden Schiffes unterschied, und er hatte daher einen Vorteil. Ich war vielleicht eher als er an das Reiten eines Tieres gewöhnt, aber Pferde und Molahs haben höchst unterschiedliche Gangarten. Pferde schreiten meist, pflanzen ihre großen Hufe breit auf den Boden. Molahs… trippeln. Auf etwas, das sich beunruhigend wie Zehenspitzen anfühlt. Sehr schnell, sodass man in einer Gangart aufsteigt, die man nur als Rütteln bezeichnen kann.

Ich überlegte, dass Nihko vielleicht keine Hoden mehr besaß, weil er einmal zu häufig auf einem Molah diese Klippe hinaufgeritten war.

Während wir aufstiegen, auf Zehenspitzen Menschen zu Fuß umgingen, warf ich Blicke den Weg zurück, den wir gekommen waren. Mit zunehmender

Höhe wurde immer deutlicher, wie rund die Insel einst gewesen war. Trotz all dieses albernen Geredes über Götter und Rauch, der sich in Fels verwandelt (und umgekehrt), stand außer Frage, dass die Insel einst größer gewesen war. Und der Anblick kam meinen im Süden aufgewachsenen Augen seltsam vertraut vor: Was Nihko und ich erklommen, war der senkrechte Rand eines Kreises. Das Innere unter uns, von einem strahlend grünlichen Blau, war der Platz, in dessen Mitte sich zwei Männer zum Schwerttanz treffen würden.

Wenn sie auf dem Wasser wandeln könnten.

Ich konnte es nicht besser, als ich Waffen aus der Luft herbeizuzaubern vermochte. Aber ich *konnte* Sand in Gras verwandeln.

Zumindest lautete so die Legende, die andere im Süden als Prophezeiung ansahen. *Ich* lege natürlich keinen Wert auf solchen Unsinn. Selbst wenn eine Hand voll Bewohner der tiefsten Wüste, angeführt von einem heiligen Mann, der beanspruchte, in die Zukunft sehen zu können, behauptete, ich sei der Jhihadi der Prophezeiung, der Mann, der den Süden vor dem alles verschlingenden Sand retten sollte.

Pferdepisse, wenn man mich fragt.

Und das genau erweckte in mir den Gedanken, Kanäle in die Wüste zu graben und Wasser von da, wo es vorhanden war, an Stellen zu bringen, wo es nicht vorhanden war. Pferdepisse. Dank dem Hengst.

Auf dem ich diesen götterverfluchten Pfad weitaus bequemer hätte hinaufreiten können als auf einem stumpfbeinigen, knochenrückigen, trippelnden kleinen Molah.

Hoolies, es würde mir nicht einmal etwas ausmachen, abgeworfen zu werden, wenn ich den Hengst nur besäße!

Ich warf einen raschen Blick die Klippe hinab. Nun, vielleicht doch lieber nicht.

Dann fiel mir während des Aufstiegs ein, dass es dies war, weshalb ich hergekommen war. Um Skandi zu sehen, diesen Ort, von dem ich vielleicht stammte, wenn auch nur gewissermaßen. Ich war im Süden geboren worden, entstammte aber einem anderen Land. Diesem? Vielleicht. Wie Del schon festgestellt hatte, wie Prima Rhannet und wie sogar *ich* festgestellt hatten, waren Nihko und ich vom Körperbau und sogar von der Hautfarbe her ähnlich, was anscheinend üblich für Skandi war.

Und doch hatte nicht jedermann, der sich den Pfad hinauf- oder hinabmühte, grüne Augen und bronzebraunes Haar – oder einen mit blauen Tätowierungen geschmückten, geschorenen Kopf. Tatsächlich war offensichtlich, dass nicht jedermann, der den Pfad beschritt, auch nur aus Skandi war, wenn Nihko und ich dem vorherrschenden Körpertyp entsprachen. Viele waren kleiner, leichter, oder groß und sehr dünn, mit einer weiten Bandbreite von Haar- und Hautfarbe. Ich hatte mich an gewisse körperliche Ähnlichkeiten im Süden gewöhnt, wo die Menschen überwiegend kleiner, leichter, dunkler, und im Norden, wo die Menschen ebenso überwiegend größer, schwerer, heller waren. Aber hier, auf der Vorderseite der Klippe, wanderte ein Regenbogen lebendigen Fleisches.

Und dann erinnerte ich mich, dass Skandis Wirtschaft von Sklavenarbeit abhing, und ich erkannte, warum die Vielfalt in Größe und Hautfarbe so groß war.

Es lief mir eiskalt den Rücken hinunter. Hier war ich an einen Ort gelangt, von dem meine Eltern sehr wohl stammen mochten, und doch war er auch von jenen Unglücklichen bevölkert, die keine andere Wahl hatten, als anderen zu dienen, die den Reichtum, die Macht und die Bereitschaft ihr eigen nannten, Männer und Frauen zu besitzen.

Ich wurde bereits zweimal besessen. Einmal meine

ganze Kindheit und Jugend über bei den Salset und dann wieder in den Minen des Tanzeers Aladar, den Del getötet hatte, um mich zu befreien.

Der Süden ist ein hartes und häufig grausames Land. Aber ihn *kannte* ich. Skandi war für mich nur ein Name – und jetzt ein im Ozean schwimmender Felsenrand –, und ich erkannte erschreckend und beunruhigend deutlich, dass ich mit unbestreitbar kindlicher Hoffnung von einem Ort geträumt hatte, der in allem vollkommen war. Sodass ich einem Land und Volk entstammte, die ihre Kinder weitaus besser behandelten, als der Süden mich behandelt hatte.

Eine ernüchternde Erkenntnis, nachdem ich erst über den ursprünglichen Schmerz der Selbstkritik hinausgelangt war, solch grausiger Erinnerung zu unterliegen. Ich wusste es besser. Träume werden niemals wahr.

Ich schloss die Augen davor. *Mein* Traum war wahr geworden. Derjenige, den ich, solange ich mich erinnern konnte, in meiner Seele beherbergt hatte: ein freier Mann zu sein. Und ich hatte die Freiheit letztlich errungen, hatte sie aus Hoffnungslosigkeit und Verzweiflung auf Kosten der Salset-Kinder in die Wahrheit hineingeträumt.

Schuld machte sich bemerkbar – und Unbehagen. Und dann dachte ich erneut, was ich vielleicht geworden wäre, wenn ich bei den Salset geblieben wäre, und was ich geworden war, seit ich meine Freiheit erlangt hatte.

Was ich *jetzt* war – nun, wer wusste das? Einst ein Schwerttänzer. Jetzt für manche Leute ein Borjuni. Und andere würden sagen, *hatten* gesagt: ein Messias.

Der genau in diesem Augenblick der Gefangene eines Mannes war, der eine Vielzahl von Ringen in seinen Augenbrauen trug.

* * *

Schließlich erreichten wir die Spitze der Klippe. Ich wollte dankbar ein Bein über den runden kleinen Rumpf des Molah schwingen, aber Nihko betrachtete mich mit einem bezwingenden Blick und befahl mir zu warten.

Wenn er glaubte, dass ich von dem Molah herabspringen und um meine Freiheit laufen wollte, dann irrte er sich. Ich wollte nur wieder auf meinen eigenen Füßen stehen – und sicher sein, dass meine Genitalien beim Aufstieg nicht ständig gequetscht wurden. Ich erwog, dennoch abzusteigen – es war ein atemberaubender Abstieg von ganzen drei Zoll –, sah mich dann aber um und beschloss, es besser nicht zu tun. Ich war immerhin barfuß, und wir waren gerade in einem auf der Klippe gelegenen Gebiet voller Molahs (und ihrem Dung), Menschenmengen, jaulenden Hunden (und ihrem Dung), einer Hand voll Hühner und ungefähr einem Dutzend Ziegen mit lockigem Fell angekommen. Und ihrem Dung.

Die alle Nihko auf seinem Molah ansahen und augenblicklich verschwanden.

Nun, zumindest die *Menschen*. Die Hühner, Ziegen und Hunde blieben unbeeindruckt. Sie waren jetzt auch erheblich lauter, wo jedermann in Hörweite äußerst still geworden war.

Ich sah geweitete Augen, überrascht geöffnete Münder und heftige Gesten. Ungefähr zu dem Zeitpunkt, als ich den Mund öffnete, um Nihko zu fragen, was, zu den Hoolies, vor sich ging, sprach er. Nur ein einziges Wort, sehr barsch und knapp, in einer mir unbekannten Sprache. Ich nahm an, dass es Skandisch war. Als Bewegung in die Menge kam, wiederholte er es und fügte dem Wort dann noch einen kurzen Satz an. Rasche, verstohlene Blicke wurden gewechselt, und verschiedene Gesten wurden dicht am Körper vollführt, sodass sie nicht ganz so offensichtlich waren. Aber niemand sprach. Das heißt, bis auf einen heiseren Schrei, der von jemandem ausgestoßen wurde, den ich nicht sehen konnte.

Sofort eröffnete sich ein Pfad durch die Menge. Ein Mann in einer fadenscheinigen, sonnengebleichten Tunika kam auf uns zu. Er trug eine geprägte Metallschüssel in beiden Händen. Bestickte Tuchstreifen lagen über seinem Arm, und über seinen Schultern hing eine mit einem Wachsstöpsel versehene, mit einem Netz aus Seilen umgebene Tonflasche, um deren Öffnung es blau schimmerte. Ich beobachtete verwundert, wie er sich in den Staub und Schmutz kniete und die Schüssel vorsichtig abstellte. Er hängte die Flasche aus, öffnete sie, goss Wasser in die Schüssel, murmelte etwas, das wie eine Beschwörungsformel klang, und tauchte dann mit übergenauer Vorsicht, damit kein Teil des Stoffes über den Rand der Schüssel in den Schmutz geriet, einen Tuchstreifen hinein.

Das alles wirkte sehr seltsam – und es wurde noch seltsamer. Er kam zu Nihko, neigte kurz den Kopf, zog Nihko dann geschickt die Schuhe aus und begann, ihm die Füße zu waschen.

Ich sah höchst überrascht zu. Als er fertig war, zog der Mann Nihko die Schuhe wieder an, wusch den Tuchstreifen in der Schüssel aus, legte ihn als zusammengerollte, tropfende Kugel zur Seite und näherte sich dann mir mit einem weiteren bestickten Tuchstreifen.

»Uh…«, begann ich.

»Sie werden es zulassen«, sagte Nihko knapp.

Ich erwog, meine Füße zurückzuziehen, wenn auch nur, um den Ersten Offizier zu ärgern. Ich erwog, vom Molah herabzugleiten. Ich erwog, dem Schüssel-Mann nachdrücklich, wenn auch nicht in einer ihm bekannten Sprache, zu sagen, dass ich mich mit schmutzigen Füßen wohl fühlte, sodass er sie nicht für mich zu waschen brauchte, dass ich mich selbst darum kümmern würde, wenn ich ein öffentliches Bad fände.

Aber ich befand mich an einem seltsamen Ort, dessen Gebräuche und mögliche Auswirkungen ich nicht kannte – und die Selbsterhaltung obsiegte. Ich biss die Zähne zusammen und ließ mir von dem Mann die Füße waschen.

Er sprach beim Arbeiten sehr leise, machte vermutlich Bemerkungen über die heilenden Schnitte und Kratzer. Seine Hände waren unerwartet sanft, scheu. Als ich nicht antwortete, schaute er kurz zu mir hoch und wartete erwartungsvoll. Als ich einmal den Kopf schüttelte, schaute er sofort wieder fort und vollendete seine Aufgabe schweigend. Es wurde deutlich, dass ihn die Tatsache verwirrte, dass ich keine Schuhe trug.

Nihko sagte etwas zu ihm. Der Mann erbleichte, sammelte die zusammengerollten, schmutzigen Tuchstreifen, das Becken und die Tonflasche wieder ein und verschwand eilends in der Menge. Ich wackelte mit meinen sauberen Zehen und warf dem Ersten Offizier dann einen Blick zu. »Wäre es nicht sinnvoller, unsere Füße zu waschen, *nachdem* wir an unserem Ziel angelangt sind?«

Nihko lächelte, aber es lag kein Humor darin. »Wenn Sie den Boden mit gereinigten Füßen berühren, machen Sie sich zu einem von ihnen.«

Von *ihnen.* »Und das ist vermutlich nichts Gutes?«

»Nicht wenn Sie als Erbe der Stessa Metri anerkannt werden wollen.«

Ich seufzte. »Sind diese Stessa sich zu gut, die Straßen wie jeder andere Mensch zu bewandern?« Ich schaute betont zu seinen Füßen. »Sind Sie es?«

»Oh, von *mir* wird nicht erwartet, dass ich irgendwo hingehe«, sagte er beiläufig. »Ich bin *io*Skandier, und man erwartet von mir, dass ich fliege.«

Ich blinzelte. »Nun, das würde Ihnen gewiss den Ritt die Klippe hinauf ersparen.«

Er verzog einen Mundwinkel, schwieg aber.

Ich runzelte die Stirn. »Sie meinen es ernst.«

»Tatsächlich?« Seine Miene zeigte heimliche Belustigung. »Und kennen Sie mich so gut, um solche Dinge beurteilen zu können?«

Ah, Hoolies, das war den Atem für den Disput nicht wert. »Wann genau sollen wir zu diesem berüchtigten Haus kommen?« Ich hielt inne. »Und gehen, reiten oder fliegen wir?«

Er verzog erneut den Mund. »Selbst als Unwissender verspotten Sie die Möglichkeiten.«

»Nein, ich verspotte *Sie*. Das ist ein Unterschied.«

»Ah. Ich begreife langsam.« Ohne sich umzusehen, ob jemand es bemerkte, machte Nihko eine kaum wahrnehmbare Geste. Die Menge, die sich untereinander wieder leise unterhalten hatte, bemerkte sie dennoch. Sie verfiel sofort wieder in Schweigen. Die Menschen machten erneut den Weg frei. Dieses Mal kam nicht der Mann mit der Schüssel und den bestickten Tuchstreifen zu uns, sondern ein völlig anderer, ein drahtiger Mann zu Fuß, der zwei staubbedeckte, vor eine Art Bankstuhl auf Rädern gespannte Molahs führte.

»Was, zu den Hoolies, ist das?«

»Ein Transportmittel«, antwortete Nihko.

»Und ich dachte, Sie könnten fliegen.«

»Nun, Sie können es nicht, und der Anstand gebietet, dass ich auf die gleiche Art reise wie Sie.«

»Der Anstand? Oder die Tatsache, dass ich Ihr Gefangener bin?«

»Sie sind nur mein Gefangener, weil Sie nicht gelernt haben, solche Dinge zu vermeiden.« Er machte erneut eine Geste. Der Mann mit dem Molah-Gefährt kam zu uns, hielt seine Tiere an und machte sich dann daran, einen zusammengerollten Läufer von der Unterseite des Gefährts hervorzukramen, den er entrollte und auf dem Boden ausbreitete. »Als mein Begleiter dürfen Sie zuerst gehen.« Nihko hielt inne. »Und beschmutzen Sie Ihre Füße nicht.«

Mir war klar, dass es nach der rituellen Waschung, gefolgt vom Auslegen des Läufers, für Nihko lebenswichtig war, dass ich tat, was er sagte. Trotz der scheinbaren Demut der Menge würde mir, meiner Erfahrung nach, jegliches Vergehen eine jähe Reise über den Rand der Klippe bescheren, wodurch ich auf schnellere und schmerzlichere Art abstiege als auf einem Molah-Rücken, was schon schlimm genug war. Also stieg ich von dem stämmigen kleinen Tier ab, versicherte mich, dass ich mitten auf dem geflochtenen Läufer landete, und ging auf das Gefährt zu. Was aus der Nähe mehr denn je an einen Bankstuhl erinnerte. Er war aus gedrehten Weinstöcken gewoben und mit dünnem, geflochtenem Seil gebunden. Die Bank war mit bestickten Kissen gepolstert, während die Rückenlehne aus verflochtenen Ranken bestand, die einst grün und biegsam gewesen sein mussten, jetzt aber trocken und hart wirkten.

Der Boden unter mir schwankte. Ich streckte die Hand aus, ergriff die Bank und umklammerte sie fest. Ich fühlte mich nicht krank, doch mein Gleichgewicht war entschieden gestört. Trotzdem bemerkte anscheinend niemand um mich herum, dass der Boden unter ihnen schwankte.

Nihko schwang sich mit der Leichtigkeit des Vertrauten von seinem Molah auf den Läufer. Er schritt an mir vorbei und bestieg ohne Zögern das Gefährt, wobei er mir bedeutete, mich ihm anzuschließen.

Ich hielt mich noch einen Augenblick länger fest, noch immer vom mangelnden Gleichgewicht beunruhigt. Ich sah, wie Nihko seine beringten Augenbrauen wölbte und dann lächelte er. »Das Meer hat Ihnen Ihre Beine gestohlen«, sagte er knapp, »aber es wird sie Ihnen zurückgeben.«

Ah. Weder Magie noch eine Krankheit. Ich bestieg mit innerlichem Achselzucken das Gefährt. Gut, dass die Molahs das Vierfache ihres Eigengewichts tragen konnten. Nihko und ich wogen zusammen annähernd fünfhundert Pfund.

»Akritara«, sagte er nur, und ich hörte die Menge murmeln.

Der Molah-Mann rollte seinen Läufer auf, schob ihn in das kleine Fach unter der Bank und ging zu seinen Tieren. Die Molahs bewegten sich ruckartig und schwingend, und ich verschränkte die Finger in verflochtenen Ranken. Zwei Räder boten nicht viel Festigkeit. Das Gleichgewicht wurde durch den aus Seilen und Holz gefertigten Wagenschwengel gehalten, der zwischen dem Molahgeschirr und der Bank selbst befestigt war.

»Also«, begann ich, während wir dahinholperten, »*warum* sollen wir nirgendwohin laufen?«

»Oh, wir werden laufen. Aber nur auf gesegneten Oberflächen.«

»Gesegnet?«

»Von den Priestern.«

»Sie haben Priester, die Ihre Böden segnen?«

»Priester, die die Teppiche in den Mustern der Himmel weben.« Er schaute kurz himmelwärts.

Ich stieß einen angewiderten Laut aus. »Lassen Sie mich raten: Sie sind blau.«

Nihko lächelte. »Nur ihre Köpfe.«

Ich hatte natürlich die Teppiche gemeint, aber das war angesichts dieser Bemerkung nicht mehr wichtig. Und angesichts seines Kopfes. »Erzählen Sie mir nicht, *Sie* wären ein Priester!«

Er machte ein ernstes Gesicht. »Wenn Sie ein Messias sein können, kann ich gewiss ein Priester sein.«

Das brachte mich zum Schweigen. Aber nur für einen Augenblick. »Also lebt Ihr Orden gut davon, Menschen bereitzustellen, die Schiffe zerstören, Beute stehlen und Passagiere töten?« Ich wölbte vielsagend die Brauen. »Eine eher gewalttätige Priesterschaft, finden Sie nicht?«

Das brachte mir einen unheilvollen Blick ein. Und Schweigen.

»Was wird also am Tagesende aus den Läufern? Verbraucht sich der Segen nicht? Oder muss dieser arme Mann den Läufer jede Nacht schrubben, bevor er morgens wieder Fahrgäste aufnimmt?«

»Er schrubbt ihn, ja. Und er bringt ihn an jedem Sonntag zum nächsten Priester, um den Segen erneuern zu lassen.«

»Einmal in der Woche.«

»Das sagte ich.«

»Für einen gewissen Preis, nehme ich an.«

»Kennen Sie irgendetwas in diesem Leben, das nichts kostet?«

»Sie weichen aus«, beschuldigte ich ihn, »wie jemand im Kreis, der den Tanz nicht beginnen will. Also bezahlt dieser Mann dafür, dass sein Läufer jede Woche gesegnet wird, damit blauköpfige Leute wie Sie nicht durch den Dreck gehen müssen.« Ich nickte. »Das klingt nach Betrug.«

Nihko runzelte düster die Stirn. »Sie würden Glauben und den Dienst an den Göttern also als *Betrug* bezeichnen?«

»Natürlich. Weil es das ist.«

Seine Miene wurde zornig. »Sie betreiben Götterlästerung.«

»Aber nur, wenn es Götter *gibt*. Und nur, wenn solche Dinge sie kümmern.« Ich zuckte die Achseln. »Ich bin mir nicht sicher, dass sie auch nur einen Pfifferling auf das geben, was wir tun. Wenn es sie gibt.«

»Sie sind respektlos, Südbewohner.«

»Ich bin vieles, Blaukopf. Bisher haben sich die Götter nicht die Mühe gemacht, sich darüber zu beschweren.«

»Sie sind ein Narr.«

»Auch das.«

Er verfiel mit einem verächtlichen Murmeln in

Schweigen. Ich seufzte, wandte mich um und blickte den Weg zurück, den wir gekommen waren. Der Rand der Klippe entschwand bereits. Jenseits konnte ich nur noch den blendend blauen Himmel sehen, und Dunstfetzen, die von den rauchenden Inseln inmitten des Kessels blaugrüner See aufstiegen.

O Bascha, ich wünschte, du wärst hier. Ebenso sehr, um Skandi mit mir zu erleben, wie um von Prima Rhannet befreit zu sein.

* * *

Nachdem wir die Biegungen und Kehren enger, festgetretener Karren-und Fußwege durchreist hatten, ließen wir Skandi-die-Stadt vollkommen hinter uns. Stattdessen umgab uns nun unebenes Land abgewetzter, felsiger kleiner Hügel aus dunkler, spärlicher Erde und Haufen pockennarbigen, bröckeligen Gesteins. Die Spitze der Insel wölbte sich von der Klippe dem Sonnenaufgang entgegen, gekrönt von einer gewölbten, aber weich ansteigenden Erhebung, die man eigentlich nicht als Berg bezeichnen konnte, die aber dennoch hervorragte. Zwischen der Stadt und dem sanft ansteigenden Gipfel erstreckten sich Morgen Land, das in unzählige gerundete, korbartige Haufen Grün aufgebrochen war. Unzählige Kränze, in erstaunlich symmetrischen Reihen angeordnet. Als wir das dem Weg nächstgelegene Feld passierten, beugte ich mich gefährlich weit aus dem Gefährt, um einen besseren Blick zu haben.

Körbe. Große Körbe. Große *lebendige* Körbe. Die Weinranken waren buchstäblich im Kreis gewoben und auf diese Weise zu ständigem Wachstum angehalten worden. Ich erkannte, dass die Sitzbank des Gefährts aus denselben Ranken gefertigt war.

Ich hatte in meinem Leben schon viele seltsame Pflanzen gesehen, da ich im Norden *und* im Süden gewesen war, aber niemals hatten sich Weinranken auf dem Boden zu gigantischen eintönigen Körben zusammengerollt. »Was, zu den Hoolies, ist das?«

Nihko gönnte dem Wegesrand einen Blick. »Weinstöcke.«

»Weinstöcke?« Das erstaunte mich. Alle Weinberge, die ich jemals gesehen hatte, rühmten sich aufrecht stehender Weinstöcke, die zu horizontalem Wachstum angehalten wurden – wie ein Mensch, der mit ausgestreckten Armen dasteht.

»Skandi ist ein Land der Winde«, antwortete Nihko wie abwesend. »Die Weinranken sind hier zu zart, um wie anderer Wein zu wachsen, damit der Wind sie nicht abreißt. Also werden sie dicht am Boden gezüchtet.«

Im Augenblick wehte nicht so viel Wind, dass die Weinranken in Gefahr gewesen wären. Es blies eine stetige Brise, die aber nicht kräftig genug war, um Pflanzen zu zerstören. Die am Boden kauernden Körbe aus gewobenen Weinstöcken bewegten sich kaum.

»Warum können wir nicht über den Boden laufen?«, fragte ich. »Das heißt, wenn er gesegnet ist. Sind Sie und ich nicht auch vom Schiff über den Kai zum Fuß der Klippe gelaufen?«

»Der Wind und das Salzwasser verderben die Läufer«, erklärte Nihko, »sonst wären wir nicht gefordert, die Beschmutzung zu erdulden. Daher der Reinigungsbrauch oben auf der Klippe.«

»Aber warum würden wir nur durchs Laufen *beschmutzt*?«

Er sah mich von der Seite an. »Gehen die Priester oder Könige in Ihrem Land barfuß über schmutzigen Boden?«

»Wir kennen keine Könige«, sagte ich wie abwesend, »und alle heiligen Männer, die ich jemals sah, gingen bereitwillig überallhin zu Fuß.«

Nihko stieß einen angewiderten Laut aus. »Aber es sind fremde Priester. Ich sollte nicht überrascht sein.«

»Sie gehen auf dem Boot zu Fuß, Priester. Oder haben sie *es* auch irgendwie segnen lassen?«

»Schiff«, korrigierte er mich sofort. »Und das ist nicht Skandi. Nirgendwo ist Skandi, außer in Skandi selbst.«

»Ah. Es zählt also nicht, was Sie woanders tun, sondern nur, was Sie hier tun.« Ich nickte weise. »Sehr bequem.«

Er stieß einen Zischlaut aus. »Bequemlichkeit hat nichts damit zu tun!«

Ich lachte ihn aus. »Hier weigern Sie sich, sich zu beschmutzen, indem Sie die Füße auf nicht angemessen geweihten Boden setzen, und doch schlitzen Sie die Bäuche von Menschen auf und verstreuen ihre Eingeweide oder köpfen sie. Ist *das* nicht ein wenig verwirrend?«

Nihko presste den Mund erneut eigensinnig zu einer dünnen Linie zusammen. Er öffnete ihn nur, um kurz etwas zu dem Molah-Mann zu sagen, der den Kopf leicht in unsere Richtung gedreht hatte, als lausche er genau. Der Mann wandte den Kopf als Reaktion auf Nihkos Tonfall ruckartig wieder nach vorn. Ich sah, wie er mit der Hand eine Geste machte und die Molahs dann zu schnellerer Gangart antrieb.

Das war offenbar etwas, was man von Nihko Blaukopf lernen konnte. Und wenn ich Glück hatte, war es vielleicht auch etwas, was ich gegen ihn verwenden könnte.

Ich lehnte mich entspannt lächelnd an die aus Ranken geflochtene Rückenlehne und ließ mir die Sonne ins Gesicht scheinen.

10

Ich hatte geglaubt, dieser Ort namens Akritara sei ein Dorf oder eine Ansiedlung. Stattdessen entdeckte ich, dass es eine Ansammlung von wie bei einem gewölbten Bienenstock miteinander verbundenen Räumen war, die vielfache Wölbungen bogenförmiger Dächer und gerundeter Kuppeln auf halber Höhe aufwiesen, wie ein Stapel übereinander gestürzter Fluss-Steine. Die bogenförmigen Dächer waren weiß und die Kuppeln blau bemalt. Auf einem kleinen Hügel kauernd und meilenweit von ebenerdigen Weinstöcken umgeben, sah Akritara genau wie das aus, was es war: das überragende Haus Skandis.

»Das wird niemals funktionieren«, murmelte ich.

Nihko antwortete nicht, gab aber dem Molah-Mann in knappem, herrischem Tonfall Anweisungen. An Bord des Schiffes, als Erster Offizier, war er mit dem Stellvertreterposten zufrieden gewesen, von der Crew als einer von ihnen anerkannt und doch der vertrauteste Mann des Kapitäns. Aber seitdem wir Skandi betreten hatten, verhielt sich Nihko anders. Ich spürte eine unterdrückte Macht in ihm, eine unausgesprochene Empfindung, etwas wie Feindseligkeit. Die Menschen auf dem Gipfel der Klippe hatten eindeutig Angst vor ihm gehabt, da sie Gesten gegen ihn gerichtet hatten – oder vielleicht gegen das, was er mit seinem geschorenen, tätowierten Kopf und seinen silberberingten Brauen repräsentierte. Er hatte behauptet, ein skandischer Priester zu sein, aber er wurde gewiss anders behandelt, nicht nur wie ein Mensch. Aber es besteht ein gewaltiger Unterschied dazwischen, aufgrund seiner Macht geachtet oder gefürchtet zu werden.

»Was bedeutete das?«, fragte ich jäh. »Sie sagten, wenn ich es jemals leid sein sollte, mich elend zu fühlen, sollte ich zu Ihnen kommen.«

Er sah mich kurz an und wandte seine Aufmerksamkeit dann wieder dem Weg vor uns zu. »Fühlen Sie sich elend?«

Ich erkannte bestürzt, dass dem nicht so war und zwar schon seit einiger Zeit nicht mehr. »Nicht mehr.«

»Dann besteht kein Grund für mich zu antworten.«

»Gewiss besteht ein Grund dafür. Beispielsweise einfache Neugier…«

»Genug«, unterbrach er mich schroff. »Ihnen stehen andere Sorgen bevor als der Zustand Ihres Magens.«

Nachdem ich eins und eins zusammengezählt hatte, ignorierte ich es. »Es gibt nur eines, was jemals diese Wirkung hatte«, fuhr ich nachdenklich fort. »Bis auf die gelegentlichen Gelage mit zuviel Aqivi oder gegen den Kopf getreten zu werden. Aber alles das hatte eine Ursache.« Was häufiger geschehen war, als mir lieb war.

Er überging mich standhaft.

Ich überging ihn nicht. »Und jetzt sagen Sie, Sie wären ein Priester.«

Keine Antwort.

»Aber Priester können vieles sein. Männer mit einer Überzeugung. Narren. Und magische Menschen.«

Sonnenlicht schimmerte auf dem Silber in seinen Augenbrauen.

»Sind Sie ein Narr, Nihko?«

Damit hatte ich ihn. Er betrachtete mich für eine ganze Weile, maß meine Überzeugung. Dann verzog er kurz die Mundwinkel nach unten. »Das würden einige behaupten.«

»Magie«, sagte ich, »war mir schon immer zuwider. Ich bin weitgehend damit vertraut. Und ich komme nicht sehr gut damit zurecht.«

»Die Magie ist ein harter und unversöhnlicher Meister.«

»Und ich habe immer geglaubt, Menschen wollten *sie* meistern.«

»Narren«, sagte er angespannt. »Narren wollen es.« Und dann rief er dem Molah-Mann erneut etwas zu, und wir fuhren durch geöffnete Tore in einen sonnigen Hof ein, der durch eine Fülle von Bewuchs weniger blendete als die weiß gestrichenen Bögen.

Überall blühte es. Es gab keine Feinheiten, kein sorgfältiges Ritual der Anordnung. Die Pflanzen… wuchsen einfach. Vielzweigige, silbergraue Bäume, größere Bäume mit wolkenähnlichen Kronen, die üppig mit Lavendel bewachsen waren, Büsche mit langen Blättern, die mit Sprenkeln Blassrot und Weiß und Rot übersät waren, und eine seltsame, gedrehte, weinähnliche Pflanze, die die Mauern hinauf und darüber hinweg kroch und ihre üppigen Blätter zeigte, die, vom anfänglichen Grün aus, teilweise rot und teilweise purpurfarben und weißglühend wurden. Die weiß gestrichenen Mauern, die Stärke der Sonne und der strahlende Himmel ergaben zusammen mit dem Garten eine Palette üppiger Farben und Düfte, die fast zu benommen machten, um sich dem auszusetzen.

Der Molah-Mann zog [illegible] seinen Läufer aus dem Fach unter dem Gefährt. Er breitete ihn sorgfältig über gefegten Ziegelsteinen aus, und noch während er dies tat, eilten zwei Männer aus den Schatten auf den Hof und entrollten vom Zugang aus ebenfalls einen schmalen Läufer. Wir würden uns auf den Ziegeln des Hofes oder den Steinen der Treppe nicht die Füße schmutzig machen, sondern durch einen armseligen Läufer und einen vorzüglich gewobenen cremefarbenen Wollteppich von der Erde getrennt sein.

Nihko stieg von der Bank des Gefährts und bedeutete mir dann, ihm zu folgen. Er führte mich zu dem schattigen, tief liegenden Zugang, sprach kurz dem Teppich-Mann und bedeutete mir dann zu warten. Einer der Männer trat ins Haus. Als er wieder erschien, machte er einem zweiten Mann Platz. Einem großen, dünnen, älteren Mann mit grauen Augen und Haaren, mit einem schmucken, reinleinenen Kilt bekleidet und einer Halskette aus Glas und Gold vor der bloßen Brust. Er war zu gut ausgebildet, um Nihko anzustarren, aber sein still forschender Blick war dennoch offensichtlich.

Nihko sprach lange. Sein Tonfall klang höflich, aber nicht im Geringsten ehrerbietig. Der ältere Mann hörte ernst zu, ohne auch nur einmal in meine Richtung zu blicken. Als Nihko seine Erklärungen beendet hatte, welcher Art auch immer sie waren – die Sprache nicht zu kennen, bedeutete für mich einen entschiedenen Nachteil –, sagte der Mann leise ein Wort, wandte sich dann akkurat auf dem Absatz um und führte uns ins Haus.

Ich blieb bewusst an der Schwelle stehen. »Was ist mit den Böden? Wagen wir…?«

Etwas glitzerte in Nihkos Augen. Er wandte sich von mir ab und folgte dem älteren Mann. Innerlich lachend tat ich es ihm gleich.

Wir wurden in einen kleinen Raum mit niedriger Decke geführt, durch den hindurch wir einen weitaus größeren Raum mit hohem, gewölbtem Dach erblickten. Der Mann im Kilt deutete kurz auf die an den Wänden aufgestellten Regale. Nihko zog seine Schuhe aus und stellte sie dort hinein. Ich bemerkte, dass noch mehrere andere Paar Schuhe dort standen. Ich wackelte erneut mit den bloßen Zehen, und es gelang mir schließlich, die Aufmerksamkeit des älteren Mannes zu erregen. Er beobachtete mich ernst, maß mich auf seine eigene stille Art. Es bedeutete etwas, dass ich barfuß in dieses Haus kam, aber ich hatte keine Ahnung *was*. Nihko hatte ihm gewiss erzählt, dass ich angemessen gereinigt wurde, auch wenn ich keine

Schuhe trug. Ich spürte weder Geringschätzung noch Angst. Er sah mich einfach ausdruckslos an.

Der Boden schwankte erneut, oder zumindest schien es mir so. Ich streckte eine Hand aus, um mich an der Wand festzuhalten. Da der Mann im Kilt so auf seine forschende Betrachtung fixiert war, bemerkte ich etwas an dieser Hand: ihre Schwielen, Kerben, Kratzer und Narben, Verfärbungen, abgebrochene Nägel, den breiten Handrücken, unter der sonnengebräunten Haut mit rollenden Sehnen durchzogenen, die langen, gelenkigen Finger, die sich ein Schwert greifend weitaus wohler fühlten, als wenn sie eine glatte, flache, kühle Wand in einem Hause namens Akritara auf einer Insel namens Skandi berührten.

Ich dachte plötzlich an Del, die als Sicherheit für mein Verhalten auf einem Schiff festgehalten wurde.

Ich nahm meine Hand von der Wand und richtete mich mühsam gerade auf, wobei ich den Jahren der Übung zutraute, das vom Meer gestohlene Gleichgewicht wiederherzustellen. Dies war ein Land großer Männer, starker Männer, und körperlich deutete nichts an mir darauf hin, dass ich jedermann sonst in irgendeiner Weise unähnlich wäre, bis auf ein kurzes, rasches, verborgenes Aufflackern in den grauen Augen des älteren Mannes. Keine Beurteilung. Neugier. Das Bedürfnis zu *wissen*.

Dann führte er uns mit einer entsprechenden Geste in den größeren jenseitigen Raum. Gemälde zierten die Wände, hervorragende und in strahlende Farben gehaltene Szenen von Schiffen unter Segeln, Blumen und Tieren mit gehörnten Köpfen. Die Decke in erlesener, das Auge erfreuender Symmetrie hoch über uns. Ich folgte der Linie hinauf, hinüber und wieder hinab, bemerkte die wenigen, einfachen Winkel der Decke, der Wand, des Bodens, der wie Fenster in die dicken Wände geschnittenen Höhlungen, die geschmückt waren, und der breiten Türen, die zu weiteren bogenförmigen, mit Kuppeln versehenen Orten führten. Alles an diesem Raum passte, wie Singlestroke einst in meine Hände gepasst hatte. Säuberlich, ohne Übermaß. Vollkommen in Lauterkeit und Zweck. Wie ein Kreis, und der Tanz.

Der Atem beruhigte sich in meiner Kehle. Zuhause. Ich war *Zuhause*. Und mein ganzes Sein wusste es.

Mein Nacken kribbelte. Ich zog die Schultern hoch, rieb mir verwirrt den Hals, spürte erneut die Aufmerksamkeit des Mannes im Kilt. Es gab nur einen einzigen Stuhl in dem großen, luftigen Raum. Niemand von uns wurde angewiesen, sich darauf niederzulassen. Stattdessen wurden wir auf große Kissen auf dem Boden verwiesen. Nihko setzte sich hin. Ich nicht. Nicht einmal, als er es mir befahl.

»Sehen Sie«, sagte ich verärgert, »Sie haben mich hierher gebracht. Sie können ihnen erzählen, ich sei ein Dämon oder ein Gott, und ich kann nicht widersprechen, weil ich die Sprache nicht beherrsche. Im Augenblick haben Sie vor, mich als Erbe dieses Hauses zu präsentieren, und hier bin ich. Sie werden diese Gelegenheit bekommen. Aber Sie können mir nicht vorschreiben, ob ich stehen oder sitzen soll.« Besonders da er weder Dolch noch Schwert trug und wir beide nicht festgelegt hatten, wer der Stärkere war.

Nihko öffnete den Mund zu einer heftigen Erwiderung, schloss ihn aber wieder, als er kurz zu dem älteren Mann blickte. Er war ohne Zweifel wenig erfreut, konnte aber jetzt nichts sagen. Stattdessen saß er gleichmütig auf seinem Kissen, den geschorenen Kopf leicht gebeugt, und richtete sich auf eine Wartezeit ein.

Darin war ich einst gut. Ein ungeduldiger Mann macht im Kreis Fehler, gefährliche und gelegentlich tödliche Fehler. Ich wusste sehr wohl, dass es am besten war, meine Kraft und Energie zu erhalten, indem ich ruhig blieb, indem ich in ruhigem Rhythmus atmete, indem ich meinen Körper ruhen ließ. Aber die

Umstände schlossen das aus. Ich war der Gefangene dieses Mannes – und seines Kapitäns. Ebenso wie ich der Gefangene von Unsicherheit und Selbstzweifeln war.

Dies war der Augenblick, dessentwegen ich nach Skandi gekommen war. Und ich hatte Angst davor.

O Bascha, leih mir deine Kraft.

Aber Del war genauso sehr wie ich die Gefangene von Menschen, die unbekannte Ergebnisse gleichermaßen unbekannter Handlungen planten.

Es lag nicht in meiner Hand, an diesem Augenblick teilzuhaben oder nicht. Ich konnte ihn nicht ändern.

Der Mann im Kilt glitt leise aus dem Raum. Ich erwartete, dass Nihko jetzt mit mir sprechen würde, aber er tat es nicht. Er saß einfach da, den Kopf gesenkt, die Augen geschlossen. Betete er? Vielleicht. Aber ich war mir nicht sicher, ob ich etwas über seine Götter oder seine Priesterschaft oder den Inhalt seiner Überzeugungen wissen wollte.

Ich lief. Ich durchschritt den rechteckigen Raum mit seiner gewölbten, hohen Decke und zählte meine Schritte. Wieder zum anderen Ende des Raumes, dessen niedriger Eingang in den Eingangsraum führte, der nur Regale und Schuhe enthielt.

Unter meinen bloßen Füßen lag Stein, kühler, aus winzigen quadratischen Fliesen ähnlicher, aber doch leicht unterschiedlicher Schattierungen zusammengesetzter Stein. Meine Fußsohlen waren von Jahren des barfuß Kämpfens im südlichen Sand schwielig, nicht empfindsam genug, um Vertiefungen, Fugen und Höhlungen zu bemerken. Für mich war es nur Stein: sorgfältig zugeschnittene, geformte und akkurat verlegte Fliesen, verfugt und zu ruhigen, besänftigenden Mustern zusammengefügt. Die Wände und Decken, die Türen und Böden bildeten eine Vielzahl von Formen und Schatten – und Gefügen. Mein Körper erkannte diesen Ort, erkannte die Anziehungskraft der

Lauterkeit, antwortete der verführerischen Symmetrie. Er erkannte, ohne zu kennen. Er *konnte* es keinesfalls wissen, nicht mehr als mein Geist die tröstliche Vertrautheit eines Ortes annehmen konnte, an dem ich niemals zuvor gewesen war.

Ich lief. Ich schritt auf und ab. Ich hielt erst inne, als eine Frau den Raum betrat.

Nihko erhob sich sofort. Er sah sie kurz an und richtete den Blick dann augenblicklich auf den gemusterten Boden. Ich wartete nur. Ich kreuzte die Arme, lehnte die Schultern an die Wand, verhakte einen Knöchel nachlässig um den anderen, während ich dort lehnte, und wartete ab.

Jetzt konnte ich geduldig sein. Jetzt war es wichtig.

Nihko sagte ein einziges Wort. Dasjenige, das ich kannte. Ich wusste nicht genau, was es bedeutete, kannte die unendlichen Möglichkeiten semantischer Feinheiten nicht, aber ich wusste so viel, wie ich wissen musste.

»Metri«, sagte er.

Dies war also die Stessa Metri, die Frau, die über die Rückkehr des lange vermissten Erben so überaus dankbar wäre, dass sie Nihko Blaukopf und seinem leidenschaftlichen, von einem Sklavenhändler aufgezogenen weiblichen Kapitän das ersehnte Willkommen, den Status und den Wohlstand gewähren würde.

Ich betrachtete die Frau. Ich bemerkte ihre Statur, ihre Haltung, die ruhigen rauchgrau-grünen Augen, dunkler als meine eigenen, und ich erkannte, welch ein Narr Nihko war, welch eine Närrin Prima Rhannet, und sogar Del, die ihnen so viel erzählt hatte, dass sie diesen Plan ersonnen hatten.

Sie trug reines, ärmelloses Leinen, das bis zum Boden herabfiel und fast weiß gebleicht war. Es ließ ihre Haut dunkler scheinen als der warme Kupferbronzeton, den sie tatsächlich hatte. Um ihre Taille war eine breite grüne Schärpe gebunden und darüber ein weich gearbeiteter Ledergürtel, der vor goldenen Ringen und leuchtend blauen Perlen klang. Größere Ringe klangen leise an beiden Armen, hingen von den Ohren herab und umgaben ihren Hals. Ihr Haar, das aus dem Gesicht zurückgestrichen und mit einer Reihe aus Gold und Emaille gefertigter Spangen zu einem dicken Zopf zusammengenommen war, wirkte dunkler als meines. Es war von silbernen und weißen Fäden durchzogen, wie auch ihr Gesicht, ihre Kehle und ihre Hände Alterslinien aufwiesen. Aber sonst ließ nichts an dieser Frau vermuten, dass sie alt war. Nicht körperlich, nicht von ihrem Gebaren her, noch in der Klarheit ihres Ausdrucks.

»Metri«, sagte er erneut. Sie setzte sich auf den einzigen Stuhl. Der Mann im Kilt glitt leise in den Raum und stellte einen zierlichen Tonkrug und einen Becher auf den kleinen Tisch neben ihr. Er goss ein, hob den Becher hoch und bot ihn ihr dar. Sie nahm ihn entgegen. Und sie sah die ganze Zeit nur Nihko an. Es war kein Hinweis darauf erkennbar, dass sie sich meiner Gegenwart überhaupt bewusst war.

Soviel zur Verzweiflung. Soviel zu einer sterbenden, schwachen alten Frau, die dringend einen Erben brauchte. Ich bezweifelte, dass die Stessa Metri etwas so Unbedeutendem wie dem Tod erlaubte, ihren Willen und ihre Entschlusskraft zu besiegen.

Die Frau stellte den Becher ab und schnippte dann mit dem Finger in Nihkos Richtung. Er begann leise und stetig zu sprechen, wobei er seine Worte kaum betonte. Ich erkannte nichts von dem, was er sagte, welche Lügen oder Wahrheiten er erzählte, aber sein Tonfall klang nicht nach Zwang – und ungekünstelt. Vielleicht war er sich ihrer Kraft ebenso bewusst wie ich.

Als er schließlich geendet hatte, nahm die Frau den Becher wieder hoch und trank erneut. Sie sah mich noch immer nicht an. Ihre Miene blieb unbewegt. Ich war schon mit Männern im Kreis gewesen, die ihre Gedanken weniger zufriedenstellend verbergen konnten. Sie besaß nicht die Gabe, ruhig zu sein, aber sie wusste, wie man still war. Sie wusste, wie sie ihren Geist ruhig halten konnte, damit ihre Beurteilungen fundiert wären – und ganz unvorhersagbar, bis sie diese erklärte.

Schließlich sah die Frau mich an. Sie machte nur eine einzige, betonte Äußerung, die ich erkannte. »Ziehen Sie sich aus.«

Ich blinzelte. Und gönnte ihr dann mein charmantestes Lächeln. »Sie zuerst.«

Nihko sprang augenblicklich auf. Noch während ich mich von der Wand abstieß, schlug er zu, zornsprühend und in entsetztem Tonfall schimpfend. Es war ein Schlag mit der flachen Hand, der mich ins Gesicht treffen sollte, so wie ein Mann einen Sklaven schlägt. Doch ich regte mich schnell genug, um der Wucht des Schlages auszuweichen. Ich umklammerte mit einer Hand sein Handgelenk und hielt es fest.

Bevor ich mehr tun konnte, als ihn aufzuhalten, bevor ich auch nur eine Erwiderung formulieren konnte, stand die Frau von ihrem Stuhl auf. Sie erreichte Nihko mit drei langen Schritten, und ihr Schlag, unerwartet und mächtig, ließ ihn wanken. Er taumelte entsetzt zurück, eine Hand am Gesicht. Ich ließ sein Handgelenk los und fragte mich vorsichtig, ob ich vielleicht ihr nächstes Ziel wäre.

Aber das war ich nicht. Es war Nihko.

Sie trieb ihn mit gezielten, peinlich genauen Schlägen mit der flachen Seite ihrer unerbittlichen Hand zu Boden. Dort kniete er dann, die Schultern unterwürfig eingezogen und den tätowierten Kopf vor ihr gesenkt, während sie mit ruhigem, schwerwiegendem Nachdruck sprach. Als sie mit Worten und Schlägen innehielt, und als er schließlich den Kopf hob, sah ich Blut. Die Tränen.

Ihre Handfläche war von den Schlägen gerötet. Sie wandte sich erneut mir zu und wiederholte: »Ziehen Sie sich aus.«

Ich erwiderte ihren Blick mit ebensolcher Entschlossenheit und grinste dann. »Hoolies, Frau, Sie hätten nur *bitten* müssen.«

Sie wartete.

Ich löste die Schärpe und ließ sie fallen. Ich streifte die Tunika ab und ließ sie fallen. Ich öffnete das Zugband und ließ die weiten Hosen fallen. Ich trat heraus, schob sie beiseite und lächelte heiter. »Ich mag Rot ohnehin nicht.«

Sie betrachtete mich aus einer Entfernung von zwei Schritten. Ich bin schon früher prüfend betrachtet worden: von Sklavenhändlern, von Schwerttänzern, von Feinden, von Magiern, sogar von Freunden. Gewiss von Frauen. Aber ihre Erforschung meiner Nacktheit war gefährlich anders. Es schwang kein Besitzertum oder bevorstehende Kaufabsicht mit, keine sexuelle Gier, kein Erwecken, kein drohendes Versprechen, keine Abschätzung, um meinen Wert als Mann oder als für eine Aufgabe angeheuerter Schwerttänzer zu ermessen. Sie schaute einfach so angespannt, als wäre sie sich der Umgebung nicht bewusst, so wie ein Künstler vielleicht die Linien eines Körpers betrachtet, die Schatten, das Spiel des Lichts auf der Haut, das Passen und Gelingen der Form. Um zu sehen, wie der Körper gestaltet ist, wie er arbeitet, um ihn neu zu erschaffen – oder ihn zu erkennen.

Ich erwartete, dass sie mir bedeutete, mich umzudrehen, oder es mit einem kurzen Befehl forderte. Sie tat keines von beidem. Sie ging mit weichen, gemessenen Schritten an mir vorbei und stand dann hinter mir.

Nihko blieb am Boden. Er beobachtete sie, nicht mich, und machte keinerlei Anstalten, sich das Blut von der aufgeplatzten Lippe zu wischen, die trocknenden Tränen zu beseitigen. Er kniete da, seine grünen Augen vom Tun der Frau wie erstarrt.

»Haben Sie genug gesehen?«, fragte ich leichthin.

Sie ergriff eine Hand voll meines Haars und hob es kurz vom Nacken an. Dann ließ sie es wieder fallen, während sie hinter mir hervortrat. Sie kehrte zu ihrem Stuhl zurück und setzte sich ruhig hin. »Was waren Sie«, fragte sie mit kühler, akzentuierter Stimme, »dass sie eine solche Bestrafung verdient hatten?«

»Was ich war?« Ich zuckte die Achseln und fragte mich, was Nihko ihr erzählt hatte. Was er von mir zu erzählen erwartete. Was *sie* von mir zu erzählen erwartete.

Ich sagte ihr die Wahrheit. Kurz, deutlich, ohne Verschönerung. Benannte die Aufgaben, die ich ausgeführt hatte, die Tänze, die ich gewonnen hatte, die besiegten Feinde. Alle Wahrheiten meiner Vergangenheit, trotz der Widerwärtigkeit, der Grausamkeit, die einen ängstlichen kleinen Jungen in ein beharrliches Mannestum getrieben hatten.

Ihre Stimme klang monoton. »Wie alt sind Sie?«

Ich schüttelte den Kopf. »Keine Ahnung.« Noch immer die Wahrheit.

Ihre Augen verengten sich leicht. »Schätzen Sie.«

Da lachte ich ehrlich belustigt. »Es wäre günstiger, die Orakelknochen zu werfen. Die Chancen stehen besser.«

Sie warf Nihko einen raschen Blick zu und richtete ihn dann wieder auf mich. »Hat er Ihnen gesagt, dieser Mann, dieser Renegada, dieser *Ikepra*, was Sie erhalten, wenn ich Sie anerkenne?«

»Ja«, antwortete ich schlicht. »Meine Freiheit und die Freiheit der Frau, die mit mir reist.«

»Mehr nicht.«

»Das ist genug.«

»Das sagen Sie.«

»Das meine ich.«

Sie nickte. »Dann gehen Sie. Dieser *Ikepra* kann Sie nicht daran hindern. Ich gebe Ihnen Ihre Freiheit. Gehen Sie.«

Ich schüttelte den Kopf. »Das kann ich nicht tun.«

»Wegen der Frau?«

»Ja.«

»Es gibt noch andere Frauen.«

Ich lachte leise. »Es gibt keine andere Frau wie diese«, erwiderte ich einfach, »ebensowenig wie es noch jemanden wie Sie gibt.«

Sie betrachtete mich erneut forschend. »Nun«, sagte sie schließlich vollkommen sachlich, »das ändert natürlich alles.« Eine Hand zuckte in Nihkos Richtung. »Steh auf.«

Er stand auf.

»Wissen Sie, warum ich ihn geschlagen habe?«, fragte sie mich.

Ich zuckte die Achseln. »Sie mögen ihn nicht?«

Belustigung funkelte kurzzeitig in ihren Augen und wurde augenblicklich wieder verbannt. »Er hat mein Haus beleidigt.«

»Ich habe etwas Ähnliches vermutet.«

»Er hat Sie beleidigt.«

»Mich?« Ich blinzelte. »Warum, zu den Hoolies, sollte irgendetwas, das er über einen Fremden sagt, für Sie von Bedeutung sein?« Es genügte schon, dass sie ihn systematisch mit eigener Hand geschlagen hatte.

»Wissen Sie, was er ist?«

Ich dachte an eine Vielzahl zweifellos unfeiner Dinge, als die ich Nihko bezeichnen könnte, widerstand dem Impuls aber. Ihrer Verachtung nach zu urteilen, wusste sie es wahrscheinlich ohnehin. »Nicht so, wie Sie es meinen, nein.«

»Ein *Ikepra*.«

Ich schüttelte den Kopf. »Das haben Sie schon zuvor erwähnt. Ich spreche und verstehe diese Sprache nicht. Ich habe keine Ahnung, wovon Sie reden.«

»Von Entweihung«, sagte Nihko besänftigt, aber nicht zögernd.

Ich sah ihn bestürzt an. Seine Augen schimmerten, doch es standen keine Tränen mehr darin. Er… schämte sich. Er verachtete sich in diesem Augenblick, vor dieser Frau, selbst.

»Nun«, sagte ich, »ich könnte Sie als vieles bezeichnen, aber das gehört nicht dazu.« Ich hielt inne. »Warum? Wer sind Sie? Was haben Sie getan?« Eine weitere Pause. »Das heißt, außer dass Sie mit der Tochter eines Sklavenhändlers davongesegelt sind, um harmlose Südbewohner wie mich auszurauben und gefangenzunehmen.«

»Harmlos?« Nihko lächelte gespenstisch. »Ein blinder Mann sieht weder Macht, Versprechen, noch Gefahr.«

»Und dieser blinde Mann hört auch nicht viel«, erwiderte ich. »Gut. Sie haben mich hierher gebracht und dieser Frau erzählt, ich sei ihr lange vermisster Erbe. Also sind wir fertig. Sie können Del jetzt freilassen, und wir kümmern uns wieder um unsere eigenen Angelegenheiten.«

»Das wird Nihkolara nicht tun«, sagte die Frau, »bis er entlohnt wurde. Darum ist er gekommen.«

»Nicht für mich«, sagte er barsch. Er errötete und erblasste dann wieder. Hatte er das Haus erneut beleidigt? »Ich diene Prima Rhannet.«

»O ja.« Die rauchigen Augen glitzerten kalt. »Sie wollen, dass ich sie empfange. Hier.«

»Sie will es. Ja.«

»Gibt es ein Problem damit?«, fragte ich vorsichtig und fragte mich, was, zu den Hoolies, ich tun würde, wenn diese Frau sich weigerte mitzuspielen und Prima Rhannet beschloss, Del zu behalten.

Die Metri war wenig erfreut. »Das würde ihre Anerkennung durch die Elf Familien besiegeln.«

»Das bedeutet nicht, dass Sie sie *mögen* müssen, oder?«

Sie achtete nicht auf mich, sondern sprach zu Nihko, den sie Nihkolara nannte. Er hatte seinen Namen bei seinen an sie oder an den Diener im Kilt gerichteten Worten niemals erwähnt. Aber sie wusste, wer er war. »Es muss Beweise geben.«

»Nennen Sie sie, Metri.«

Ich runzelte die Stirn. Die Ausgewogenheit der Kontrolle hatte sich verlagert. Er war ein Ikepra, was immer das bedeutete, ein selbst ernannter Entweihter, aber die Anspannung im Raum war jetzt ganz die ihre. Er wusste, was er war, kannte seinen Platz und beherrschte ihn im Augenblick.

Sie schüttelte den Kopf. »Er ist voller Narben. Wenn das *Keraka* jemals existiert hat, ist es jetzt gebannt.«

Das… was?

»Es gibt Dinge aus dem Inneren«, erklärte der Erste Offizier, »die weitaus überzeugender sind als Zeichen auf der Haut.«

Sie schüttelte erneut den Kopf. Gold klang leise. »Es gibt andere auf dieser Welt, die anscheinend Skandier sind, selbst jene mit wahrem oder verfälschtem Keraka. Und viele von ihnen wurden mir präsentiert, wie du mir ihn präsentiert hast. Scharlatane, sie alle.« Sie lächelte. »Ich bin alt. Ich sterbe. Ich brauche einen Erben des Hauses. Wäre ich eine nachgiebige Frau, stünden in diesem Augenblick zehn mal zehn Männer in diesem Raum, die mit äußerster Überzeugung schwören würden, sie seien mein einziger wahrer Erbe.«

»Sehen Sie«, sagte ich gereizt, »es kümmert mich nicht einmal, ob ich Skandier *bin* – ganz zu schweigen von Ihrem lange vermissten Erben. Ich meine, ja, ich vermute, dass ich Skandier *bin* – um das zu klären, sind wir ursprünglich aufgebrochen –, aber ich schwöre nicht, Ihr Erbe oder sonst etwas vermutlich Besonderes zu sein. Ihr Reichtum, Ihr Einfluss, Ihr Vermächtnis, was auch immer es ist, was alle diese anderen Männer wollen, was Prima Rhannet will, kümmern mich nicht. Ich will nur meine Freiheit.« Ich schaute ausdrücklich zu Nihko. »Und Dels.«

Sie war noch immer nicht überzeugt. »Ein kluger Mann leugnet ein Geburtsrecht, um es zu erringen.«

»Eine kluge Frau, eine alte, sterbende, verzweifelte Frau« – ich ließ es zwischen uns zur Ironie werden – »erkennt den Versuch und missachtet ihn.«

»Metri«, begann Nihko und fügte dann Weiteres auf Skandisch an.

Als er geendet hatte, war ihr Gesicht angespannt und bleich. Sie sah mich an, streng, und wirkte plötzlich alt, älter als sie war.

»Was haben Sie gesagt?«, fragte ich barsch. »Was haben Sie ihr erzählt?«

»Von der Übelkeit«, sagte er. »Von Ihrem nässenden Handgelenk« – er berührte seine Kehle – »und vom Brennen Ihrer Haut.«

Da unterbrach sie uns mit einer Geste. Ich bemerkte das kurzzeitige Zittern ihrer Hand, als sie sie zu dem Mann im Kilt ausstreckte und ein einziges Wort äußerte.

Er legte einen kleinen Dolch in ihre Handfläche.

Ich erstarrte. »Warten Sie…«

»Sie werden sehen«, sagte Nihko ruhig, »und sie ebenso.«

Die Frau stand auf. Ihre Schritte waren jetzt nicht mehr so fest, wenn auch nicht weniger zielgerichtet. Sie trat zu mir, berührte mich kurz und wie bittend – oder entschuldigend – am Handgelenk und hob dann beide Hände zu meinem Hals. Sie war eine große Frau, beinahe so groß wie Del. Ich spürte ihre Berührung, die Kühle ihrer Finger, das Zittern ihrer Hände. Ich spürte keinen Schmerz, nur einen geschickten Schnitt in etwas, was ich für Haar hielt, bis sie die Hände senkte und ich einen Streifen geflochtene Schnur mit einem einzelnen Ornament daran sah, einen in das Geflecht eingearbeiteten dünnen Silberring.

»Was ...?« Ich berührte mit einer Hand meine Kehle, legte die Finger um das schwere Lederband. »Woher kam das?«

»Von hier.« Nihko strich mit einem Finger über seine linke Augenbraue. »Als sie an Deck lagen, nachdem ich Sie aus dem Wasser gezogen hatte, und das Meer erbrochen haben, habe ich es an ihrer Halskette befestigt.«

»Wo*für*, zu den Hoolies?«

Ein einziger langer Schritt, und er legte eine Hand auf meine Brust. »Dafür«, antwortete er sanft.

Mir wurde nicht übel. Ich erbrach nicht das Meer oder den Inhalt meines Magens. Ich verlor einfach die Kontrolle über jeden beweglichen Teil meines Körpers: über die Augen, die Ohren, die Stimme, die Bewegungen meiner Glieder, das Ein- und Ausatmen meiner Lungen, meinen Herzschlag.

Und starb.

11

Ich schoss senkrecht hoch und saugte in einem langen, lauten, krampfhaften Keuchen Luft in meine darbenden Lungen. Als ich wieder Luft bekam, hielt ich sie fest, als wollte ich sie nie wieder ausströmen lassen, um die erschreckende Hilflosigkeit des einfach *Aufhörens* kennen zu lernen. Ich verkrampfte beide Hände über meinem Herzen, der Welt gegenüber blind, bis ich den stetigen, wenn auch laut pochenden Schlag spürte, und dann wurde ich mir bewusst, dass ich mich nicht mehr in dem großen Empfangsraum mit der gewölbten Decke befand, sondern in einem kleineren, runden Raum mit einer darauf kauernden Kuppel.

Und in einem Bett. Das Menschen umstanden.

Ich ließ den Atem ausströmen und fixierte den blauköpfigen Ersten Offizier mit einem unheilvollen Blick. »*Was, zu den Hoolies, haben Sie mir angetan*?«

Er erwiderte beiläufig: »Ich habe Sie getötet.«

Ich dachte darüber nach und versicherte mich dann, dass mein Herzschlag und meine Lungen noch arbeiteten. »Warum lebe ich dann jetzt?«

»Ich habe Sie wiederbelebt.«

»Können Sie das tun?«

»Sie atmen, nicht wahr?«

»*Wie* haben Sie das getan?«

Seine Lippe war von dem Schlag der Frau, der sie hatte platzen lassen, geschwollen. »Ich bin ein Ikepra«, sagte er einfach, »aber es bleiben jene Dinge des Ordens, über die ich nicht spreche.«

Dann bemerkte ich, dass die Stessa Metri in einem

Sessel neben dem Bett saß, die Hände auf ihrem leinenverhüllten Schoß gefaltet. Hinter ihr, nachlässig an der Wand lehnend, stand Prima Rhannet.

Der erste Schreck war vergangen. Und ich wusste... Ich wandte den Kopf ruckartig nach rechts und sah sie dort, wartend. »Bascha!«

Sie lächelte nicht, aber eine tiefe Erleichterung stand in ihren Augen. Ich wollte ihr vieles sagen, schwieg aber jetzt. Solange, bis wir allein waren. Doch sie verstand. Wir beide verstanden. Es ist nützlich, wenn man jemanden ausreichend gut, tief genug kennt, dass man vieles austauschen kann, ohne dass Worte notwendig sind.

Die Erleichterung brachte eine jähe Lösung der Anspannung mit sich. Ich fühlte mich schwindelig und ließ mich ans Kopfende des Bettes zurücksinken. Eine rasche Selbstprüfung in einem Augenblick des Erwachens hatte mir gesagt, dass ich noch immer unbekleidet, dem Anstand aber durch eine Leinendecke Genüge getan war, die ich über meinen Schoß riss, als ich Prima Rhannets schiefes Lächeln und lachende Augen bemerkte. Und warum schaute *sie* überhaupt hin? Ich betrachtete sie stirnrunzelnd und wurde mit einem breiten, spöttischen Grinsen belohnt.

Die Stessa Metri saß sehr still in ihrem Sessel. Ich sah sie an, maß den hohen Grad an Selbstbeherrschung, die sich in ihrer Haltung und Miene deutlich zeigte, und seufzte. »Sie haben sie vermutlich bezahlt.«

Ihr Blick war fest. »Nihkolara hat zweifelsfrei bewiesen, dass Sie Skandier sind«, sagte sie. »Ob Sie mein Enkel sind, ist noch unbekannt, aber ich wagte kein Risiko einzugehen.«

Ich blinzelte. »Enkel?«

»Es ist möglich«, sagte sie ruhig.

»Enkel«, wiederholte ich, erstaunt über die vielfältigen Empfindungen, die dieses Wort – und sein Inhalt – erweckten. »Aber...« Aber. Es gab nichts zu sagen. Ich sah sie nur wie benommen an und schüttelte den Kopf.

Eine dunkle Augenbraue wurde kaum merklich gewölbt. »Nein?«

Nein. Ja. Vielleicht. Ich weiß es nicht. Fragen Sie mich später.

Hoolies.

Ich konzentrierte mich auf etwas anderes. »Sie haben Sie bezahlt – warum ist sie dann noch hier?« Ich warf einen raschen Blick an ihr vorbei zu der rothaarigen Frau in der Ecke. »Sie schienen von dem Gedanken, die Tochter eines Sklavenhändlers in Ihrem Haus zu empfangen, nicht allzu begeistert.«

Ich wurde mit leichter Röte in dem sommersprossigen Gesicht belohnt. Prima sah mich düster an, alle Spuren spöttischer Belustigung wie weggewischt.

»Und das bin ich auch nicht«, erwiderte die Metri. »Aber dieses Geschäft beinhaltet mehr als nur Geld.«

Ich sah Del an. »Hast du deine Füße gewaschen?«

Das verblüffte sie zutiefst. »Meine Füße…?«

Prima Rhannet lachte rau. »Uns wurde die Ehre verwehrt«, antwortete sie in knappem Tonfall, »aber seien Sie versichert, dass man die Böden reinigen und die Teppiche erneut segnen wird, wenn wir fort sind.«

»Aber…« Ich schaute jetzt zu Nihko. »Ich verstehe es nicht.«

»Ich bin ein Ikepra«, antwortete er ruhig, »und alle wissen das. Aber sie wollten lieber kein Risiko eingehen.«

»Nicht mehr als ich«, warf die Metri ebenso ruhig ein.

Ich räusperte mich. »Also. Hier sind wir.« Ich sah mich um, betrachtete die Gesichter eines nach dem anderen, bis ich wieder zu ihrem gelangte. »Was geschieht als Nächstes?«

»Ihnen wird die Gastfreundschaft meines Hauses gewährt, Ihnen und Ihrer Frau.«

»Und Ihren neuen Freunden«, ergänzte Prima, wobei ihr Tonfall einen gewissen Grad an boshafter Häme enthielt.

Der Metri entging der Sinn nicht. »Wie auch Ihren Begleitern.«

»Nein, warten Sie«, sagte ich. »Es sind nicht meine Begleiter. Es sind meine *Gefangenenwärter*. Das ist ein Unterschied.«

»Aber natürlich ist das kein Unterschied«, erwiderte die Frau, die vielleicht – oder vielleicht auch nicht – meine Großmutter war. »Weil Ihre Begleiter, wenn es stimmt, dass Sie mein Erbe sind, gewiss ehrenvoll behandelt und vor den Elf Familien Skandis als meine Gäste empfangen werden müssen.«

»Eine felsiger, rauer Ort, nicht wahr?«

Der Funke flackerte in ihren Augen erneut auf und verschwand wieder.

»Solche Beulen heilen.«

Ich grinste. »Das tun sie.«

»Im Augenblick…«, sie erhob sich, »werde ich Ihre Begleiter in ihrem Status angemessene Räume führen lassen, während Sie und Ihre Frau sich versichern, dass Sie tatsächlich beide unversehrt sind.«

Selbst Nihko und sein Kapitän kapitulierten und folgten ihr aus dem Raum. Als sie gegangen waren, spürte ich auch den letzten Rest Anspannung aus meinem Körper weichen. Mein Kopf prallte gegen die Wand. »Götter, bin ich müde.« Ich streckte die Hand aus. Del ergriff sie. Fest. »War ich wirklich tot?«

Sie kauerte sich neben mich aufs Bett. Als ich beharrlich an ihrer Hand zog, rückte sie näher und streckte sich schließlich neben mir aus, während sie die Schultern ans Kopfteil lehnte. »Du hast nicht geatmet, als ich hierher kam, und dein Herz hat auch nicht geschlagen. Wenn diese beiden Symptome den Tod bedeuten, dann warst du tot, ja.«

Ich betastete meine Brust, suchte Antworten. Das

Herz schlug weiterhin, und ich war mir meines ruhigen Atems bewusst. Also nicht tot. Jetzt. »Ich verstehe nicht. Wie hat Nihko das getan?«

»Wir sollten uns eher um die Tatsache kümmern, dass er dir das Leben *genommen* hat«, schlug Del vor. »Er hat zwei Tage gebraucht.«

»Zwei Tage?« Ich erstarrte. »Du willst doch nicht behaupten, dass ich zwei ganze Tage tot war!«

»Doch.«

»Nein.«

Sie zuckte die Achseln.

»Das ist unmöglich, Bascha!«

»Sei dankbar, dass es nicht unmöglich ist«, erwiderte sie, »sonst wärst du wahrscheinlich irgendwo auf diesem Felsen begraben.«

»O nein. Wenn ich irgendwo begraben werde, dann im Süden.«

Sie warf mir einen Seitenblick zu. »Du würdest vielleicht schon ein wenig übel riechen, bis wir dich dorthin geschafft hätten.«

»Zu schade«, erwiderte ich. »Zumindest müsste *ich* mich nicht riechen!«

»Ich könnte dich natürlich verbrennen lassen«, sagte Del nachdenklich, »und dich in einer Urne zurückbringen. Das wäre bequemer.«

»Oh? Und welche Art Urne wäre für einen Mann geeignet, der auch ein Messias ist?«

Sie sah mich mit unschuldiger Miene an. »Wahrscheinlich ein leerer Aqivikrug.«

»Leer!« Ich sah sie gekränkt an. »Hoolies, Bascha, wenn du meine Überreste in einem Aqivikrug herumschleppen willst, dann sollte es wenigstens ein *voller* sein!«

Da brach sie in Lachen aus, wandte sich zu mir um und schmiegte ihren Kopf in die Höhlung meiner Schulter. Ich legte einen Arm um sie und dachte über die Unermesslichkeit dessen nach, lebendig zu sein, nachdem man tot gewesen war. Und die einfache, ungeschmückte Freude daran, diese Frau hier neben mir zu haben, so froh, wie ich darüber war.

»Del…«

Sie atmete in meinen Nacken. »Ich weiß.«

»Del…«

Sie legte mir die Finger auf die Lippen. »Wenn du etwas sagst, wirst du es bedauern.«

Ich streckte die Zunge heraus und leckte zielbewusst ihre Finger. Sie zog sie hastig zurück. Ich grinste. »Warum werde ich es bedauern?«

»Weil ich dich erlebt habe, wenn du zu viel getrunken hast. Du wirst traurig. Dämlich.«

»Dämlich!«

»Und am nächsten Tag hattest du alles vergessen, was nicht schmeichelhafter ist, als wenn du dir wünschst, du hättest es nicht gesagt.«

»Ich wünsche niemals, ich hätte nicht gesagt, was ich zu dir gesagt habe.« Ich dachte noch einmal darüber nach. »Nun, vielleicht manchmal. Wenn wir uneins waren, obwohl das äußerst selten der Fall ist.« Ich wurde von dem verzogenen Mund belohnt, den ich erwartet hatte. »Aber, Hoolies, Bascha, ich bin gerade von den Toten auferstanden! Sollte mir daher nicht ein wenig Freiheit bei dem gestattet sein, was ich sage?«

»Aber dann wird der Sandtiger einen Teil seiner selbst offenbaren, den er niemals jemandem zeigen wollte.«

»Seine Dämlichkeit?«

Del lachte. »Du hast überlebt, indem du sie in dem Glauben gelassen hast, du seist nicht weich.«

Ich brummte. »Weichheit überlebt im Kreis nicht.«

»Das sagte ich.« Eine Strähne seidigen Haars verfing sich an meinen Bartstoppeln und den Krallennarben. »Aber ich weiß, was du bist. Du musst es nirgendwo sagen, wo sonst jemand es hören könnte.«

»Im Augenblick hat das, was ich empfinde, nichts mit, na ja, Weichheit zu tun.«

Del tätschelte meinen Schoß. »Ich weiß.«

Ich konnte das bestürzte, reflexhafte Zucken jedes Muskels in meinem Körper nicht verhindern. Ich fing ihre Hand auf, ergriff sie und hielt sie mit Einhalt gebietendem Stirnrunzeln fest. »Sanft, Bascha!«

»Nein«, sagte sie. »*Fest*. Damit ich weiß, und damit du weißt, dass du vollkommen lebendig bist.«

Oh. Nun ja. Damit konnte ich umgehen. Wieder von den Toten auferweckt worden zu sein, spornt einen Menschen an, sich zu versichern, dass noch alle Körperteile arbeiten.

Einige Stunden später führte mich der schweigende Diener im Kilt aus dem Haus zu einer kleinen, abgeschlossenen Terrasse in einer der Nischen zwischen dem Raum mit der Kuppel und dem Raum mit der gewölbten Decke. Akritara schien voller solcher Orte zu sein, im Laufe der Zeit von einer Hand voll Räumen zu einer ausgedehnten Ansammlung davon zusammengestückelt. Und hier fand ich eine Reihe eingetopfter Pflanzen vor, die alle blühten, sodass die Luft voller Düfte war. Ich war erstaunt zu erkennen, dass eine zunehmende Brise die Hecken entlang der niedrigen Mauer in zerrissene Fragmente verwandelte. Dies musste der von Nihko erwähnte Wind sein, der die Menschen Skandis zwang, ihre Weinstöcke in Korbform zu züchten.

Ich blinzelte gegen den Staub an und wandte mich dann zum Haus zurück, als der Diener meinen Arm berührte. Und da war die Stessa Metri, saß in einem Sessel. Das Leinen ihrer gegürteten Tunika kräuselte sich leicht, aber ihr Sessel war in eine Nische zurückgeschoben worden, die der Wind kaum erreichte.

Ihr Blick taxierte mich kühl. »Fühlen Sie sich besser?«

Ich berührte mit einer Hand die Vorderseite meiner

Tunika. »Ein Bad, frische Kleidung, eine Mahlzeit – was könnte ein Mann mehr verlangen?«

»Ich meinte keines dieser Dinge.«

Ich blinzelte und spürte mein Gesicht dann heiß werden. Was mich ärgerte. Ich bin seit, nun, unzähligen Jahren nicht mehr errötet.

»Nun?«

»Nun was?«

»Fühlen Sie sich besser?«

»Ich bin einfach zu froh, dass ich lebe, um überhaupt etwas zu fühlen.«

Ihr Blick prüfte mich noch immer. »Haben Sie nicht Ihren Samen in sie versenkt?«

Ich sah mich nach einer Sitzgelegenheit um. Und fand keine. Ich sah mich in der Hoffnung nach dem Diener um, dass er mir eine bringen könnte, aber er war fort. Also setzte ich mich auf den nächstgelegenen Teil der kniehohen Mauer, in den Wind, und lächelte sie honigsüß an. »Sind Sie für eine Frau Ihrer, eh, Reife nicht ein wenig offen? Oder versuchen Sie nur, mich zu schockieren?«

Sie wölbte leicht eine Augenbraue. »Kann man Sie schockieren?«

»Nicht oft.«

»Das dachte ich mir.« Sie glättete geschickt eine Falte in dem reinen Leinen ihrer Tunika. »Haben Sie es getan?«

»Was getan?«

»Ihren Samen in sie versenkt.«

Ich dachte über sie nach. »*Wollen* Sie, dass ich Sie für eine Frau halte, die ihr Vergnügen daraus zieht, die Bettgeschichten anderer zu hören?«

»Sagen Sie es mir«, erwiderte sie nur.

Da stand ich auf, trat von der Mauer fort und ging drei Schritte auf sie zu. Ich beugte mich aus meiner Höhe herab, sodass mein Gesicht nur noch eine Daumenlänge von dem ihren entfernt war. »Ja«, sagte ich. »Möchten Sie sonst noch etwas wissen? Wie viele Male, wer oben war, wie lange ich durchgehalten habe?«

Sie wich meiner Nähe und meinem Tonfall nicht aus. »Mein Erbe«, sagte sie ruhig, »muss in der Lage sein, mit einer Frau zu schlafen. Welchen Nutzen hat ein Erbe, wenn er keine Kinder zeugen kann?«

Ich richtete mich bestürzt auf. »Es geht um Kinder?«

Ihre grau-grünen Augen wirkten rauchig. »*Wollen* Sie glauben, ich sei eine Frau, die ihr Vergnügen aus Bettgeschichten anderer zieht?«

Ich öffnete den Mund und schloss ihn wieder. Mir fiel keine Erwiderung ein.

»Geben Sie mir Ihre Hände.«

»Meine Hände?«

»Ich möchte sie betrachten.«

»Haben Sie mich nicht schon zuvor genau genug betrachtet?«

Sie versenkte ihren Blick in meinen. »Wer war Ihre Mutter, dass sie Ihnen keine Manieren beigebracht hat?«

Unerklärlicherweise traf mich das. »Ihre Tochter?«, forderte ich sie heraus.

Davor wich sie zurück. Sie errötete und erblasste wieder. Ich bedauerte jäh, was ich gesagt hatte – genau wie Del es vor Stunden vorausgesagt hatte. Es stimmte, dass mich diese Frau mit ihren Fragen vollkommen unvorbereitet erwischte, aber das bedeutete nicht, dass sie im Gegenzug Grobheiten verdiente.

Es sei denn, sie erwartete es. Sie wollte es. Damit es für sie leichter wurde, mich wie einen weiteren Scharlatan abzuweisen.

Ich entfernte mich dann von ihr, kehrte zu meinem Platz auf der niedrigen Mauer zurück. Ich spreizte die Füße und spürte, wie sich die Unterseiten meiner Oberschenkel verkrampften. Ich tippte mit den in Sandalen steckenden Zehen leicht auf den Stein unter meinen Füßen, während die Brise mir das Haar flach an eine Kopfseite drückte. »Was ist geschehen?«

Sie erzählte es mir. Ruhig, gefasst, ohne offensichtliche Qual oder Sorge, die aber in ihren Augen standen. Als sie fertig war, beobachtete ich, wie sie mich beobachtete, der ihre Geschichte abwog, wie sie meine Geschichte vor drei Tagen abgewogen hatte.

Ich erhob mich und trat zu ihr. Dieses Mal nutzte ich meine Höhe nicht aus. Ich kniete mich hin und streckte meine Hände aus.

Sie nahm sie, hielt sie fest. Wandte sie um. Spürte die schwertgeborenen Schwielen, die Narben, zwei vergrößerte Knöchel, einen nach einem Bruch leicht verkrümmt gebliebenen kleinen Finger. Ich konnte ihre Miene nicht deuten, glaubte aber, ihre Gedanken zu kennen. Diese Haut könnte ihre sein, und auch das Blut, das darunter pulsierte. Ebenso wie es vielleicht auch nicht der Fall war.

Sie ließ mich los. »Ich muss es *wissen*.«

Ich schüttelte, noch immer auf Knien, den Kopf. »Es gibt keine leichten Antworten.«

»Selbst schwierige Antworten sind Antworten.«

»Vielleicht«, sagte ich. »Vielleicht aber auch nicht.«

Ihr Blick zeigte Erschrecken. »Sie wollen lieber nicht wissen, was aus ihr geworden ist?«

»Beides kann mich nicht trösten. Wenn sie gestorben ist, wird dieses Wissen sie nicht zurückbringen. Wenn sie mich freiwillig fortgegeben hat…«

»Das hätte meine Tochter niemals getan!«

»Dann war sie vielleicht nicht Ihre Tochter. Ich bin vielleicht nicht Ihr Enkel. Ich bin vielleicht ein südländisch-skandisches Halbblut, das in der Wüste eines fremden Landes zurückgelassen wurde.« Ich zuckte die Achseln. »Oder vielleicht bin ich das unerwünschte Ergebnis eines Mannes, der seinen Samen freigesetzt hat, und so hat das Mädchen… mich freigesetzt.« In der Punja, wo ein neugeborenes Kind innerhalb von

Stunden sterben würde und kein Beweis für das Vergnügen einer Nacht bliebe. Oder die Erinnerung an eine Vergewaltigung wiederbelebt werden könnte.

»Auch das ist möglich.«

»In welchem Fall ich für Ihre Gastfreundschaft danken, Del einsammeln und gehen werde.«

»Warten Sie.« Sie machte eine knappe Geste, als ich mich erhob, und ließ die Hand dann wieder auf ihren Schoß sinken. »Bedeutet es Ihnen nichts, dass ich Ihre Großmutter sein könnte? Eine wohlhabende, mächtige, sterbende alte Frau, die der ältesten und respektiertesten Familie der Insel entstammt?«

Ich hatte ihre Haltung zu irgendeinem Zeitpunkt verändert. Sie war noch immer stolz, noch immer stark, aber ihr Tonfall war jetzt von schneidender Bitterkeit durchzogen. Dann dachte ich an all die Männer, die vor sie getreten waren und behauptet hatten, der Enkel einer wohlhabenden, mächtigen alten Frau zu sein, die der ältesten und respektiertesten Familie der Insel entstammte.

Sie hatte zweifellos unzählige Lügen gehört. Ich belog sie nicht. Ich war nur ehrlich. »Es würde mehr bedeuten«, belehrte ich sie, »einfach eine Großmutter zu haben. Gleichgültig wer oder was sie ist.«

Als sie weinte, verließ ich sie.

12

Wir sollten uns als Gäste zu Hause fühlen. Diener kümmerten sich eifrig um das Haus, alle in Kilts, alle still, alle vollkommen höflich. Ich wusste nicht, wo Nihko und sein Kapitän waren, aber ich wusste, wo ich Del finden konnte.

Sie beabsichtigte, wie sie gesagt hatte, als ich sie verließ, um die Metri zu treffen, sich zu ertränken.

Sie meinte natürlich in einem *Bad*. Also suchte ich den Raum auf, der die Badewanne beherbergte.

Tatsächlich war es weitaus mehr als eine Badewanne. Die Erbauer hatten ein großes, flaches, quadratisches Loch in den Boden gegraben, es verputzt und an den Seiten und am Boden mit kleinen Fliesen in einem kunstvoll genauen Muster aus Wellen und Wolken in allen Blauschattierungen ausgelegt. Darüber wölbte sich die Decke, sehr dunkelblau mit verstreuten silbernen und goldenen Sternen, als Nachahmung des Nachthimmels. Quadrate und Schlitze waren in die dicken Wände geschnitten und dann gegen den windgeborenen Staub und Schutt durch Membrane geschützt worden, die undurchsichtig, aber dünn genug gehalten waren, um Licht hindurch zu lassen. Der Sims rund um das Becken bestand ebenfalls aus Stein, helle, genau eingearbeitete Fliesen, die fast nahtlos aneinanderpassten. Durch irgendeine List eines Erbauers wurde das Wasser durch Rohre erwärmt und unterhalb der Oberfläche herein- und herausgelassen. Ich hatte mich selbst vorher ungeheuerlich darin vergnügt und auf ein gemeinsames Bad nur verzichtet, weil ich niemals auf die Aufforderung der Metri reagiert hätte, sie aufzusuchen, wenn Del und ich es geteilt *hätten*.

Jetzt hatte ich es hinter mir, und Del befand sich noch immer im Becken. Allein.

Gut.

Ich zog mich zum zweiten Mal in drei Tagen für eine Frau aus, ließ die geborgte Kleidung auf dem Boden aufgehäuft zurück, obwohl ich zugebe, dass die Erfahrung dieses Mal erheblich angenehmer war. Del, die leicht dahintrieb, forderte mich auf einzutauchen, was ich, wie sie sehr wohl wusste, nicht tun konnte und nicht tun würde. Stattdessen konnte ich mich bestenfalls herabbeugen, mich mit einer Hand am Steinsims halten und über den Rand gleiten.

Das Wasser reichte mir selbst in der Mitte des Beckens nur bis zur Brust. Ich war nicht in Gefahr zu ertrinken. Es sei denn, Del hätte irgendeinen ruchlosen Plan, sich meiner zu entledigen.

Sie kam dem am nächsten, indem sie eine Hand in das die Krallen haltende Band verhakte und mich sanft näher heranzog. »Nun?«

»Nun was?«

»Was hat die Metri gesagt?«

Die Metri. Ich seufzte, tauchte bis zum Kinn unter und richtete mich wieder auf. Das durchtränkte Haar breitete sich gut bis auf die Schultern aus. Ich musste es *wirklich* schneiden. Dels klebte glatt am Kopf, sodass ihr Gesicht ganz frei lag. Die südliche Sonne hatte ihre nordische Haut nicht freundlich behandelt, hatte schwache, fächerförmige Linien in ihre Augenwinkel eingraviert, aber mit dem feuchten Film auf dem Gesicht und der gewichenen gewohnheitsmäßigen Bereitschaft schüttelte sie auch die Jahre ab. Sie wirkte vielleicht wie achtzehn. Höchstens.

Ich spürte den Stich einer unbenannten Regung: mehr als zehn, möglicherweise sogar fünfzehn Jahre trennten uns. Vor mir hatte es nur Ajani gegeben, den nordischen Borjuni, der ihre Familie, außer Del und ihrem Bruder, mit seinen Männern abgeschlachtet und die Karawane verbrannt hatte. Der ihr Leben zutiefst verändert hatte, eine Schwertsängerin aus dem Mädchen gemacht hatte, die sonst Ehefrau und Mutter geworden wäre, anstatt die lebendige Rache.

Vor Ajani war sie fünfzehn gewesen. Und in Bezug auf Männer unschuldig.

Jene Tage, jene Jahre waren jetzt vorüber. Sie hatte ihre Dämonen getötet, die lebenden ebenso wie die toten. Sie war mehr mit sich im Reinen denn je. Und wieder jung. So jung.

»Nun?«, stichelte sie.

Die Metri. »Sie will sichergehen.«

»Das ist verständlich.«

»Und sie weiß nicht wie.«

Del schwieg einen Augenblick. »Nein«, sagte sie schließlich. »Es gibt keine Möglichkeit, sich Sicherheit zu verschaffen. Glaube ist gefordert.«

Ich schüttelte den Kopf. »Dafür bin ich nicht der richtige Mann.«

»Um ihr Enkel zu sein?«

»Um Vertrauen zu erwecken. Um Glauben zu erwecken.«

Sie stand vor mir und sah mich an: eine große starke Frau von ungeheurem Willen und ungeheurer Zielstrebigkeit. Sie legte beide Hände ernst um meinen Kopf und strich mein Haar hinter die Ohren zurück. »Du bist der vertrauenswürdigste Mann, dem ich je begegnet bin.«

»Nicht hierfür. Dies ist… wichtig.« Ich erinnerte mich des Gesichtsausdrucks der Metri, als sie meine Hände begutachtete. »Dies ist vielleicht wichtiger als alles andere in meinem Leben, weil es *ihr* Leben ist.«

Del sah mir fest in die Augen. »Und verstehst du jetzt, warum ich sage, dass du der vertrauenswürdigste Mann bist, dem ich jemals begegnet bin?«

»Es ist nur die Wahrheit, Bascha. Nicht mehr.«

»Und nicht weniger.«

Ich wandte mein Gesicht in ihrer Hand und küsste sie. »Ich weiß nicht warum, Bascha. Ich glaube, sie *will*, dass ich derjenige bin, aber sie hat Angst.«

»Warum sollte sie Angst haben? Sie hat doch gewiss darum gebetet, dass ihr der Enkel zurückgegeben wird.«

»Für wie lange zurückgegeben?«

Del runzelte die Stirn. »Was meinst du?«

Ich schüttelte den Kopf. »Ich kann hier nicht bleiben. Selbst wenn ich dieser Enkel *bin*. Dies ist nicht mein Platz.«

»Du solltest es zu deinem Platz machen.«

Ich dachte daran, wie wohl ich mich in Akritara fühlte, wie sehr ich mich *tatsächlich* zu Hause fühlte, trotzdem ich niemals zuvor hiergewesen war. Ich hatte mich noch niemals an einem unbekannten Ort so ausgeglichen gefühlt. Skandi passte mir. Irgendwie, auf irgendeine Art, gefiel es mir.

»Warum nicht?«, fragte Del.

Ich wandte mich um und bahnte mir meinen Weg durchs Wasser. An der Seite des Beckens verschränkte ich die Arme über dem Rand, legte die Ellenbogen auf den Stein und stützte das Kinn auf die übereinanderliegenden Handgelenke. Ich runzelte auch noch die Stirn, als Del neben mir auftauchte, meine Haltung nachahmte und mit einem Ellenbogen leicht meinen eigenen berührte.

»Es… ich bin…« Ich seufzte und senkte den Kopf, um mir die Stirn an den Händen zu reiben. »Ich weiß nicht. Ich bin im Herzen vermutlich noch immer einfach ein Südbewohner.«

»Nein. Nicht seit ich dich klügere Möglichkeiten gelehrt habe.«

Das ließ mich lächeln, wie sie es auch beabsichtigt hatte, aber es hielt nicht an. »Ich glaube, ich werde *stets* ein Südbewohner sein. Selbst wenn ich glaubte, es nicht zu sein. Ich trage zu viel davon in meinem Blut.«

»Und wenn dein Blut skandisch ist?«

»Nicht nur das Blut bestimmt deine Abstammung«, belehrte ich sie. »Mehr als Blut oder Knochen oder Haut. Ebenso der Geist und das Herz und alles andere.« Ich wandte den Kopf, um sie anzusehen, während ich gleichzeitig die Schläfe in meine Hand legte. »Du bist Nordbewohnerin, den Gebräuchen und den Menschen des Nordens gemäß geboren und aufgewachsen. Den Ritualen gemäß.« Sie nickte. »Und auch wenn du zur Ausgeglichenheit deines Lebens niemals dorthin zurückkehrst, wirst du das immer sein.«

Dels Miene wirkte jetzt sachlich, fast streng, während sie nachdachte. Ich hatte ihr mit meinen Worten die Jugend genommen. Jetzt war die Frau zurückgekehrt, die illusionslose Frau, die den Kreis betrat und tanzte.

Oder tötete.

»Aber ich bin, wer ich bin, gleichgültig wo ich bin«, sagte sie schließlich. »Wie es auch bei dir wäre.«

»Bascha, ich weiß nicht… verstehe nicht…« Ich schüttelte erneut den Kopf. »Ich habe niemals zu jemandem *gehört*. Habe niemals *von* jemandem abgestammt. Ich war der Besitz von jemandem, ja, von den Salset. Ich bin ausgebildet worden, ja, in Alimat. Und das war das einer Familie am nächsten Kommende, jene Männer in Alimat, die mit mir die Rituale des Tanzes erlernten, aber da war immer der Wettstreit. Niemals Freundschaft. Wir wussten alle, dass wir eines Tages im Kreis aufeinandertreffen könnten. Und jetzt…« Ich legte meine Stirn erneut auf die Handgelenke und sprach an den Stein gewandt. »Und jetzt ist da… dies.«

»Ja«, sagte Del ruhig. Und ebenso ruhig: »Wäre es so schlimm, wenn du würdest, was du ohnehin geworden wärst?«

Ich wandte den Kopf. »Was meinst du?«

»Wenn du der Enkel dieser Frau bist, dann ist das, was sie dir bietet, genau das, was du auch sonst gehabt hättest.«

»Wenn.«

»Wirf zehn Mal die Orakelknochen«, sagte Del, »und du wirst gewinnen, und du wirst verlieren. Das ist das einzig Sichere beim Spiel.«

»Mit anderen Worten: die Chancen, ihr Enkel zu sein, stehen *für* mich ebenso günstig wie gegen mich.« Ich streckte die Hand aus und legte sie um ihren Hinterkopf. »Oder willst *du* nur einfach von dem Reichtum profitieren?«

»Natürlich«, bestätigte sie. »Ich bin selbstsüchtig.«

Ich zauste nasses Haar, brachte es in Unordnung. »Ich hätte es nicht gehabt, Del.«

»Was meinst du?«

»Die Tochter der Metri hat sich in einen unpassenden Mann verliebt. Er gehörte nicht den Elf Familien an, war nicht einmal annähernd akzeptabel. Er war ein Molah-Mann, dessen Aufgabe es war, die Stessas auf der Insel herumzufahren und sicherzustellen, dass sie sich niemals beschmutzten, indem sie ungeweihten Boden berührten.« Ich lächelte traurig, über ihre Bestürzung. »Die Tochter der Metri bat darum, dass er angenommen und von der Metri selbst aufgezogen werden sollte, damit er annehmbar würde. Und ihre Mutter verweigerte es ihr.«

»Sie sind gegangen«, sagte Del, die jetzt verstand. »Sie haben Skandi zusammen verlassen und sind davongesegelt zu einem Ort, wo sie Mann und Frau sein konnten, ohne sich um solche Dinge kümmern zu müssen.«

»Sie war schwanger«, erzählte ich ihr. »Sie sollte einen Monat darauf gebären. Die Metri beabsichtigte, das Kind fortzugeben.«

Del schloss die Augen. Ich wusste, dass sie an *ihre*

Tochter dachte, Ajanis Tochter, das Kind einer Vergewaltigung. Das Kind, das sie der Obhut anderer übergab, weil sie eine Aufgabe zu erfüllen hatte. Einen Schwur. Eine Besessenheit. Und in ihrem Leben keine Zeit, keinen Raum für ein Kind hatte.

Ich fuhr fort. »Aber die einzige Tochter – und der einzige Erbe – der Stessa Metri verließen Skandi mit dem Molah-Mann, und sie wurden nicht mehr gesehen.«

Sie öffnete die Augen wieder. Das klare Blau war seltsamerweise von den schwarzen Pupillen verschluckt worden. »Eine solche Frau würde niemals ein Kind in der Wüste aussetzen«, sagte sie. »Eine Frau, die ein privilegiertes Leben aufgab, ihre Mutter, ihre Leute, ihr Land, ihr Erbe verließ.« Sie sah mich an. »Eine solche Frau hätte dich nicht dort im Sand zurückgelassen. Nicht freiwillig.«

Ich schloss meine Hand um den dicken Zopf durchnässten Haars, der an ihrem Rückgrat haftete. Ich drückte ihn. »Wir werden es niemals erfahren, Bascha. Niemals.«

»Du könntest wählen…«

»…zu glauben, dass sie meine Mutter war? Dass sie einen Mann genug geliebt hat, um so kurz vor der Niederkunft ihre Heimat zu verlassen und in die Punja zu ziehen? Ja, ich könnte wählen, es zu glauben. Ich könnte auch wählen, etwas anderes zu glauben.«

Sie sah mich fest an. »Und wenn es wahr ist?«

Ich schüttelte den Kopf. »Das ändert nichts. Nicht wer ich bin, was ich bin oder was ich sein werde.«

Del öffnete den Mund zu einer Antwort, aber ich hörte die Stimme von jemand anderem. Die eines Mannes. Der etwas in einer Sprache sagte, die ich nicht kannte. Der Tonfall aber war nur allzu deutlich.

Wir wandten uns beide gleichzeitig ruckartig um, stießen uns vom Rand des Beckens ab. Am entgegengesetzten Ende des Raumes stand ein junger Mann, die Beine angriffslustig gespreizt, die Arme locker an den Seiten. Er trug keinen Kilt wie die Diener, sondern eine dünn gewobene, ärmellose Leinentunika, die muskulöse, gebräunte Arme freiließ. Ein kupferbeschlagener Gürtel war um eine schlanke, mit einer Schärpe geschmückte Taille geschlungen.

Er blickte zu uns herab, die grünen Augen angespannt und wild in einem dunklen Gesicht. Braunes, oben von der Sonne bronzefarben gebleichtes Haar, das nach dem Wind noch nicht gezähmt worden war, fiel nachlässig über breite Schultern. Seine Augen verengten sich für einen Augenblick, und dann wechselte er zu einer Sprache, die wir trotz des Akzents verstehen konnten. »Sind Sie die Renegadas, die auf die Gefälligkeit der Metri pochen?«

Er war jung, groß, zornig und von unmissverständlicher Ausstrahlung. Er war ein Mann, den man nicht übersehen konnte, besonders, wenn er einen ansah. Wenn er in sich hineinwuchs, seinen Körper und seine Kraft ebenso kannte, wie ich den meinen, wäre er gewaltig.

»Götter«, keuchte Del.

Ich sah sie von der Seite an und bemerkte den bestürzten Gesichtsausdruck, gemischt mit etwas anderem, was mir nicht besonders gefiel. Sie hatte mir früher einmal erzählt, dass sie tatsächlich ebenso andere Männer anschaute wie ich andere Frauen. Jetzt wurde ich Zeuge dessen.

Ich war nackt, er nicht. Aber durch das dünne Leinen blieb nicht viel verborgen. »Antworten Sie mir!«, fauchte er.

Ich konnte nicht anders: Ich lächelte einnehmend. »Wir sind Gäste«, erklärte ich, »die auf nicht mehr pochen, als uns von der Metri selbst gewährt wurde.«

Dunkle Brauen wurden unter einer dichten, über seine faltenlose Stirn herabfallenden Locke gewölbt. »Dann müssen Sie der letzte Scharlatan sein.«

Soviel zum Einnehmenden. Ich war nicht allzu erfreut, unbewaffnet und nackt im Wasser erwischt zu werden, während ich mit einem Jungen stritt. »Es geht Sie nichts an, was ich bin.«

Er trat zum Beckenrand. »Es geht mich etwas an«, sagte er erstaunlich gleichmütig, »da ich der einzige lebende – und anerkannte – Verwandte der Metri bin.« Er lächelte, als er uns ungläubige Blicke wechseln sah. »Fragen Sie sie«, schlug er sanft vor, die Augen triumphierend leuchtend, wandte sich dann auf dem Absatz um und schritt davon. Da erst bemerkte ich die Scheide auf seinem Rücken und den Dolch, der leicht darin ruhte.

»*Jetzt* bin ich verwirrt«, murrte ich, als er verschwand. »Und ich mag es nicht, verwirrt zu sein. Nicht wenn ich kein Schwert zur Hand habe.« Ohne Schwert zu sein, ließ die feinen Haare in meinem Nacken sich aufrichten, da ich jetzt herausgefordert war.

Ich mühte mich durchs Wasser zum Beckenrand, ergriff die Steinkante und zog mich hoch. Tropfend beugte ich mich herab, um Del die Hand zu reichen. »Entweder ist er ein Scharlatan, oder ich bin es, oder die Metri selbst führt eine Art Wettstreit aus…« Ich brach ab. »Kommst du heraus?«

Wie im Traum streckte Del schließlich die Hand aus, sodass wir unsere Handgelenke umfassen konnten. Ich stützte mich ab und zog. Sie stieg mit einer flüssigen Bewegung aus dem Becken heraus, ganz elfenbein-silbern und golden gebleicht, als das Wasser von ihr abperlte. Ihre Miene war eine Mischung aus Bestürzung, Unglauben und erstauntem Verstehen.

Ich hob die von einem Diener zurückgelassenen Handtücher auf. Warf ihr eines zu, noch während ich mich mit dem anderen trockenzureiben begann. »In Ordnung«, sagte ich mürrisch, »du hast bewiesen, dass Frauen auch hinsehen. Aber er ist fort, Del… du kannst jetzt aufhören.«

»Was?« Sie löste sich verspätet aus ihrer Träumerei,

beugte sich herab und begann ebenfalls, sich abzutrocknen.

»Die junge Gottheit hier vor einer Minute.« Ich warf mein Handtuch hin, ergriff die weite Hose und zog sie nach und nach über beide Beine. »Ich halte ihn nicht für beeindruckend, du aber offensichtlich schon.«

Del sah mich blinzelnd an. »Tiger…«

»Er ist ein Kind, Bascha… kaum geformt. Er hat noch nicht viel Charakter… natürlich nicht mehr als Anmaßung, die er offensichtlich reichlich besitzt.« Ich zog den Hosenbund über meine Taille, schloss das Zugband, nahm die Tunika hoch und zog sie über meinen Kopf. »Aber er ist vermutlich hübsch genug, um ihn anzusehen.« Ich runzelte die Stirn. »Solange du nur das tust.«

»Ja, er ist hübsch genug, um ihn anzusehen«, erklärte Del. »Er sieht so aus wie *du*.«

Das erwischte mich eiskalt. »Was?«

»Ohne die Jahre. Ohne die Narben.« Sie zog ein langes Leinenhemd über ihren Kopf und zog die Falten über Hüften und Gesäß, sodass der Saum um ihre Knöchel fiel. »Aber durchaus *mit* deiner schlechten Laune.« Sie beugte sich vor, umschlang ihr Haar mit Stoff zu einer Art Turban.

»Meiner was?«

»Und deiner Anmaßung.« Sie richtete sich auf, balancierte den Turban aus, band entschieden den gewobenen Gürtel um ihre Taille und schritt davon.

Ich beobachtete ihren Rücken. Er war sehr starr.

»Er sieht aus wie ich?« Ich wandte mich wieder um und betrachtete prüfend den Platz, an dem der junge Mann gestanden hatte, rief mir meine ersten Eindrücke von ihm wieder in Erinnerung. »Er? Nein.«

Gewiss nicht.

Ich begab mich stirnrunzelnd auf die Suche nach der Metri, um selbst zu ergründen, was, zu den Hoolies, vor sich ging.

13

Als ich die Metri fand, hatten auch die übrigen sie bereits gefunden. Der Bengel zumindest – obwohl ich zugeben muss, dass er von hinten nicht sehr nach einem Bengel aussah. Dels Beobachtung noch immer in Erinnerung, betrachtete ich ihn mit neuen Augen. Er war ausreichend breit und groß, um mir zu ähneln, und seine Hautfarbe war dieselbe. Abgesehen davon entdeckte ich jedoch nicht viele Ähnlichkeiten.

Er befand sich nicht als einziger bei der Metri. Prima Rhannet und ihr Erster Offizier waren ebenfalls da. Jedermann außer der Metri sprach laut und versuchte die anderen zu übertönen, bis der Raum vor Geschrei hohl widerhallte. Ich blieb am Eingang wie vom Donner gerührt stehen und schaute. Ich blinzelte nicht einmal, als Del sich mir dort anschloss, das nasse Haar ausgekämmt, und barsch etwas über den Lärm sagte, der laut genug sei, um Tote zu erwecken.

Die Metri saß auf einem Stuhl, die Hände im Schoß gefaltet. Sie trug die Maske zur Schau, die ich mit ihr verband, solange wir nicht über ihre Tochter oder den Mann sprachen, den ihre Tochter geheiratet hatte: ruhige Verschlossenheit und äußerst unberührt von allem, was gesagt wurde.

Es wurde viel gestikuliert, und es herrschte ein feindseliger Ton vor. Dels Gottheit trat zu Prima und Nihko und machte ihnen anscheinend Vorwürfe, die ihnen nicht sehr gefielen, wie sie freundlich klarstellten. Ich war nicht überrascht, den rothaarigen Kapitän so lebhaft zu erleben – es sah ihr ähnlich. Aber Nihko Blaukopf zeigte nur selten so viel Regung. Und was

Dels Gottheit betraf – nun, ich kannte ihn überhaupt nicht, aber er schien sich bei dem Geschrei besonders wohl zu fühlen, sodass ich annahm, dass er reichlich Erfahrung darin hatte.

Dies sah sehr nach einem Familienstreit aus und klang auch so. Ich vermutete, dass weitaus mehr an dieser Geschichte war, als ein Renegada-Kapitän und sein Erster Offizier, sowie ein Bengel, der Nihko ausreichend ähnlich sah, um Sohn zu sein. Und die Tatsache, dass Nihko selbst *mir* ähnelte, machte dies wahrhaftig zu einer sehr fest verschweißten Familie.

Und ich konnte kein Wort von dem verstehen, was irgendjemand sagte.

Da ich mit meiner Geduld am Ende war, atmete ich sehr tief ein und brüllte, womit ich sie alle übertönte. *»Hey!«*

Sogar Del zuckte zusammen.

Jetzt, da mir aller Aufmerksamkeit gehörte, lächelte ich überaus freundlich. »Hallo«, sagte ich heiter verbindlich. »Würde es Ihnen etwas ausmachen, alles das in einer Sprache zu wiederholen, die ich verstehen kann?«

»Wir«, murmelte Del.

»Wir«, berichtigte ich mich. Als niemand etwas sagte, sah ich sie einen nach dem anderen an.

Prima Rhannets Hand war zu der Stelle an ihrer Taille gewandert, wo sie im Allgemeinen ihren Dolch trug, aber sie hatte heute keinen und auch nicht diesen speziellen Gürtel. Wie Del trug auch sie eine knöchellange, ärmellose Tunika, die an der Taille mit einer gewobenen Schärpe zusammengenommen war. Nihko stellte Waffen niemals offen zur Schau, trug im Augenblick jedoch auch keine bei sich. Er stand einfach nur mit leicht mir selbst zugewandtem Kopf da, und seine Augen glitzerten. Aber die Gottheit hatte sich, wie die Jugend das so häufig tut, ganz mir zugewandt, um das Unerwartete herauszufordern, wobei sein ganzer kräftiger Körper auf Bewegung eingestimmt war.

Hoolies, Del hatte Recht. Er *könnte* ich sein. Wenn man fünfzehn Jahre und alle Narben von mir nahm.

Oder sie ihm zuschanzte.

Es war unheimlich. Man erkennt sich gewöhnlich nicht in anderen. Man erkennt sich nicht in einem Silberspiegel oder einem Wasserteich, wenn man nicht *weiß*, dass man es ist, und man weiß auch dann nur, dass man es ist, weil die Logik einem sagt, dass man es sein muss: Wenn man in einen Spiegel oder eine Wasserfläche schaut, ist das Bild, das zu einem zurückschaut, höchstwahrscheinlich das eigene. Meine Hände waren mir am vertrautesten, weil ich so daran gewöhnt war, sie zu benutzen, sie zu beobachten, während ich Dinge mit ihnen tat, sogar ohne darüber nachzudenken. Aber wenn man sich nicht jeden Tag von Kopf bis Fuß betrachtet, ist man sich gewisser Aspekte seiner Erscheinung nicht einmal bewusst.

Aber er war ich. Oder ich war er. Del hatte es bereits bemerkt, und jetzt bemerkten es auch die Renegadas und die Metri. Der Bengel und ich standen da und sahen einander in bestürztem Erkennen und unausgesprochener, offener territorialer Herausforderung an, während Prima Rhannet lachte und Nihko… Nun, Nihko grinste auf höchst überlegene und ärgerliche Art breit, wobei die Ringe in seinen Augenbrauen glitzerten.

Der Kapitän und ihr Offizier hatten die Orakelknochen geworfen. Und gewonnen.

Ich berührte das Band mit den Sandtigerkrallen um meinen Hals. Die Metri hatte mir den Brauenring zurückgegeben, den sie von der Kette abgeschnitten hatte, und gesagt, ich sollte ihn besser tragen, solange Nihko anwesend wäre, damit ich nicht meine meisten Mahlzeiten verlöre. Da ich noch lernen musste, ein gewisses Maß an Anstand zu wahren, während ich den

Inhalt meines Magens preisgab, nahm ich den Ring an und verknotete ihn wieder in dem Band. Eines Tages würde ich herausfinden, warum Nihko mir Übelkeit verursachte.

Aus anderen als den üblichen Gründen natürlich.

Der Bengel sagte leise etwas. Die Metri antwortete mit einem einzigen Wort, das ihm die düstere Röte der Verlegenheit – oder des Zorns – ins Gesicht trieb. Als er mich finster ansah, begann ich auf sehr bizarre und losgelöste Art schätzen zu lernen, warum so viele Menschen mir den Weg freimachten, wenn ich meinen grimmigsten Blick aufsetzte.

Es war nichts Feinsinniges an Dels Gottheit, aber er würde es vielleicht eines Tages lernen. Wenn er überlebte.

»Ein Familienstreit?«, fragte ich leichthin.

»Sie beschmutzen dieses Haus«, zischte der Bengel leicht die Sprachen wechselnd. »Wie auch Sie.«

»Herakleio«, sagte die Metri nur.

Er ballte die Hände zu Fäusten. »Sie tun es«, beharrte er. »Sie alle. Prima ist eine Schande für ihren Vater, für ihr Erbe – und Nihkolara ist ein Ikepra! *Dieser* Mann« – er meinte natürlich mich – »ist ein Scharlatan.« Er richtete seinen zornigen Blick auf Del, nur allzu bereit, weitere Anschuldigungen hervorzubringen, und erkannte jäh, dass er überhaupt nichts von ihr wusste.

Nur dass sie wunderschön war. Und ich bezweifelte nicht, dass er sie im Becken gesehen hatte. Ohne Kleidung.

Ich beobachtete die Veränderung in ihm. Der Zorn, der empfindliche Stolz blieben, gerieten aber still unter die Oberfläche, während etwas anderes emporstieg. Er errötete erneut. Er atmete ein, stieß den Atem durch die Nase scharf wieder aus und löste dann bewusst die Fäuste.

Ich hielt ihm seine Ehrlichkeit zugute: Er versuchte nicht, die Frau zu bezaubern, die gerade seine kindische Zurschaustellung des Zorns gesehen hatte. Er erkannte diese Tatsache an, schämte sich ihrer, leugnete sie aber nicht.

Die Metri beugte sich auf ihrem Stuhl leicht vor und bestimmte augenblicklich die Aufmerksamkeit aller im Raum. Sie lächelte erfreut triumphierend, ähnlich einer Katze, während sie zuerst den Jungen ansah, der ihr Verwandter zu sein behauptete, und dann mich, der behauptete, es nicht zu sein.

Die Frau lachte. Zögernd, als versuche sie etwas Unerwartetes und recht Delikates. »Ich hätte Sie beide eingipsen und zu beiden Seiten meines Tores aufstellen sollen«, sagte sie ruhig, »dann käme gewiss jedermann auf der Insel herbei, um meine neuen Statuen zu bewundern.«

»Nackt?«, fragte Prima Rhannet.

Die Metri war überraschenderweise nicht beleidigt. »Oh, das denke ich schon. Unbekleidet, und prunkend männlich.«

Der Bengel – Herakleio? – wirkte wie betäubt. Er wandte sich mit offen stehendem Mund ruckartig zu ihr um. »Metri?«

»Komm schon, Herakleio«, sagte sie. »Gesteh dir die Wahrheit ein. Er ist du.«

»Er ist alt«, verkündete der Bengel.

Nihko grinste. Prima verschluckte ein Lachen. Del legte die Finger über den Mund, als wolle sie eine verräterische Reaktion verbergen, die Miene sorgfältig ausdruckslos.

Ich lächelte kaum beleidigt. »Älter als du«, stimmte ich ihm zu, »was mir gut passt, da der zuerst Geborene am ehesten erbt.«

Ein Funkeln in den Augen der Metri zeigte mir, dass sie verstand und die Herausforderung guthieß. Besonders da sie wirkte.

»Der zuerst Geborene!«, rief Herakleio wieder vollkommen zornig. »Von welcher Hure zuerst geboren?«

»Halt.« Dieses Mal war es die Metri, deren Belustigung vollkommen schwand. »Ihr beschmutzt dieses Haus mit solchem Geschrei, ihr alle.«

Herakleio warf Prima Rhannet einen giftigen Blick zu. »Und warum kümmert es *dich,* ob wir nackt sind. Männer bedeuten dir nichts.«

»Oh, Männer bedeuten mir eine Menge«, erwiderte sie gelassen. »Ich kann mich im Allgemeinen nicht über sie beschweren. Ich habe nur die Entscheidung getroffen, nicht mit ihnen zu schlafen.«

Er errötete erneut. »Du hast mit *mir* geschlafen.«

Ah. Es wurde immer erstaunlicher.

Prima grinste. »Es hat eine sonst lange Nacht schneller verstreichen lassen.«

»Aber…«

»Und es hat dazu gedient, mir zu zeigen, dass ich anderes bevorzuge.«

Ich blinzelte. Sie sagte dies so sanft, ohne betont zu verletzen, und doch konnte niemand umhin, es als Beleidigung zu *verstehen.*

Auch Herakleio natürlich, und er reagierte, indem er etwas sehr Heftiges äußerte, obwohl er es auf Skandisch sagte, sodass ich es nicht verstehen konnte. Prima lachte ihn nur aus. Nihko hielt den Mund, was vielleicht klüger war.

Ich sah ihn stirnrunzelnd an. »Welchen Anteil haben Sie daran?«, fragte ich. »Passen Sie auch da hinein?«

Das lenkte Herakleio augenblicklich ab. »Oh, *er* passt da hinein. Hat er Ihnen nicht erzählt, was er war – und ist?«

»Ich habe eine Bezeichnung gehört«, sagte ich deutlich. »Ich habe sogar eine Art Erläuterung gehört. Aber ich habe nicht die leiseste Ahnung, was irgendetwas davon bedeutet.«

»Ikepra«, höhnte Herakleio und sah Nihko finster an. »Sag es ihm, Nihkolara.«

»Sag es ihm selbst.«

Stets eine beeindruckende Antwort. Ich seufzte und wechselte einen vielsagenden Blick mit Del. Sie tappte ebenso im Dunkeln wie ich.

»Ikepra«, sagte Herakleio knapp, als sollte ich aus Tonfall und Haltung die ganze Bandbreite dieser Bezeichnung erkennen. »Er hätte von der Klippe geworfen werden sollen.«

»Aber dann wäre ich geflogen«, konterte Nihko sacht.

»Du bist gesegelt«, höhnte Herakleio. »Du bist mit *ihr* gesegelt.« Ein Finger durchbohrte die Luft in Primas Richtung.

»Und ich habe es nicht bereut.«

Dieses Mal unterbrach Del die Unterhaltung. Sie sah die Metri an, die sowohl Nihko als auch Herakleio mit unergründlicher Miene betrachtete, und fragte, was zweifellos schon zu Beginn hätte gefragt werden sollen. »Was haben Sie mit uns vor?«

Die Frau wölbte eine beredte Augenbraue. »Zu entscheiden.«

»Entscheiden?«, fragte Herakleio misstrauisch, der diese Frau besser als jeder andere von uns kannte.

»Ich habe jetzt zwei Erben«, antwortete sie. »Aber nur einer kann tatsächlich erben.«

»Zwei?«, platzte Herakleio heraus. »Wie ist das möglich? Er ist ein Scharlatan…«

»Ist er das?«

»Bin ich das?« Ich betrachtete die Metri fest und finster. »Ist er mit Ihnen verwandt?«

»Dieser Junge?« Sie lächelte. »O ja. Er ist der Enkel des Bruders der Ehefrau *meines* Bruders.«

Ich gab es auf, das entwirren zu wollen. »Dann brauchen Sie weder mich oder sonst jemanden mehr. Sie haben Ihren Erben.«

»Männlich«, verkündete Herakleio düster.

Ich sah ihn mit gewölbten Augenbrauen an. »Besteht daran Zweifel?«

»Er meint, er stammt von der männlichen Linie ab«, erklärte Prima.

Ich schüttelte den Kopf. »Und?«

»Die *männliche* Linie«, stieß Herakleio zwischen zusammengebissenen Zähnen hervor.

Ich seufzte. »Falls Sie es vergessen haben – ich stamme nicht aus dieser Gegend.«

»Wir zählen nur, wenn wir von der weiblichen Linie abstammen«, erklärte Nihko.

Prima nickte. »Und von den Göttern.«

Ich sah sie an. »Sie glauben, von den *Göttern* abzustammen?« Soviel dazu, dass meine Selbstbeschreibung Herakleios als Gottheit wirkungsvoll sarkastisch war. Ironie wirkt nicht, wenn man sie für die Wahrheit hält. »Das ist lächerlich. Sie sind genauso Menschen wie alle anderen!«

Prima warf Nihko heimlich einen Blick unter gesenkten Lidern zu. »Einige von uns sind… mehr.«

»*Waren* mehr«, berichtigte Herakleio überaus verächtlich.

Kurz darauf schüttelte ich nur ungläubig den Kopf und schaute erneut zur Metri. »Ich glaube, es ist an der Zeit, dass ich gehe. Ich habe keinen Anteil an alledem und keine Zeit, es zu entwirren. Ich bin nicht Ihr Enkel, und ich bin gewiss keine Gottheit!«

»Jhihadi«, murmelte Del.

Ich erwiderte ebenso leise: »Du bist nicht sehr hilfreich.«

»Aber Sie könnten es sein«, sagte die Metri ruhig, »und ich kann es mir nicht leisten, Sie zu verlieren, falls es wahr sein sollte.«

»Sie können mich wohl kaum *festhalten*«, schoss ich zurück. »Sie haben meine Freiheit von den Renegadas erkauft…«

»Genau«, bestätigte die Metri. »Zwischen uns besteht jetzt eine Schuld.«

»Eine Schuld?«, fragte ich ungläubig. »Was, zu den Hoolies, erwarten Sie, wie ich sie Ihnen zurückzahlen soll?«

Sie schaute ernst zu Herakleio. »Nehmen Sie diesen Jungen und machen Sie einen Mann aus ihm.«

Im folgenden Tumult – Prima lachte, während Herakleio zornig protestierte – wandte ich mich auf dem Absatz um und ging hinaus.

Del folgte mir sofort in den Hofeingang. Dort hielt sie inne, als sei sie überrascht, dass ich es nicht getan hatte. »Wohin gehst du?«

Ich fuhr am Eingangstor starr vor Enttäuschung herum. »Fort.«

»*Wohin* fort?«

»Einfach fort. Ich gehöre nicht hierher. Ich gehöre nicht zu diesen Leuten. Ich will nichts mit ihnen zu *tun* haben!«

»Nicht einmal, wenn sie deine Verwandten sind?«

»Ich erkenne sie nicht an«, antwortete ich sofort.

Del betrachtete forschend meine Miene. »Ich glaube, jemand ohne Geld oder Besitz kann niemanden *nicht* anerkennen.«

»Dann lehne ich sie ab.«

Sie nickte. »Das kannst du tun.«

»Gut. Ich tue es. Ich habe es getan. Lass uns gehen.«

Sie kam allem Anschein nach von einer Frage nicht los: »Wohin?«

»Hier raus. Ich habe genug von Skandi, Metris, blauköpfigen Priestern, weiblichen Schiffskapitänen, die mit anderen Frauen schlafen und Enkeln von Brüdern von Ehefrauen.«

»Hast du Geld?«

»Nein. Woher sollte ich Geld bekommen?«

»Tatsächlich – woher?«

Ich sah sie finster an. »Willst du damit vorschlagen, dass wir *bleiben*?«

Del setzte ihre unschuldigste Miene auf. »Die Metri

hat für deine Freilassung bezahlt… Aber ich schlage nur vor, dass wir einen Plan ersinnen, bevor wir irgendwo hingehen.«

Ich öffnete den Mund zu einer Antwort, schloss ihn aber wieder, als ich Nihko hinter ihr aus den Schatten ins Sonnenlicht treten sah. »Pläne sind nützlich«, stellte er fest. »Haben Sie einen?«

Ich richtete meinen finsteren Blick von Del auf ihn. »Ich habe mich in dieser Welt bisher sehr gut ohne irgendwelche Pläne behauptet. In dieser Lage ist das nicht anders.«

»Aber ja«, widersprach Nihko mir höflich. »Sie sprechen nicht einmal die Sprache.«

»Sie sprechen meine«, sagte ich. »Wie auch Prima, und auch die Metri, und auch Heraklitus.«

»Herakleio«, korrigierte Del mich, und ich warf ihr einen grimmigen Blick zu.

»Wir sprechen sie«, sagte Nihko, »weil wir dazu gezwungen wurden. Mein Kapitän und ich segeln zu fremden Häfen. Die Metri handelt mit Kaufleuten und Händlern fremder Länder, und um sicherzugehen, dass der Handel ehrlich abläuft, muss man die Sprache sprechen. Herakleio hat sie gelernt, weil die Metri es von ihrem Erbe gefordert hat.«

»Dann *ist* er ihr Erbe.«

»Er ist ihr Verwandter«, betonte Nihko. »Aber der männlichen Linie entstammend. Das zählt.«

»Warum zählt das?«

»Dies ist Skandi. Die Dinge sind… wie sie sind.«

»Und Sie?«, fragte ich knapp und verärgert genug, um zu verletzen. »Was genau sind Sie, Ikepra?«

Nihko ließ sich nicht reizen. Er war nicht Herakleio. »Ein Ikepra«, antwortete er. »Abschaum. Ein Entweihter.«

»Warum?«, fragte Del.

Er wich nicht aus. »Weil ich versagt habe.«

»Wobei versagt?«, fragte ich.

»Den Göttern gegenüber«, sagte er, »und mir selbst gegenüber.«

Ich sah ihn eine ganze Weile an, wir maßen uns mit Blicken, und dann schüttelte ich den Kopf. »Lass uns gehen, Bascha.«

»Tiger…«

Nihkos Augenbrauenringe glänzten im Sonnenlicht. »Sie würden die Gastfreundschaft der Metri verletzen?«

»Hören Sie, ich will niemandes Gastfreundschaft verletzen. Aber Sie haben uns gewiss keine Gastfreundschaft angeboten, als Sie unser Schiff zerstörten, und Sie haben die Dinge nicht verbessert, indem Sie versuchten, mich an die Metri zu verkaufen…«

»Ich *habe* Sie verkauft«, wandte er ein.

»…und sie ist nicht wirklich gastfreundlich, wenn sie mir befiehlt, aus dem Enkel des Bruders des Bruders der Ehefrau ihres Bruders einen Mann zu machen«, schloss ich.

»Das war ein ›des Bruders‹ zu viel«, erklärte Del hilfreich.

»Glauben Sie nicht, dass er es braucht?«, fragte Nihko.

Ich sah ihn mit verengten Augen finster an. »Wie passen Sie nun wirklich hier hinein, Nihkolara? Das heißt, abgesehen davon, dass Sie Abschaum und ein Entweihter sind. Was sind Sie für diese Leute? Was sind sie für Sie?«

»Meine Vergangenheit«, sagte er nur.

Eine weitere Gestalt trat aus den Schatten ins Licht. Der Junge, den die Metri zum Mann reifen sehen wollte. »Sag es ihm, Nihkolara«, forderte Herakleio ihn heraus, während er sich an den weiß getünchten Stein des Eingangs lehnte. »Sag ihm die ganze Wahrheit.«

Nihko machte eine Geste. »Herak… lass es gut sein.«

»Herakleio. Ikepras ist keine Vertrautheit gestattet.«

Das Gesicht des Ersten Offiziers rötete sich und erblasste dann wieder, bis es alabasterartig wirkte. Sein ganzer Körper schien angespannt. Herakleio hatte ihn irgendwo tief innen getroffen, etwas sehr Persönliches berührt.

Herakleio zeigte die weißen Zähne in einem von der Sonne kupferfarben gebräunten Gesicht. »Sag dem Scharlatan, wie du hier hineinpasst, Nihkolara.«

Und Nihkolara sagte es mir, während die Hitze auf unseren Köpfen lastete.

14

Ich warf mich flach aufs Bett und starrte zu der niedrigen Decke hoch. »Das ist alles zu verwirrend. Und es wird immer schlimmer.«

Del, die so dasaß, wie sie oft dazusitzen pflegte – auf dem Boden an der gegenüberliegenden Wand –, zuckte die Achseln. »Was ist verwirrend? Die Götter haben elf Frauen auf diese Insel gesetzt, und jede gebar *von* diesen Göttern elf Töchter. Dann sandten die Götter jenen Töchtern Söhne von anderen Frauen, und so schlugen die Elf Familien hier Wurzeln und gediehen.«

»Wie poetisch«, bemerkte ich gereizt. »Und natürlich musst du das leicht verständlich finden: Es dreht sich alles um *Frauen*.«

»Es ist vermutlich sogar für Götter einfacher, Kinder von Frauen zu bekommen.«

Ich drehte den Kopf und sah sie an. »Dich belustigt das alles entschieden zu sehr, Bascha.«

»Bin ich belustigt?«

»Innerlich. Wo ich es nicht sehen kann.«

Sie verzog den Mund. »Und von diesen elf Töchtern entsprangen Söhne und Töchter der Söhne, die gesandt worden waren, um mit ihnen zu schlafen, und so dürfen sich die Menschen der ersten Verbindungen als von den Göttern abstammend bezeichnen.«

»Aber nicht jedermann in Skandi stammt von Göttern ab.« Ich erkannte, was ich gesagt hatte, und berichtigte es sofort. »Nicht jedermann *glaubt*, von den Göttern abzustammen. Ich meine, sie stammen natürlich nicht von Göttern ab, weil niemand von Göttern abstammt, aber wenn sie es für möglich halten, glauben sie vielleicht, dass es sich nicht so verhält. Selbst wenn es für andere gilt. Sie *glauben* es – das ist es.« Ich legte einen Unterarm über mein Gesicht und stöhnte erstickt. »Ich *sagte* bereits, dass dies zu verwirrend ist!«

Del hatte es anscheinend ganz gut verstanden. »Sie glauben, sie stammten nicht von Göttern ab, weil bestimmte Söhne von anderen Inseln nach Skandi kamen, nicht von den Göttern, und die Töchter aus jenen ersten göttlichen Verbindungen heirateten.«

Ich fügte unter dem Arm hindurch hinzu: »Und so betrachten sich jene, die die Generationen bis zu diesen besonderen elf Frauen zurückverfolgen können, als allen anderen überlegen.«

»Nun«, sagte Del wohl überlegt, »wenn ich von Göttern abstammte und die anderen nicht, würde ich mich vielleicht auch als überlegen betrachten.«

Ich nahm den Arm fort und richtete mich auf einen Ellbogen auf. »Das würdest *du* tun? Und ich dachte, du beurteilst dich nicht besser als den niedrigsten Sklaven, Bascha.«

»Ich sagte ›vielleicht‹«, erklärte sie. »Und hier ist es nicht wichtig. Hier bin ich eine Frau.«

»Du bist überall eine Frau. Und ich weiß sicher, dass viele Männer überzeugt sind, du stammtest *tatsächlich* von Göttern ab.«

»Danke.«

»Natürlich kennen sie dich nicht so gut wie ich.« Ich streckte mich wieder aus und dachte darüber nach. »Es scheint mir nur allzu offensichtlich: Diese elf Frauen wurden schwanger und, dadurch in Ungnade gefallen, hierher verbannt.« Ich zuckte auf der Matratze die Achseln. »Es ist eine hübsche Geschichte, die sie alle ersonnen haben, um ihr leichtfertiges Verhalten und die elf kleinen Ergebnisse zu entschuldigen.«

»Aber es könnte auch wahr sein.«

»Oh, komm schon, Bascha… Götter, die Frauen schwängern?«

»Es wäre eine Erklärung dafür, warum es Magie auf der Welt gibt.«

»Magie? Ha. Vielleicht Aberglauben. Geschichten. Die unterhalten sollen…«

»…oder belehren…«

»…oder die Nacht vertreiben helfen…«

»…oder Geschichte bewahren…«

»…oder einfach die Zeit vertreiben.« Ich schob einen Arm unter meinen Kopf und wechselte das Thema. In gewisser Weise. »Also sind Nihko und die Metri durch die jetzt verrufenen Elf Familien miteinander verwandt…«

»Und Herakleio.«

»…was erklärt, warum sich so viele Skandier ähnlich sehen.«

»Was erklärt, warum du so vielen Skandiern ähnlich siehst. Du bist Skandier.«

»Aber nicht notwendigerweise mit der Metri verwandt, oder mit Nihko, oder mit deinem Jungen Herakleio.«

»Er ist nicht mein Junge«, erklärte Del. »Er ist älter als ich.«

»Aber wie viel – ein oder zwei Jahre?«

»Das ist immer noch älter, Tiger.«

»Während ich einfach *alt* bin.«

»Du solltest ein Nickerchen machen«, riet mir Del kurz darauf.

»Warum? Weil ich alt bin?«

»Nein. Weil du unangepasst bist.«

»Unangepasst?«

»Unwohl.«

»Ich weiß, was es bedeutet, Bascha. Und wenn ich das bin, dann nur, weil ich müde bin…«

»Ich sagte, du solltest ein Nickerchen machen.«

»…von allen diesen gewundenen Erklärungen«, beendete ich meinen Satz nachdrücklich. »Hoolies, das ist lächerlich! Von Göttern geschwängerte Frauen und Männer, die gesandt werden, um ihre Töchter zu heiraten…«

»Geschichte *ist* meist eine Sammlung von Geschichten«, erklärte Del. »So ist es im Norden.«

»Und ich habe meinen Namen erhalten, weil ich einen Sandtiger tötete, den ich aus meinen Träumen herbeigezaubert habe«, platzte ich angewidert heraus. »Hoolies, denkst du, dass ich das wirklich glaube? Ich war ein Kind. Noch jünger als Herakleio. Oder du.«

»Du hast Dinge getan«, sagte sie schließlich, »die nicht erklärbar sind.«

»Es gibt für alles eine Erklärung.«

»Und dein Sandtiger?«

Ich schloss die Augen. »Zufall. Hoolies, ich wollte einfach aus der Sklaverei freikommen. Ich zog Vorteil aus etwas, was ein- oder zweimal im Jahr geschieht. Die Salset waren einfach an der Reihe – als Fleisch für eine Bestie.«

»Und dass du den Sand in Gras verwandelt hast?«

»Der Sand *ist nicht* Gras, Del. Es ist Sand. Und außerdem habe ich nur vorgeschlagen, Wasser dorthin zu bringen, wo keines war.«

»Wodurch der Sand in Gras verwandelt werden konnte.«

Ich brummte. »Mit der Zeit vermutlich.«

»Magie erscheint in vielerlei Gestalten, Tiger.«

»Wie Nihko?«

Del schwieg.

Ich wandte den Kopf auf meinem Arm. »Nun?«

»Ich weiß es nicht.«

»Vielleicht solltest du das Nickerchen machen.«

»Ich bin weder müde, noch fühle ich mich unwohl. Ich bin auch jünger als du.« Sie lächelte strahlend, während ich die Stirn runzelte. »Außerdem…«

»Außerdem was?«

»Warst du gestern erst tot.«

»Aber heute lebe ich – und mir fehlt ein Schwert.« Ich fluchte. »Ich *hasse* es, ohne Schwert zu sein. Ich gerate in Schwierigkeiten, wenn ich kein Schwert habe.«

»Du gerätst in Schwierigkeiten, wenn du eines *hast*.«

»Aber ich kann mich auch daraus befreien. Wenn ich ein Schwert habe.«

Del beobachtete mich. »Du bist beunruhigt.«

»Du nicht?«

»Sie haben uns nicht bedroht.«

»Aber sie haben uns auch nicht gesagt, was sie mit uns vorhaben. Ich finde das nicht sehr beruhigend.«

»Besonders ohne Schwert.«

»Wenn ich eines besäße, wären wir bereits von hier verschwunden.«

»Es ist noch mehr daran als das.«

Ich seufzte und gab es zu. »Etwas fühlt sich nicht richtig an.«

Del schwieg erneut.

Ich sah sie an. »Nun? Spürst du es nicht?«

Sie nickte.

»Siehst du?« Ich lächelte triumphierend.

»Wir können nur abwarten«, sagte sie. »Aufpassen. Bereit sein.«

»Ich wäre lieber mit einem Schwert in Händen bereit.«

»Nun ja.« Del lächelte schief. »Aber wir haben keines, wir beide nicht, und bis wir welche bekommen können, sollten wir besser alles in unserer Macht Stehende tun, Kräfte zu sparen.« Sie hielt inne. »Wie ich bereits sagte – du warst erst gestern tot.«

Statt weiter zu debattieren – ich *war* beunruhigt, und müde – machte ich lieber ein Nickerchen.

Nachdem ich allein erwacht war, begab ich mich auf die Suche nach Nihkolara, um einiges zu klären. Ich brauchte eine Weile, ihn aufzuspüren, aber schließlich fand ich ihn auf einer der niedrigen, Akritara umgebenden Umgrenzungsmauern sitzend und in die Ferne starrend. Jenseits von ihm ließ die untergehende Sonne das Blau des Himmels verblassen und verwandelte es in trübes, mit orangefarbenen und goldenen Streifen durchzogenes Purpur.

Ich setzte mich wie ein freundlicher Begleiter neben ihn auf die Mauer und schwang beide Beine darüber, sodass ich bequem dort hockte, während die Abendbrise mir das Haar aus dem Gesicht strich. (Womit der Erste Offizier mit dem geschorenen Kopf nicht zu kämpfen hatte). »Wie haben Sie es also gemacht?«

Er gab mir keinerlei Hinweis darauf, ob er sich meiner Anwesenheit bewusst war, obwohl das offensichtlich schien. Ich erkannte, dass Nihkolara nur selten zu überraschen war.

Ich plauderte weiter. »Nicht jedermann kann einen anderen tot scheinen lassen…«

»Sie waren tot.«

»Tot?« Ich stieß den Atem scharf aus. »Das glaube ich nicht. Aber ich gebe zu, dass es ein wirkungsvoller Trick ist.«

Er starrte weiterhin in den Sonnenuntergang. »Glauben Sie, was Sie wollen. Sie sind ein Abtrünniger.«

»Ich?« Ich hieb mir mit markigem Schlag auf die Brust. »Aber ich bin ein Messias. Wie kann *ich* ein Abtrünniger sein?«

Er schüttelte leicht den Kopf. »Sie betrachten das alles als riesigen Spaß, Südbewohner. Aber Sie haben Angst.«

»Angst wovor? Vor Ihnen? Vor diesem Kind?«

»Angst vor der Wahrheit.« Er sah mich kurz an und betrachtete dann wieder den schwindenden Tag. »Was Sie nicht verstehen, ziehen Sie ins Lächerliche. Weil Sie wissen, dass dem etwas vielleicht Gefährliches innewohnt.«

»Ich erkenne Gefahren nur zu gut.« Ich ließ meine

Füße baumeln und schlug mit den Fersen gegen die Ziegelsteine. »Aber Sie weichen meiner Frage aus.«

»Sie schienen tot zu sein, weil Sie tot waren.«

Ich seufzte. »Gut. Sagen wir um des lieben Friedens willen also, ich war tot. Wie haben Sie mich dann zurückgebracht?«

Nihko grinste in die Luft. »Betrug.«

»Vermutlich noch mehr Geheimnisse?«

Das Grinsen schwand. Jetzt sah er mich mit angespanntem Blick an. »Dass ich ein Ikepra bin, bedeutet nicht, dass ich ungläubig wäre«, sagte er, »und Glaube erzeugt Macht. Das bedeutet nur, dass ich bei der Einhaltung meiner Eide versagt habe, bei den Überzeugungen meines Herzens.« Kurzzeitige Erregung wurde unter einer sorgfältigen Maske verborgen. »Der Körper war schwach.«

»Stark genug«, bemerkte ich. »Wir haben ein wenig gerungen, Sie und ich.«

»Der Körper«, sagte er abweisend. »Ich spreche vom Herzen, von der Seele. Aber der Körper ist das ursprüngliche Gefäß für gewaltige Verunreinigungen, und wenn man sich nicht davon befreien kann, bleibt das Gefäß beschmutzt.«

»Ikepra?«

»Gebrochene Eide«, sagte er, »bringen einem schwachen Mann noch schwächeren Halt, der schließlich zerfällt – und er selbst auch.«

Ich hätte etwas dazu bemerken wollen, aber mir fehlten die Worte. Nihkolara und ich waren uns ähnlicher, als ich zugeben mochte. Vielleicht waren wir verwandt, obwohl ich nicht erkennen konnte, wie das jemals geklärt werden sollte. Doch wir waren durch das Wissen um gebrochene Eide und zerstörte Ehre – und deshalb gescheiterter Leben – sicherlich im Herzen verbunden.

»Also haben Sie Prima Rhannet gefunden, weil der Eid, den sie verlangte, für Sie annehmbar war.«

»Zweifellos«, gab er zu. »Ohne Zögern. Es ist weitaus leichter, andere Menschen als die eigene Seele zu töten.«

»Andere Menschen zu töten, *tötet* auch die Seele.«

Er sah mich an, als wolle er meine Absicht ergründen. Die Augenbrauenringe schimmerten. Ich konnte in dem klaren Licht andeutungsweise Schorf an seiner linken Braue sehen, wo er den Ring aus seiner Haut gelöst hatte, den ich an meiner Kette trug. »Wenn die Seele nicht bereits tot ist.«

Ich wollte antworten, irgendeine geistreiche Bemerkung machen, die die Anspannung nähme. Aber Nihkolara stand auf und trat über die Mauer auf die Pflastersteine des Hofes. Ich roch den Duft der Blüten, den beißenden Geruch von vom Wind aufgewirbeltem Staub. Und den Schweiß der Angst.

»Ich glaube«, sagte er, »Sie haben ein stärkeres Herz als ich.«

»Ich habe *was*...?« Aber er wandte sich von mir ab, bevor ich die Frage vollenden konnte, und ging zielstrebig davon.

Als ich erkannte, dass er meine Fragen abgewendet hatte, ohne mehr als oberflächliche, ungenaue Erwiderungen zu äußern, starrte ich verärgert in den Sonnenuntergang, angewidert von der Tatsache, dass ich ihn damit hatte davonkommen lassen.

Von hier aus konnte man den tatsächlichen Rand der Klippe nicht sehen oder erkennen, dass die Welt gegenwärtig nicht mehr war als ein Halbmond zerschellter Überreste, aber das Herz spürte etwas. Es wusste, dass die Insel über das Wasser hinaus ragte und doch von ihm abhängig war. Ich fühlte mich gleichzeitig abgesondert, getrennt und erniedrigt, trotz des Bewusstseins, dass sich die Erde weit unter mir ausbreitete, als sei ich ein Gott.

Gott. Hoolies. Nihko und alle anderen steckten mich schon mit ihrer Denkungsart an.

Dann regte ich mich leicht. Eine kaum wahrnehmbare Neuverteilung nach vorn, die Beinmuskeln angespannt, sodass es meinerseits sehr wenig Mühe kosten würde aufzuspringen und mich umzudrehen, zu Verteidigung *oder* Angriff ausbalancierend. Weil ich wusste, dass er da war.

»Sie halten niemanden zum Narren«, verkündete Herakleio angriffslustig.

Ich lächelte in den Sonnenuntergang. »Niemanden? Oh, ich bin hoffnungslos vernichtet.«

»Sie halten sich für schlau, indem Sie behaupten, Sie wollten nichts mit uns zu tun haben, wenn doch offensichtlich ist, dass Sie uns nur irreführen wollen, um die Metri davon zu überzeugen, Sie seien der Sohn ihrer Tochter.«

Noch immer lächelnd sagte ich: »Sie sind ein gehörig ichsüchtiger Narr und zu nachgiebig mit sich selbst, Herakleio. Warum denken Sie, ich *sollte* etwas mit Ihnen zu tun haben wollen?«

»Wegen dem, was wir sind«, erwiderte er prompt. »Die Stessoi stammen von den Göttern ab, eine der Elf Familien… Wie sind wohlhabender und mächtiger, als sich irgendjemand träumen lassen könnte, Scharlatan, am allerwenigsten Sie. Sie kommen hierher, um die Metri zu narren…«

»Ich wurde hierher gebracht«, unterbrach ich ihn scharf, »gegen meinen Willen. Aber ich kam, weil es eine einfache Wahl war.«

»Arm zu sein, oder reich zu sein.«

»Frei zu sein, oder versklavt zu werden. Und dann war da noch die unwichtige Tatsache, dass meine Gefährtin an Bord des Schiffes festgehalten wurde, um meine Zusammenarbeit zu sichern.« Ich zuckte die Achseln. »Manchmal ist eine Entscheidung leicht. Besonders wenn sie andere betrifft.«

»Aber jetzt sind Sie frei. Die Metri hat die Renegadas bezahlt. Ihre Gefährtin ist hier, nicht dort. Sie können gehen.«

»Aber die Metri hat mich an etwas erinnert, was man eine Schuld nennt.« Ich seufzte. »So unwahrscheinlich es klingen mag – ich schulde niemandem gern etwas. Ich ziehe es vor, solche Schuld zu begleichen.«

»*Ich* werde sie begleichen!«

Da wandte ich mich um und schwang die Beine wieder über die Mauer, um ihn ansehen zu können. »Und dann wäre es Ihre Schuld.«

Darauf war er vorbereitet. »Sie würden sie begleichen, indem Sie gingen.«

Ich betrachtete ihn forschend, bemerkte den Ausdruck in seinen Augen. »Fürchten Sie so sehr, dass ich der bin, den die Metri in mir sehen möchte?«

Er leugnete es natürlich, aber seine Augen sagten die Wahrheit. »Es haben sich schon viele Scharlatane der Metri präsentiert. Sie sind nicht anders.«

»Aber ja«, erwiderte ich. »Und jetzt, da ich Sie gesehen habe, verstehe ich warum.« Ich grinste. »Ob es Ihnen gefällt oder nicht, wir sind Samen derselben Pflanze.«

»Jeder Inselgeborene ähnelt uns in gewisser Weise«, konterte er rasch. »Glauben Sie, es gäbe auf Skandi so viele von uns, dass wir niemals untereinander heiraten würden?«

»Aber nur Mitgliedern der Elf Familien ist es erlaubt, untereinander zu heiraten«, sagte ich. »Die von Göttern Abstammenden würden natürlich nicht einmal davon träumen, jemand anderen zu heiraten. Was bedeutet, dass Abkömmlinge jener Familien *einander* sehr ähneln müssen, aber nicht notwendigerweise sonst jemandem.« Ich wölbte neugierig die Augenbrauen. »Wissen Sie, ob irgendeiner der anderen Metris ein Verwandter fehlt?«

Er zischte mir etwas auf Skandisch zu, erstarrt wie eine beleidigte Katze.

Ich grinste ihn an. »Entspannen Sie sich«, sagte ich. »Es gibt einen Ausweg.«

»Ich könnte Sie töten.«

Diese Sprache verstand ich sehr gut. »Nun ja, das ist eine Möglichkeit, obwohl ich gestehen muss, dass es nicht die von *mir* bevorzugte ist. Und da die Metri nicht dumm ist, würde sie vermutlich sofort erkennen, dass Sie es waren.« Ich zuckte die Achseln. »Ich weiß nicht, welche Gebräuche in Skandi herrschen – vielleicht dürfen Mörder dennoch erben.«

Etwas an seiner Miene sagte mir, dass dem nicht so war. »Welche Möglichkeit würden Sie also vorziehen? Und warum sollten Sie sie mir nennen?«

»Weil ich vermute, dass die Metri Sie als Erben wünscht«, antwortete ich ruhig.

Das verblüffte ihn. Er war *wirklich* noch jung.

»Es ist nicht so leicht, einen anderen Menschen zu töten, wie Sie vielleicht vermuten. Und ich spreche nicht von den physischen Fähigkeiten, jemandem das Leben zu nehmen, sondern vom Willen.« Ich fuhr fort, bevor er Einspruch erheben konnte. »Jedermann kann bei der Selbstverteidigung – oder um seine Verwandten zu schützen – töten. Aber einen Menschen bewusst zu verfolgen und herauszufordern, erfordert ein völlig anderes Denken. Und es durchzuziehen, ohne selbst getötet zu werden... Nun, es geht nicht immer so aus, wie man will.«

»*Sie* leben.«

»Wie alt sind Sie? Dreiundzwanzig?«

Die Frage überraschte ihn. »Vierundzwanzig.«

Ich nickte nachdenklich. »Ich habe für jedes Ihrer Lebensjahre einen Menschen getötet. Oder vielleicht zwei. Möglicherweise sogar drei. Ich lebe nicht, weil ich das mehr wollte als die anderen, sondern weil ich gelernt habe, die *Möglichkeiten* zum Überleben zu erkennen. Und die Möglichkeiten zu töten. Hier drinnen...« – ich berührte meine Stirn – »...ebenso wie hier drinnen.« Jetzt berührte ich mein Herz.

Er runzelte die Stirn. »Warum sagen Sie so etwas? Wollen Sie mir Angst machen?«

»Sie sind vierundzwanzig. Sie ängstigt nichts.«

Das saß. Er sah mich mit fest zusammengepressten Lippen an.

»Gut«, sagte ich. »Das hat Sie zum Schweigen gebracht. Vielleicht werden Sie etwas lernen, wenn Sie zuhören.«

Er hörte auf zuzuhören. »Dies ist nicht Ihr Platz. Dies ist nicht Ihre Welt. Dies ist nicht Ihr Erbe.«

»Es ist Ihres«, stimmte ich ihm zu. »Aber wenn Sie es wollen, werden Sie lernen müssen, wie Sie es sich verdienen können.«

»Es *verdienen*...!«

Ich erhob mich, wischte mir den Staub von den Handflächen und tat dann einen langen Schritt, der mich genau vor Herakleio brachte. Ich bohrte ihm die Finger ins Brustbein, bevor er zurücktreten oder Einspruch erheben konnte. »Sie sind weich«, sagte ich freundlich. Er wollte zurückweichen. Ich ergriff eines seiner Handgelenke, umklammerte es, hielt ihn fest. »Groß, breit, stark und wahrscheinlich sehr schnell, aber weich. Hier oben weich...« Ich legte einen Zeigefinger an seine Stirn und stieß sie an: »...und hier unten weich.« Ich grub die starren Finger in seinen Bauch.

Er öffnete zornig den Mund, um mich anzuschreien, aber ich erhob die Stimme und setzte mich darüber hinweg.

»Sie verbringen vermutlich die meiste Zeit damit, in Wirtshäusern – oder wie auch immer Sie sie hier nennen – zu trinken und, mit Ihren Freunden herum zu lungern – wahrscheinlich junge Männer der anderen zehn – vermutlich von Göttern abstammenden Familien –, ungefähr in Ihrem Alter. Und amüsieren sich mit Frauen. Sie missachten wiederholt die Bitten der Metri, die Buchführung zu erlernen, weil Zahlen langweilig sind, und Sie haben nicht die leiseste Ahnung, wie Weinberge geführt werden, weil Sie das Ergebnis lieber trinken, als es herzustellen.« Ich ließ sein Handgelenk los. »Kurz gesagt, Sie sind ein ganz gewöhnlicher vierundzwanzigjähriger männlicher Abkomme einer wohlhabenden, mächtigen Familie, der glaubt, seine Vorfahren seien von Göttern gezeugt worden.«

Er wollte heftig etwas erwidern. Ich unterbrach ihn.

»Sie stirbt«, sagte ich. »Sie muss wissen, dass Sie bereit sind. Sie muss wissen, dass alles, wofür ihre Familie gearbeitet hat, in Ihren Händen sicher ist.«

Schließlich gelang ihm eine scharfe und angriffslustige Erwiderung. »Nicht in *Ihren* Händen?«

»Es gibt keinen Beweis dafür, dass ich der Sohn ihrer Tochter bin. Es kann niemals einen Beweis dafür geben. Sie will es vielleicht glauben, aber sie *weiß* es nicht. Und das zählt.«

»Sie ist die Metri. Sie kann Sie einfach zum Erben ernennen.«

»Aber sie hat es nicht getan«, belehrte ich ihn. »Sie hat mich gebeten, einen Mann aus dem Jungen zu machen, der der Erbe ist.«

»Als ob Sie das könnten.«

Ich zuckte die Achseln. »Stellen Sie mich auf die Probe.«

Er verzog die Lippen. »Südbewohner. Ich weiß, was ihr seid, ihr Schwerttänzer. Verdungene Mörder. Alle diese Spiele um Ehrenkodexe und Eide – ich *weiß*, was ihr seid. Männer ohne Familie, ohne Aussichten. Ehrlose Männer, die ein Schwert verehren, die den Tod verehren, weil es nichts anderes in ihrem Leben gibt, kein Erbe, kein Stolz, kein Platz bei den Göttern, wenn sie sterben.« Er beugte sich, mich körperlich herausfordernd, zu mir. »Und *Sie* sprechen davon, einen Mann aus mir machen zu wollen.«

Er beherrschte seinen Zorn. Glücklicherweise beherrschte ich meine Geduld.

Nun, manchmal.

Ich verschränkte die Arme und grinste. »Sie haben also von uns gehört?«

»Sie sind ebenso schlimm wie Ikepra, Sie und Männer wie Sie. Und Sie wagen es, hier in dieses Haus zu kommen, in das Haus der *Metri*, und ihren Wohnsitz zu entweihen.«

»Sie ist gewiss in der Lage, irgendeinen Priester zu verdingen, der ihn wieder reinigt und erneut segnet, wenn ich erst fort bin.«

»Gehen Sie jetzt«, zischte er, und Speichel befeuchtete mein Gesicht. »Gehen Sie *jetzt*, Schwerttänzer.«

Ich wischte mir das Gesicht nicht ab. Ich sagte sanft: »Wollen Sie mich zwingen?«

Er war zweifellos daran gewöhnt, Sklaven zu schlagen, weil er den rechten Arm über seine Brust zog, als wollte er mich unerwartet angreifen. Ich rammte ihm währenddessen eine Faust tief in den Magen, und als er sich vornüber beugte, verhakte ich einen Knöchel um seinen. Eine jähe, schnelle Hebelbewegung brachte ihn zu Fall, und er ruderte nur noch hilflos mit den Armen.

Er landete hart, wie ich es beabsichtigt hatte, lag flach auf den Steinen der Terrasse ausgebreitet. Ich hatte ihn vollkommen unerwartet erwischt, sodass er mit Ellenbogen und Hinterkopf auf den Stein geprallt war und sich die Unterarme aufgeschürft hatte, noch bevor Beine und Gesäß gelandet waren. Als sie landeten, biss er sich in die Zunge, sodass Blut über sein Kinn und die edle Leinentunika lief, während er keuchte und hustete.

Ich stand über ihm, aber nicht in Reichweite, selbst wenn er die erforderliche Fähigkeit besessen hätte, etwas zu versuchen. »Beleidigungen erreichen nicht viel«, belehrte ich ihn, »es sei denn, man ist besser als der andere.« Ich wischte mir einen Staubfleck von der Tunika. »Und dann braucht man sie nicht.«

Mit Blut vermischter Speichel flog aus seinem Mund. Er verfehlte mich.

»Ich bezahle meine Schuld«, sagte ich. »Wenn Ihnen das nicht gefällt, dann beschweren Sie sich bei der Metri.«

Zorn verheerte seine Züge. Selbst wenn er ausreichend schnell und geschickt genug gewesen wäre, war er jetzt doch so wütend, dass jeder Angriff unwirksam gewesen wäre. Er stieß atemlos und zwischen zusammengebissenen Zähnen zahlreiche Schmähungen aus, die meine Ohren zweifellos versengt hätten, wenn ich die Sprache verstanden hätte.

Andererseits vielleicht aber auch nicht. Ich bin schon von der Besten verflucht worden. Und sie war eine weitaus angenehmere Begleitung als der Enkel des Bruders der Ehefrau des Bruders der Metri.

Ich winkte ihm verabschiedend zu. »Wir sehen uns morgen früh.«

15

Der Diener im Kilt überbrachte uns die Nachricht, dass die Metri uns alle zum Essen sehen wollte. Ich hatte den Eindruck, dass dies selten geschah. Nicht dass die Gäste angemessen bewirtet wurden, aber dass zwei dieser Gäste Renegadas waren.

Nun gut. Ich war nach meiner Debatte mit Herakleio für eine interessantere Atmosphäre bereit.

Die ich auch antraf. Del und ich wurden in einen großen, luftigen Speiseraum geführt, in dem sich bereits Prima Rhannet, ihr Erster Offizier, Herakleio und die Metri selbst befanden. Die mich, ruhig neben der Tür stehend, höflich grüßte und mir dann mit der flachen Hand ins Gesicht schlug.

Der Schreck darüber ließ mich einen Schritt zurückweichen. Sofort übernahm der Instinkt – und ich fing ihr Handgelenk mit einer Hand auf, bevor sie erneut zuschlagen konnte, obwohl sie anscheinend nicht die Absicht hatte.

Ich rieb mir mit den Knöcheln meiner anderen Hand über die brennende Wange. »Wofür, zu den Hoolies, war *das*?«

»Strafe«, sagte sie barsch, »weil Sie Herakleio geschlagen haben.«

»Jetzt warten Sie mal…«

»Es war nötig. Ich bin die Metri. Ich bestimme die Strafe.«

»Und was ist mit Herakleios Versuch, einen Gast des Hauses der Metri anzugreifen?«

»Herakleio wurde auch bestraft.«

Ich schaute an ihr vorbei zum Tisch. Herakleio erwiderte meinen Blick. Ja, seine linke Wange wies einen rötlichen Fleck oben am Wangenknochen auf.

Ich ließ ihr Handgelenk los. »Wenn Sie wollen, dass ich einen Mann aus ihm mache, werden mehr als liebliche Worte und sanfte Liebkosungen nötig sein.«

Sie neigte den Kopf. »Ich erlaube Ihnen zu tun, was nötig ist.«

»Auf das Risiko hin, wiederum von Ihnen geschlagen zu werden?« Ich schüttelte den Kopf. »Das beinhaltet der Vertrag nicht.«

»Wir haben keinen Vertrag«, antwortete sie prompt. »Es geht um eine Schuld, die Sie tilgen wollen.« Ihre Augen glitzerten. »Wie auch immer – die Sache ist geklärt und muss nicht mehr wiederholt werden. Nun setzen Sie sich an meinen Tisch und genießen Sie die Freigebigkeit des Hauses.«

Ich wandte mich um, als sie sich durch die Tür vom Tisch *entfernte*. »Was ist mit Ihnen?«

Sie hielt inne. »Sie haben Dinge unter sich zu regeln. Das sollte besser ohne meine Anwesenheit geschehen, damit Sie frei sprechen können.«

Und dann war sie fort und ließ Del und mich – die anderen belustigt musternd – zurück.

Prima schnaubte und goss sich aus einem Krug Wein ein. »Sauber eingefädelt«, sagte sie. »Warum soll sie sich beschmutzen, indem sie im selben Raum wie Renegadas speist?«

»Was ist mit mir?«, erwiderte Herakleio sofort. »Ich soll im selben Raum wie Renegadas speisen.«

»Aber du bist bereits hoffnungslos beschmutzt«, erwiderte Prima. »Du hast mit einer Renegada geschlafen.«

»Damals warst du noch keine.«

»Nein«, stimmte sie ihm zu. »Ich war die Tochter eines Sklavenhändlers, was die Metri wahrscheinlich für ebenso schlimm hält.« Sie trank Wein und lächelte durch glitzernde, an ihrem breiten Mund haftende

Tröpfchen hindurch. »Herak, du bist manchmal noch ein solches Kind. Aber hübsch, das gebe ich zu.«

Er erschauderte. »Hübsch!«

Sie wedelte mit der Hand in meine Richtung, während Del und ich unsere Plätze am Tisch einnahmen. »Ihr Stessoi seid alle hübsch. Sogar die Frauen.«

»*Du* musst es ja wissen«, höhnte er. »Obwohl sich keine Stessa jemals herabwürdigen und ihre Familie entehren würde, indem sie…« Eine Pause. »…mit Leuten wie dir zusammenlebte.«

»Leute wie ich«, erwiderte Prima honigsüß, »kommen aus den besten Familien.«

»Was nicht für deine gilt.«

»Oh, meine ist eine Familie von Sklavenhändlern. Aber was ist mit den ursprünglichen Elf Familien? Kannst du beschwören, dass es keine andere Frau wie mich oder einen Mann gibt, der vielleicht einen anderen Mann im Bett bevorzugt?« Sie lächelte freundlich. »Einer wie du vielleicht.«

Herakleio wurde unter seiner Bräune zunächst blass wie gebleichtes Leinen und errötete dann stark. Er war so schockiert und wütend, dass er kein Wort herausbrachte.

Prima lachte ihn aus. »Nein, Herak, ich behaupte nicht, dass du Neigungen in dieser Richtung hast. Beruhige dich. Ich meinte nur, dass gewisse Männer dich vielleicht ebenso begehren wie Frauen.«

Darüber hatte er offensichtlich niemals nachgedacht. Aber ich andererseits auch nicht. Ich wusste natürlich von solchen Männern, solchen Begierden, hatte aber niemals richtig darüber nachgesonnen, wie ich mich fühlen würde, wenn ich Gegenstand der Absichten eines anderen Mannes wäre.

Prima Rhannet, die sowohl Herakleio als auch mich zu ähnlichem Stirnrunzeln und tiefen Gedanken veranlasst hatte, grinste Del an. »Männer sind manchmal solche Narren. Sie glauben, sie *sind* das, was zwischen ihren Beinen baumelt.« Sie hob wie zu einem Trinkspruch ihren Becher. »Während wir Frauen wissen, dass der einzige wirklich wichtige Körperteil in unseren Köpfen wohnt.«

»Vielleicht«, stimmte Del ihr zu, während sie ein Stück Brot in Olivenöl tauchte, »aber das muss nicht bedeuten, dass wir besser sind als sie.«

»Frauen *sind* besser als Männer.«

»Einige Frauen sind besser als einige Männer«, konterte Del ruhig und steckte sich das Brot in den Mund.

Ich hatte mir Wein eingegossen. Jetzt hielt ich mit dem Becher auf halbem Weg zum Mund inne. »Das hast du nicht behauptet, als wir uns zum ersten Mal begegneten!«

Del wölbte die Augenbrauen in meine Richtung und kaute weiter.

»Wirklich nicht«, beharrte ich. »Du hast mir erzählt, Männer wären nur von Begierde und Leidenschaft getriebene Tiere.«

Sie zuckte die Achseln. »Das galt für die Männer, die ich bis dahin kannte. Ich war in den Süden gegangen, erinnerst du dich?«

»Was ist mit mir?«

Sie antwortete nicht, was schon eine Antwort war.

Ich setzte meinen Becher geräuschvoll ab. »Wenn ich so schlimm bin...«

»Du warst so schlimm«, sagte Del. »Aber du bist es nicht mehr. Ich habe dich neu geformt...« Sie grinste. »...wie Brotteig.«

»Vielen Dank dafür, Bascha.«

»Sie spornen mich an.« Prima nahm ein Stück Brot von dem Laib in der Mitte des Tisches und tränkte es ebenfalls in Olivenöl. »In Wahrheit sind alle Männer geborene Narren«, erklärte sie, »und wenn man das vergisst, erinnern sie einen daran.«

Nihko war auffallend still geblieben. Ich fixierte ihn mit hartem Blick. »Was haben Sie dazu zu sagen?«

Er hatte das Brot weiter gereicht und nahm sich gerade einen großen Fisch von der Servierplatte. »Ich? Nichts. Ich weiß es besser.«

»Er hat das schon früher gehört«, sagte Prima.

Herakleio war erregt. »Und er hat zu Männern ohnehin wenig zu sagen. Es fehlt ihm ein bedeutsamer von den Teilen, die Prima so beredt abweist.«

Es war gewollt grausam. Es war auch eine tödliche Beleidigung, obwohl Nihko nur den Fisch zu zerlegen begann.

Prima lächelte oder lachte nicht mehr. »Er wird sich nicht herausfordern lassen«, sagte sie. »Aber ich, Herak.«

Herakleio heuchelte Angst und sah dann mich an. »Hat Nihkolara Ihnen erklärt, warum er… ohne ist? Wie es kam, dass er das verlor, was er am meisten verehrte und höchst eifrig benutzte?«

»Das reicht«, sagte Prima.

»Wie er allein mit seinen unehelichen Kindern anscheinend mehrere Inseln bevölkern wollte«, fuhr Herakleio fort, »und das auch sehr wohl hätte schaffen können, wenn er sich an Huren und unverheiratete Frauen gehalten hätte. Aber das hat er nicht getan. Da war die Tochter der Palomedi Metri – während die Metri selbst glaubte, er sei *ihr* treu.«

»Denk daran, was er ist!«, sagte Prima scharf.

Herakleio war voller Verachtung. »Ein Ikepra.«

Ich goss mir weiteren Wein ein. Er war sehr gut. Vielleicht wäre es nicht so schwer, eine Weile hier zu bleiben. »Das genieße ich im Leben am meisten«, sagte ich leichthin, »gutes Essen, guten Wein, gute Freunde.«

Del machte ein argloses Gesicht. »Schade, dass Abbu Bensir nicht hier ist.« Sie tat mir etwas von der Servierplatte auf, bevor ich ja oder nein sagen konnte.

»Wer?«, fragte Herakleio mürrisch, noch während ich Del finster ansah.

Ich betrachtete stirnrunzelnd das Essen. Es wirkte wie zu Miniaturschlafrollen zusammengedrehte Blätter.

»Abbu Bensir ist ein Schwerttänzer«, antwortete Del. »Ein sehr guter Schwerttänzer. Tatsächlich behauptet er, im Süden der beste zu sein.«

»Ah.« Prima grinste mich an. »Gewiss stimmen dem nicht alle zu.«

»Gewiss nicht«, bestätigte Del ernst.

»Was ist das?« Ich stocherte mit einem Finger vorsichtig in dem zusammengerollten Grünzeug herum.

Prima beugte sich vor, nahm eine Rolle von meinem Teller, hielt ausreichend lange inne, um ›gefüllte Weinblätter‹ zu sagen, und biss sie dann halb durch.

»Womit gefüllt?«

»Gedungener Mörder«, sagte Herakleio abweisend.

Einen seltsamen Augenblick lang glaubte ich, er meinte das, was in die Weinblätter eingerollt war. Aber nein.

Del wandte sich sofort mir zu. »Stimmt es? Dass alle Schwerttänzer gedungene Mörder sind?«

Sie konnte diese Frage ebenso gut beantworten wie ich. Aus einem unbekannten Grund wollte sie es nicht. Ich bedachte sie mit einem Blick, der versprach, dass wir später darüber sprechen würden, und schaute dann zu Herakleio.

»Ich habe getötet«, sagte ich. »Das haben die meisten Männer in der Punja getan, weil es oft keine andere Wahl gibt. Aber das hat wenig damit zu tun, ein Schwerttänzer zu sein.«

»Warum nicht?«, fragte Prima, die das Blätterbündel überlebt hatte.

Herakleio schnaubte verächtlich, während er sich aus einer Schüssel bediente.

»Ich tanze«, erklärte ich. »Ich werde von Tanzeers – unseren Wüstenprinzen – verdingt, um Streitigkeiten im Kreis beizulegen, damit niemand sterben muss.« Ich zuckte die Achseln. »Scharmützel, Schlachten und

Kriege verschwenden Männer in einem feindlichen Land, das schon an sich zu viele Menschen tötet. Es ist einfach vernünftig, Leben zu retten, indem man Streitigkeiten im Kreis beilegt.«

»Aber Sie sagen, Sie hätten getötet!«

Ich nahm eine der Blätterrollen hoch, die Del mir auf den Teller gelegt hatte. »Banditen«, antwortete ich. »Borjuni. Sklavenhändler. Tanzeers.« Ich biss in die Rolle, sann über deren Geschmack nach und schluckte. »Magier.«

Das schockierte Herakleio. »Magier!«

»Gibt es hier keine?«, fragte Del.

»IoSkandi«, antwortete Prima und mied Nihkos Blick.

»Wer?«, fragte ich. »Was *sind* sie überhaupt? Ich habe die Bezeichnung schon früher gehört.« Ich warf Nihko einen Blick zu. »Obwohl es ein Geheimnis zu sein scheint.«

Er lächelte geheimnisvoll. »Und das soll es bleiben.«

Herakleio führte uns wieder zum eigentlichen Thema zurück. »Dieser Abbu Bensir«, sagte er. »*Ist* er besser als Sie?«

Ich öffnete den Mund zu einer Antwort, schloss ihn aber dann wieder. War mir Dels Aufmerksamkeit bewusst, obwohl sie sie verbarg, und der forschenden Blicke der Übrigen. Im Süden hätte ich meinen Status vielleicht augenblicklich mit bühnengerechter Prahlerei bestätigt, aber ich war nicht im Süden. Und aus einem ungestimmten Grund hatte ich hier und jetzt das Gefühl, die Wahrheit sagen zu sollen. »Ich weiß es nicht.«

»Haben Sie jemals gegen ihn getanzt?«

»Viele Male.«

»Dann sollten Sie wissen, wer besser ist. Oder haben Sie Angst zuzugeben, dass er es ist?«

»Abbu und ich wurden zusammen ausgebildet. Wir haben damals häufig miteinander geübt und es auch seitdem noch getan, um das Können und die Ausdauer zu prüfen. Aber wir sind uns nur einmal in einem Kreis begegnet, der hätte entscheiden können, wer besser war.«

»Und das Ergebnis?«

Ich schüttelte den Kopf. »Es gab keines. Der Tanz wurde niemals beendet.«

»Ah.« Herakleio lächelte, als wüsste er warum. »Und so muss die wahre Antwort bis zu einer anderen Zeit, einem anderen Kreis und einem anderen Tanz warten.«

»Nein«, sagte ich.

»Was dann? Ist er tot?«

»Er war sehr lebendig, als wir ihn das letzte Mal sahen.«

»Warum werden Sie die Frage dann niemals klären?«, fragte Herakleio. »Haben Sie Angst?«

Das Essen schmeckte plötzlich nach nichts mehr. »Es gibt Rituale. Ehrenkodexe, Eide, Dinge, die jene von uns binden, die wie Abbu und ich von Schwertmeistern ausgebildet wurden. Im Kreis werden keine Entehrung und keine gebrochenen Eide geduldet. Nicht unter wahren Schwerttänzern. Es gib viele, die sich einbilden, Schwerttänzer zu sein, und die als solche zu handeln versuchen. Aber sie sind es nicht. Sie wollen nur den Ruhm, ohne Zeit und Arbeit einzusetzen.«

»Oder die Eide«, sagte Del sanft.

Ich zuckte die Achseln. »Abbu und ich begegnen einander vielleicht eines Tages wieder, aber nicht, um zu klären, wer besser ist. Es wird ein Todestanz sein, um einen Mann zu bestrafen, der alle Kodexe und die Ehre Alimats verletzt hat.«

»Warum?«, fragte Herakleio.

»Elaii-ali-ma«, antwortete ich. Dann drückte ich es in einem Wort aus, das sie gewiss verstehen würden, während ich Nihkolara ansah. »Ich bin auch ein Ikepra.«

Die Muskeln in seinem Gesicht erstarrten. Seine Hände hörten auf, sich zu bewegen. Sogar seine auf mich gerichteten Augen waren starr wie Stein.

Unter gefährlichen Männern gibt es zwei Arten von Gleichmut des Körpers: wenn er entspannt ist und wenn er angreifen will. Letzteres ist nicht dasselbe wie zum Kampf oder zur Verteidigung bereit zu sein, obwohl es von Unerfahrenen als solches missverstanden werden kann. Letzteres ist weder Großtuerei noch Herausforderung, sondern die Bereitschaft und der Wunsch, den Angreifer in Stücke zu reißen.

Und es nicht zu tun.

Auch Del wurde neben mir still. Prima Rhannet hatte aufgehört zu atmen. Nur Herakleio, der die Anspannung nicht bemerkte, blieb entspannt. Und er lächelte, als habe ihm meine Antwort gefallen. Ich hatte meine Unwürdigkeit immerhin in Worten gestanden, die er begriff.

Nihkolara erhob sich. Seine an den Seiten herabhängenden Hände zitterten kurzzeitig, als könnte er die Forderungen seines Körpers nicht ertragen. Er hatte nicht reagiert, als Herakleio seine Männlichkeit verachtete, aber aus irgendeinem unerfindlichen Grund rührte die Tatsache, dass ich mich auf gleiche Stufe mit ihm gestellt hatte, tief in ihm etwas an.

»Nihko«, sagte Prima sanft.

Er sah sie nicht an, nur mich. Er bewegte mühsam den Kiefer. »Ein Mann, der im Dunkeln lebt«, sagte er, »kennt das Licht nicht und kann es daher auch nicht zurückweisen, noch gemeinsame Sache mit jemandem zu machen, der es hat.«

Mit ungeheurer Selbstbeherrschung und nicht wenig Würde verließ er den Raum.

Prima wirkte ernst, als sie mich ansah. »Das war nicht nett.«

»Tatsächlich?«, fragte Del mit hörbarer Sanftheit.

»Tiger ist, was er ist und darf es jedem beliebigen gegenüber frei bekennen.«

Prima, die diese Sanftheit nicht erkannte, antwortete mit einiger Heftigkeit. »Nihko ist, was *er* ist…«

»Und hat die Freiheit, es zu sein«, unterbrach Del sie. »Wie wir alle: Mann, Frau, Renegada, Schwerttänzer. Skandier oder Südbewohner.«

»Aber *ist* er ein Mann?« Herakleio war natürlich auf Beleidigungen aus. »Nihko beansprucht keinen Anteil mehr daran…«

»Halt«, sagte ich so kalt, dass er mir gehorchte. »Es ist mehr an der Männlichkeit als das, wie Kapitän Rhannet es so eindrucksvoll dargestellt hat, was zwischen unseren Beinen hängt.«

Herakleio lachte. »Die Bereitschaft, es zu benutzen?«

Prima überhörte die Bemerkung, ignorierte Herakleio und sah mich einen Augenblick lang forschend an. Ihre Miene blieb unergründlich. Dann verzog sie den Mund und sah Del an. »Sie lehren ihn.«

Del lächelte nicht und erwiderte nichts. Dieses Mal erkannte Prima die Sanftheit in der nordischen Frau, die nichts mit schwachem Willen und alles mit Entschlusskraft zu tun hatte. Und ihr Blick zuckte fort.

»Die Metri«, sagte ich, während ich meinen Weinbecher nahm, »ist eine sehr weise Frau.«

»Weil sie dies meidet?«, fragte Herakleio.

»Weil sie es zulässt«, antwortete Del.

Prima gefiel nicht sonderlich, was das bedeutete. Ihre Augen verengten sich nachdenklich, während sie dieser Vorstellung nachhing. Sie schüttelte leicht den Kopf und goss den Wein dann ihre Kehle hinab, als könnte dadurch ihr Argwohn fortgespült werden.

Ich sah Herakleio an. »Unter den Mächtigen«, sagte ich, »gibt es für alles Gründe. Und diesen Gründen abgerungene Ergebnisse.«

Durch meine Worte zweifellos verwirrt und verärgert, machte Herakleio eine knappe, abwehrende Geste. »Das ergibt keinen Sinn.«

»Die Metri weiß, dass es Sinn ergibt«, erklärte ich. »Und aus irgendeinem unerfindlichen Grund glaubt sie anscheinend, dass ich Ihnen das Verständnis dafür beibringen kann.«

Herakleio gönnte mir einen vernichtenden Blick. »Zeitverschwendung.«

Ich grinste ihn an. »Ihre? Oder meine?«

Prima lachte. »Es wäre vielleicht das Zusehen wert.«

Herakleio sah sie durchdringend an. »Denkst du daran, hier zu *leben*?«

»Mein Schiff ist mein Zuhause«, erwiderte Prima. »Aber die Metri hat gesagt, dass sie mich hier vor den anderen Familien empfangen wird.« Sie hielt inne. »Formell.«

Daraufhin erhob sich Herakleio, starr vor Gekränktheit. »Du beschmutzt dieses Haus«, verkündete er und verließ bühnenreif den Raum.

Der Kapitän grinste gemächlich und schadenfroh und sah dann mich an, während sie ihren Becher erneut füllte. »Gutes Essen, guter Wein… gute Freunde.«

Ich erwiderte ihr Lächeln. »Oder eindrucksvolle Feinde.«

16

Nach dem Essen suchte ich den Diener im Kilt auf, dessen Name, wie ich erfuhr, Simonides war, und trug ihm meine Bitte vor. Er stimmte mir zu, dass sie erfüllt werden könnte und bis zum Morgen auch würde. Ich dankte ihm und ging, wobei ich den starken Wunsch verspürte, ihn zu fragen, wie er Sklave geworden war, wie er es ertrug und ob er hoffte, eines Tages frei zu sein. Aber ich stellte ihm diese Fragen nicht, weil ich wusste, dass eine hart erworbene Duldung gewisser Umstände, die Art Duldung, die es einem erlaubt zu überleben, wenn man sonst aufgeben würde, zerbrechlich und leicht zu zerstören war. Es stand mir nicht zu, die seine zu zerstören.

* * *

Von Simonides ging ich auf die Suche nach Prima Rhannet, die ich allein in dem Raum vorfand, den sie mit Nihkolara teilte. Die Gastfreundschaft der Metri hatte sich offenbar nicht auf *zwei* Räume für Leute wie Renegadas erstreckt.

Oder sie glaubte, dass der Kapitän und ihr Erster Offizier Geliebte waren.

»Was ist?«, fragte Prima barsch, als ich bei dem Gedanken grinste.

»Gar nichts.« Ich trat nicht ein, sondern lehnte mich nur an den Türrahmen. »Wo ist Nihko?«

Sie trank noch mehr roten Stessa-Wein, wobei sie an die Wand gelehnt auf dem Bett saß, die Beine unter ihren Röcken hochgezogen hatte, sodass das Leinen ihre Knie bedeckte. Ein glasierter Weinkrug stand neben ihrer Hüfte auf der Matratze. »Er ist zum Schiff zurückgekehrt.«

»Weil er über die Unterhaltung beim Essen aufgebracht war?«

»Es ist seine Aufgabe«, sagte sie kummervoll, »sicherzustellen, dass mit meiner Crew und dem Schiff alles in Ordnung ist.«

»Oh, natürlich.«

Ihre Stimme klang gleichmütig. »Warum sind Sie hergekommen?«

»Wegen einer Erklärung. Einer Einführung. Um zu lernen.«

Sie runzelte die Stirn. »Wofür?«

»Herakleio«, antwortete ich. »Sie teilen eine Vergangenheit. Ich möchte davon erfahren.«

Kupferfarbene Augenbrauen wurden stark gewölbt. »Sie wollen *Geschwätz* hören?«

»Die Wahrheit«, sagte ich. »Sie kennen sie offenbar.«

Sie betrachtete mich, taxierte meine Miene. Kurz darauf ergriff sie den Rand des Weinkrugs und hob ihn an. »Ich habe nur den einen Becher«, sagte sie, »aber Sie können den Krug bekommen.«

Ich blieb, wo ich war. »Fällt es Ihnen so schwer, sich in diesem Haus aufzuhalten, dass Sie Trost im Alkohol suchen?«

Sie reckte energisch das Kinn, während sie den Krug wieder sinken ließ. »Wer sind Sie, dass Sie so etwas zu sagen wagen?«

Da regte ich mich, betrat den Raum, tat das, was Del so häufig tat, setzte mich mit dem Rücken an der Wand auf den Boden. Ich streckte die langen Beine aus, kreuzte sie an den Knöcheln und verschränkte die Arme vor den Rippen. »Jemand, der ebenso gut wie Sie in anderen lesen kann.«

Bei diesen Worten lächelte sie, obwohl es ein spöttisches Lächeln war und nur kurz andauerte. »So.«

»Die Tochter eines Sklavenhändlers als Gast im Hause der Stessa Metri, *der* Metri von Skandi – und eine Frau, die einst ein Bett mit dem Erben geteilt hat. Sie müssen zugeben, dass dies Verwicklungen bedeutet.«

Das helle Haar glänzte im Lampenlicht. »Herakleio«, sâgte sie trocken, »hat mit jeder Frau geschlafen, die bereit war, sein Bett zu teilen.«

»Und Sie waren bereit.«

»Das war ich.«

»Obwohl...« Aber ich brach ab, weil ich mir nicht sicher war, wie ich es ausdrücken sollte.

Sie wusste es. »Obwohl. Aber das war vor vielen Jahren. Bevor ich verstand, was in mir vorging. Und ich bildete mir ein, in ihn verliebt zu sein.«

»Was ist mit ihm«, fragte ich. »Ist er auch nur annähernd liebenswert?«

Prima lachte. »Oh, Sie haben ihn im schlechtesten Zustand erlebt. Sie rufen das in ihm hervor. Aber Herak ist mehr als nur ein verzogenes Kind. Ihm wohnt Hartes inne, und auch Sonniges.«

»Und daher haben Sie mit ihm geschlafen.«

Da erhob sie sich, kletterte vom Bett und kam zu mir herüber, den Weinbecher in der einen und den Krug in der anderen Hand. Sie setzte sich neben mich, lehnte ihr Rückgrat ebenso an die Wand wie ich, und reichte mir den Krug. »Haben Sie niemals etwas getan, was Ihnen in dem Augenblick richtig erschien, etwas, was getan werden musste, nur um es am Morgen zu bedauern?«

»Ich habe niemals mit einem anderen Mann geschlafen.« Ich hob den Tonkrug an, setzte ihn an die Lippen und trank. »Noch habe ich es jemals gewollt.«

»O nein, das liegt Ihnen nicht.« Sie sagte es sehr beiläufig. »Aber was ist mit Frauen? Es hat doch sicher Frauen gegeben, mit denen geschlafen zu haben Sie am Morgen bereuten.«

»Es hat *Morgen* gegeben, die ich am Morgen bereute.«

Sie lachte tief in ihrer Kehle: Sie verstand. »Aber es ist doch wahr, dass wir zu häufig tun, wovon wir uns hinterher wünschen, es nicht getan zu haben.«

»Sie bereuen es, mit Herakleio geschlafen zu haben.«

»Ja. Und nein.«

»Oh?«

Sie trank ihren Becher leer und starrte dann blind auf die gegenüberliegende Wand. Ihre vielen Sommersprossen verschmolzen im ocker-goldenen Schein des Lampenlichts. »Er war mein erster Mann«, sagte sie, »und mein letzter.« Sie bemerkte mein unverständiges Stirnrunzeln. »Oh, es gab dazwischen andere Männer. Aber ich erkannte, dass sie mir nichts boten, was ich wollte, nicht im Herzen. Es waren Frauen...« Sie brach achselzuckend ab. »Aber ich hatte Angst vor mir selbst, vor der Wahrheit, und daher erwählte ich erneut Herak, um mir zu beweisen, wie andere Frauen zu sein.«

»Und stattdessen...?«

»Er war betrunken. Er erkannte mich nicht einmal. Ich war nur eine Frau, und wahrscheinlich seine zweite Frau in dieser Nacht. Er schlief fest, als wir fertig waren, und erwachte nicht einmal, als ich mich zurückzog.« Sie schüttelte den Bodensatz in ihrem Becher um. »Am Morgen verstand ich, was ich in Wahrheit war, was ich wollte, was ich nicht war und was ich nicht wollte. Also hat Herak mich zweimal erweckt.«

»*Sie* sind betrunken, Kapitän.«

Prima lächelte, die verschwommenen Augen strahlten. »Natürlich.«

»Warum?«

»Weil ich hier bin. Weil Herak hier ist. Weil Nihko nicht hier ist.« Sie nahm den Krug wieder in Besitz und goss ihren Becher voll. »Weil ich Ihre Frau will, sie mich aber nicht.«

Das bestürzte mich, weil ich nicht an Del gedacht hatte, beziehungsweise nicht in diesem Zusammenhang. Und dann entflammte eine Wärme tief in meinem Bauch, die nichts mit Leidenschaft zu tun hatte.

Prima Rhannet wandte den Kopf und sah mich forschend an. »Und darum sind Sie *in Wahrheit* zu mir gekommen.«

»Tatsächlich?«

Sie war betrunken, aber im Augenblick vertrieb ein schwelender Zorn den Alkohol. »Sie wollten wissen, ob ich mit Ihrer Frau geschlafen habe, während ich sie auf meinem Schiff festhielt.«

»Darum bin ich nicht gekommen.«

»Warum sonst.«

»Um Sie nach Herakleio zu fragen.«

»Ha.« Sie trank einen tiefen Schluck, wischte sich mit dem Handrücken über die Lippen und lehnte den Kopf dann an die Wand. »Es muss Sie beschäftigen. Eine Frau, die mit Frauen schläft. Andere finden es pervers. Ekelhaft. Beängstigend. Unmöglich. Unglaublich. Oder zumindest peinlich.«

»Nun«, sagte ich nachdenklich, »Sie müssen zugeben, dass es im Vergleich zu den Gewohnheiten der meisten Leuten ein wenig ungewöhnlich ist.«

»Wie es im Vergleich zu den Gewohnheiten der meisten Frauen auch ungewöhnlich ist, als Frau ein Schiff zu befehligen.«

»Also bringen Sie *zwei* außergewöhliche Leistungen, anstatt sich nur auf eine zu beschränken.«

Kurz darauf sagte sie: »So habe ich es noch nicht betrachtet.«

»Was bedeutet, dass Sie doppelt gesegnet sind...«

»...oder doppelt verflucht.«

»Abhängig davon, mit wem Sie sich unterhalten.«

Ich machte eine Geste. »Andererseits sind Sie auch ein Renegada. Ein *weiblicher* Renegada.«

»Dreifach verflucht!« Sie seufzte bühnenreif und warf mir dann einen Seitenblick zu. »Ich genieße es… nicht einschätzbar zu sein.«

»Das dachte ich mir schon.«

»Aber das ist nicht der Grund, warum ich tue, was ich tue, oder warum ich bin, was ich bin.«

»Das dachte ich mir auch schon.«

Sie sann weiterhin über mich nach. »Sie hat mir erzählt, dass Sie einst alles das waren, was sie bei einem Mann verabscheut.«

Ich trank einen großen Schluck und zuckte dann die Achseln. »Abhängig davon, mit wem Sie sich unterhalten.«

»Ich habe mich mit ihr unterhalten.«

»Dann war ich das. Wenn sie es sagt. Für sie.«

»Sie verabscheut Sie nicht mehr.«

Ich brummte. »Das bedeutet eine gewisse Erleichterung.«

»Sie erzählte mir, Sie hätten noch immer einige raue Kanten, aber sie schleife sie ab.«

Ich grinste in den Weinkrug, während ich ihn anhob. »Ich mag es, wenn Del mich abschleift.«

»Das ist widerlich!« Prima Rhannet stieß mir einen Ellenbogen in die Rippen, was mich erschreckt und hustend zusammenfahren ließ, wodurch Wein über mein Kinn und die Vorderseite meiner Tunika hinablief. »Aber amüsant«, räumte sie ein.

Ich hielt den Atem an, wischte mir das Kinn und zupfte die nasse Tunika von meiner Haut. Ich stank nach üppigem, rotem Wein.

Der Kapitän hatte einen Schluckauf. Oder zumindest dachte ich das zunächst. Dann erkannte ich, dass es ein Lachen war, das sie zu unterdrücken versuchte. Ich sah sie finster von der Seite an. »Was ist so lustig?«

»Sie wollen wissen, wie und warum«, sagte sie.

»Jeder Mann will das, außer jenen, die verstehen, wie es ist, auf eine Art zu begehren, die andere für falsch halten. Sie wollen die Mechanismen und die Gründe erfahren.«

Ich öffnete den Mund zu einer Antwort und schloss ihn wieder. Veränderte Bilder in meinem Kopf, und ich erkannte mit jäher und beunruhigender Klarheit, dass sie nicht anders war als ich. Ich war immerhin ein Sklave gewesen, ein verächtlich Behandelter, gebrandmarkt für etwas, das ich nicht ändern konnte – wie ich war, was ich war. Mein Dasein konnte ich nicht wählen.

Und ich erinnerte mich so vieler Nächte, in denen ich mich in den Schlaf geweint oder in denen ich überhaupt nicht geschlafen hatte, weil der zerschundene Körper so geschmerzt hatte. Und wie ich mich nach einer Welt gesehnt, von einer Welt geträumt hatte, in der ich einen Wert über das hinaus hätte, was andere mir befahlen. Was andere von mir *erwarteten* und mich bestraften, um dem Nachdruck zu verleihen.

»Ich glaube«, sagte ich bedächtig, »dass nicht wichtig sein sollte, was andere denken.«

»Aber es ist wichtig.«

»Es ist wichtig«, stimmte ich ihr freudlos zu. »Aber es sollte vielleicht nicht wichtig sein. Vielleicht… vielleicht ist wichtig, wie wir über uns selbst empfinden.«

Ich hatte natürlich geglaubt, die Sklaverei verdient zu haben. Weil man es mir gesagt hatte. Weil ich es nicht besser gewusst hatte. Dadurch hatten sogar die Wünsche und die Träume die Schuld verschlimmert.

»Und wenn sie jetzt noch so über Sie denken würde, wie sie ursprünglich über Sie gedacht hat?«, fragte Prima. »Ihre nordische Bascha?«

Ich blickte in die Dunkelheit des Weinkrugs und konnte keine Antwort finden. Keine Antwort, die einen Sinn ergeben hätte – oder für sie einen Sinn ergeben *könnte*.

»Es ist wichtig«, sagte sie. »Man kann behaupten, dass es nicht wichtig wäre, dass die Meinungen anderer keine Gültigkeit hätten, aber wenn der eine Mensch, der einem wichtiger ist als man sich selbst, glaubt, man sei nicht einmal mehr Verachtung wert, dann ist das Leben sinnlos.«

Da regte ich mich. »Dem muss ich widersprechen.«

»Warum?«

»Weil man erst dann wahrhaft frei ist, wenn nur noch die eigene Meinung zählt. Wenn man seinen eigenen Wert kennt.«

Prima lächelte. »Aber es ist oft so schwer, sich in seiner eigenen Haut wohl zu fühlen.«

»Nun, meine ist ein wenig zerschlagen«, sagte ich, »aber im Großen und Ganzen fühle ich mich recht behaglich darin.«

Jetzt.

»Während ihr ihre Haut nicht mehr wie gewohnt passt.«

Ich sah Prima scharf an. »Was meinen Sie? Und wie, zu den Hoolies, können Sie etwas darüber wissen?«

»Wir haben uns unterhalten«, antwortete sie, »von Frau zu Frau. Frauen, die ihr Leben unter Männern verbracht haben, gleichgültig wie schwierig es war, gleichgültig wie verächtlich wir dafür behandelt wurden – und werden. Als Seelenschwestern.«

»Und?«

»Und«, echote der Kapitän, »sie hat mir eingestanden, dass sie sich verloren hat.«

»Del?«

»Ihr Gesang ist beendet«, sagte Prima. »Das hat sie mir gesagt. Sie hat ihren Bruder gefunden. Den Mann gefunden, der ihre Familie, ihre Vergangenheit, ihre Zukunft, die zu haben sie erwartete, zerstörte. Und sie hat diesen Mann getötet.« Ihre Augen wirkten in dem Licht rauchgrau. »Ihr Gesang ist beendet, und jetzt lauscht sie Ihrem.«

Das bestürzte mich. »Meinem?«

»Natürlich. Sie kam mit Ihnen hierher, nicht wahr?«

»Das haben Sie sichergestellt, Kapitän.«

Prima lachte. »Aber Sie beide wollten, ungeachtet meiner Handlungen, hierher kommen.«

Das gab ich zu.

»Aber Skandi hat nichts mit ihrem Leben zu tun«, fuhr sie fort. »Es spielte keine Rolle für sie.«

»Ich weiß nicht, ob Skandi in irgendjemandes Leben eine große Rolle spielt«, erklärte ich, »außer für die Leute, die hier leben.«

»Sie meiden die Wahrheit.«

Ich seufzte. »In Ordnung. Gut. Ja, Del kam mit mir nach Skandi. Tatsächlich hat sie dieses Ziel vorgeschlagen.« Ich sah wieder Land. »Was bedeutet, dass es *auch* etwas mit ihrem Leben zu tun hat!«

Der Kapitän lachte und hob anerkennend den Becher. »Aber ich bin der Meinung, dass ihr Gesang jetzt der Ihre ist und nicht mehr ihr eigener.«

»Und wollen Sie damit sagen, dass sie klüger beraten wäre, wenn sie *Ihrem* Gesang lauschen würde?«

Das Lächeln um Prima Rhannets Mund schwand. »Das wünschte ich mir vielleicht«, sagte sie sanft, »aber nein. Sie ist eine Frau für Männer. Für *einen* Mann«, fügte sie hinzu, »da kein anderer Mann außer Ihnen sie gewaltlos genommen hat.«

Ich fühlte mich bei dieser Wendung der Unterhaltung unbehaglich. Ich wusste genug von Dels Vergangenheit, sah aber keine Notwendigkeit, sie mit jemand anderem als Del zu erörtern. Was Del niemals tat.

Zumindest nicht mit mir. Anscheinend hatte sie sie mit der Renegada erörtert.

Prima bemerkte meine Miene und deutete sie richtig. »Ich möchte nur, dass Sie erkennen, was es bedeutet, eine Frau wie sie bei sich zu haben«, sagte sie. »Eine Frau, die *freiwillig* bei Ihnen ist, weil sie es will.

Einer solchen Wahl wohnt Ehre inne, wenn die Wahl mit der Seele im Einklang getroffen wird. Es ist für eine Frau nicht unehrenhaft, mit einem Mann zusammen zu sein – mit einem Mann zusammen sein zu *wollen* –, aber es ist für eine Frau auch nicht unehrenhaft, mit einer Frau zusammen sein zu wollen.«

So gesehen vermutlich nicht. Es war die andere Seite des Spiegels, das umgekehrte Spiegelbild. Solange beide Partner glücklich waren, ihre Bedürfnisse erfüllt wurden, ihre Ehre respektiert wurde, niemand gezwungen oder verletzt wurde – war es dann wichtig, ob die Partner zwei Frauen oder zwei Männer waren?

Vielleicht nicht. Wahrscheinlich nicht. Aber es war schwer, so zu denken. Es bereitete mir Unbehagen. Es war zu neu, zu *anders*.

Weitere Fragen tauchten auf. Sollte eine Frau mit einem Mann zusammen sein, weil es von ihr erwartet wurde? Weil sie dazu gezwungen wurde? War es nicht mit Sklaverei vergleichbar, gezwungen zu sein, etwas zu tun oder zu sein, wovon andere wollten, dass man es tat oder war?

Ich war gewesen, zu was die Salset mich gemacht hatten. Prima Rhannet hatte offensichtlich versucht zu sein, was man von ihr erwartete, und hatte es als Sklaverei der Seele empfunden. Für Del, die wiederholt von einem Mann missbraucht wurde, der ihre Familie ermordete, wäre es vielleicht leichter, Männer ganz zu meiden. Sie hatte es nicht getan. Sie hatte mich gesucht und gefunden, weil sie meine Hilfe brauchte. Aber das war vor langer Zeit – und dieses Leben abgeschlossen.

Der Kapitän hatte Recht: Del hatte es *erwählt*, mit mir zusammen zu sein. Solche freiwilligen Entscheidungen wurden aus persönlicher Integrität getroffen, nicht aufgrund von Erwartungen. Diese Zufriedenheit der Seele stand an erster Stelle.

Prima fuhr mit stiller Heftigkeit fort. »Männer glauben nicht, dass Frauen Ehre besitzen. Sie fühlen sich von solchen Dingen in uns bedroht, weil sie unsere Kraft fürchten. Es ist besser, sie unberücksichtigt zu lassen, sie lächerlich zu machen, sie herabzusetzen, bevor wir unseren Wert erkennen und anerkennen. Weil sich ihr Leben dann ändern würde. Sie würden sich in ihren Herzen und in ihrer Haut nicht mehr wohl fühlen.«

Ich wusste, dass das, was sie sagte, im Süden der Wahrheit entsprach. »Und doch regieren hier in Skandi Frauen die Häuser, kümmern sich um die Familienangelegenheiten.« Ich hielt inne. »Sogar um die Erbfolge.«

»Aber solche Dinge werden von Frauen erwartet«, konterte Prima. »Ich spreche von den Dingen, die man Frauen nicht zutraut.«

Ich konnte nicht umhin, erleichtert zu sein, dass wir uns wieder auf mir – durch Diskussionen mit Del – vertrautem Boden befanden. Durch viele Gespräche mit Del. »Wie die Tatsache, ein Schiff zu befehligen?«

»Frauen«, sagte sie, »sollten alles tun dürfen. Und dafür geehrt werden.«

Ich lächelte. »Selbst wenn sie wählen, Zuhause zu bleiben und eben jene Dinge zu tun, die von Frauen *erwartet* werden.«

Prima öffnete den Mund zum Widerspruch. Schloss ihn wieder. Starrte in ihren Becher.

Ich forderte sie bewusst heraus. »Frauen sollten dieselben Wahlmöglichkeiten zugestanden werden, nicht wahr?«

Sie antwortete knapp und heftig. »Ja.«

»Aber nicht jede Frau möchte ein Schiff befehligen.«

»Nein.«

»Und wenn sie wählt, dies nicht zu tun, sollten Frauen, die dies tun wollten, es nicht missachten, lächerlich machen oder herabsetzen.«

Ihr Blick blieb starr, die Lippen fest zusammengepresst.

»Es ist eine zweischneidige Klinge, Kapitän.«

»Ja«, sagte sie schließlich. »Aber es sollte eine Wahlmöglichkeit bestehen, was nur allzu häufig nicht der Fall ist.« Dann, als Herausforderung für mich: »Hätten Sie darüber gesprochen, bevor Sie Ihre Delilah getroffen haben?«

Ich lächelte. »Del hat dieser Klinge die Zweischneidigkeit zugewiesen, Kapitän. Davor hätte ich geschworen, dass keine Klinge mehr als eine Schneide hat.«

»So.«

»So.«

»Sie sind durch sie ein besserer Mensch geworden.«

»Ich bin durch sie ein besserer Mann geworden.«

Sie nickte. »So.«

»So.«

Prima nahm einen großen Schluck Wein, starrte angestrengt an die Wand und wechselte dann jäh das Thema. »Herak«, sagte sie, »hat sich als Ziel gesetzt, Nihkos Legende zu übertreffen.«

»Nihkos?« Ich konnte bei dem plötzlichen Themenwechsel nur daran denken, was ihm jetzt fehlte.

Sie machte eine Geste. »Nicht deshalb. Wegen dem, was er war. Vorher.« Prima trank. »Nihko war der Sohn der Schwester der Metri Lasos. Und Frauen begehrten ihn.«

»Vermutlich er sie auch.«

»Oh, in der Tat. Und er bekam sie.«

»Und bezahlte den Preis.«

»O ja. Er bezahlte ihn.« Prima klang müde. »Herak hält sich zumindest von verheirateten Frauen und Metris und Töchtern von Metris fern.«

Ich bewegte meine Beine ein wenig, räusperte mich und versuchte, die lebhafte Vorstellung aus meinem Geist zu löschen. Die Höchststrafe für einen Mann, der Frauen zu sehr liebte, oder auch nur die falschen zu sehr liebte.

»Warum kümmert es Sie?«, fragte sie. »Warum fragen Sie mich nach Herak?«

Ich lächelte. »Ein Tanz findet ebenso im Kopf wie mit dem Körper statt.«

Das verwirrte sie.

»Morgen bitte ich Herakleio in den ersten Kreis. Ich kenne gern die Laster eines Mannes, bevor ich sie gegen ihn verwende.«

Prima Rhannet dachte darüber nach. Dann lächelte sie erfreut. »Sie denken wie eine Frau.«

»Schmeichelei«, sagte ich zufrieden und nahm den Weinkrug wieder an mich.

Del erwachte in der Dunkelheit, als ich neben ihr ins Bett schlüpfte. Sie drehte sich nicht zu mir um, auch nicht, als ich mich an sie schmiegte und einen Arm über und um ihre Taille legte. »Wein«, sagte sie missbilligend.

Ich hielt es für offensichtlich. Ich barg mein Gesicht in ihrem Haar und atmete den sauberen Geruch ein.

»Mit wem?«, fragte sie. Dann, weil sie es zu wissen glaubte: »Hast du den Jungen bewusstlos getrunken?«

Ich zwang mich zu einer Antwort. »Nicht den Jungen. Den Kapitän.«

Del erstarrte.

»Was ist los, Bascha?«

»Warum sie?«

»Sie hatte den Wein.«

»Warum *sie*?«

»Ich hatte Fragen.«

Del entspannte sich nicht. »Und Neugier?«

Ich erklärte gähnend: »Neugier ist immer der Vater der Fragen.«

»Hat sie sie beantwortet?«

»Diejenigen, die sie beantworten konnte. Und sie hat einige weitere aufgeworfen.« Ich umfasste ihre Taille fester, rückte näher. »Schlaf weiter, Bascha.«

»Warum?«, fragte sie. »Bist du übersättigt?«

Ich öffnete ruckartig die Augen. Ich hob das Gesicht von ihrem Haar. »Bin ich *was*?«

»Deine Neugier. Dein Körper.«

»Hoolies, Del, glaubst du, ich hätte mit ihr geschlafen?«

Einen Augenblick lang herrschte Schweigen. »Ich denke, du willst es vielleicht.«

»Wo*zu*, zu den Hoolies? Sie mag keine Männer, erinnerst du dich?«

»Um zu beweisen, dass sie im Irrtum ist.«

Ich war inzwischen so durcheinander, dass mir nicht einmal mehr eine Bemerkung einfiel.

»Um ihre Meinung zu ändern.«

Ich schnaubte. »Als ob ich das könnte!«

»Aber würdest du es nicht gern versuchen?« Dels Tonfall wurde trocken. »Du könntest der Herausforderung gewiss standhalten, Tiger.«

Da lachte ich, ließ den Wein mein besseres Urteilsvermögen überwiegen. Mein Atem bewegte ihr Haar.

Mit bekennender Stimme sagte sie: »Ich verstehe die Männer nicht.«

Ich entschlummerte fast. »Oh, ich glaube, du verstehst Männer nur zu gut, Bascha.« Ich gähnte erneut. »Sie sind von Verlangen und Leidenschaft getriebene Tiere.«

»Ich war getrieben«, sagte sie, »von Verlangen *nach* Leidenschaft.«

Ich wollte verstehen, ihr sagen, dass ich verstand, aber ich war zu schläfrig. »Es wäre mir lieber, du wärst von Verlangen nach *mir* getrieben.«

Da entspannte sie sich – sehr. Die Anspannung wich mit einem enttäuschten Seufzen von ihr. Ich wusste es besser, als dass ich geglaubt hätte, sie würde das

Thema niemals wieder anschneiden, aber mir wurde zumindest für heute Nacht Aufschub gewährt.

Vielleicht wurde ich alt. (Nun, älter.) Aber in diesem Augenblick war ich es zufrieden, sie einfach nur im Arm zu halten, an der Wärme dieser Frau in meinem Bett teilzuhaben und sanft über den Rand von Selbstzweifeln oder schwierigen Fragen ungestörten Schlafs hinwegzugleiten.

HEYNE BÜCHER

Harald Evers

Die Höhlenwelt-Saga

Die Höhlenwelt-Saga, das große Abenteuer um die Befreiung einer phantastischen Welt

Mehr zu dem faszinierenden neuen Fantasy-Zyklus unter

www.hoehlenwelt-saga.de

06/9127

06/9128

HEYNE-TASCHENBÜCHER

HEYNE BÜCHER

Robert N. Charrette

Hochkarätige Abenteuer-Fantasy vom Spitzenautor der SHADOWRUN-Romane

Die Schattenkrieg-Trilogie

1. Prinz des Dunkels
06/9090

2. König des Unheils
06/9091

3. Ritter des Zwielichts
06/9092

Die Chronik von Aelwyn

1. Der Turm der Zeit
06/9113

2. Das Schlangenauge
06/9114

3. Der magische Pakt
06/9115

06/9090

HEYNE-TASCHENBÜCHER

HEYNE BÜCHER

Stephen R. Donaldson

Mordants Not

06/9058

Die Geschichte vom armen reichen Mädchen, das in eine Welt gerät, wo Magie, Intrige und Leidenschaft ihr Schicksal bestimmen.

»Ein Kultroman reinsten Wassers.« *Locus*

»Ein literarischer Geniestreich.« *Tanith Lee*

Mordants Not

Der Spiegel ihrer Träume
06/9058

Der Magier von Mordant
06/9059

HEYNE-TASCHENBÜCHER